さらわれた手違いの花嫁

ヘレン・ディクソン 作

名高くらら 訳

ハーレクイン・ヒストリカル・スペシャル

東京・ロンドン・トロント・パリ・ニューヨーク・アムステルダム
ハンブルク・ストックホルム・ミラノ・シドニー・マドリッド・ワルシャワ
ブダペスト・リオデジャネイロ・ルクセンブルク・フリブール・ムンバイ

HIGHWAYMAN HUSBAND

by Helen Dickson

Published by Harlequin Japan, a Division of K.K. HarperCollins Japan, 2024

ヘレン・ディクソン

イングランド北東部サウス・ヨークシャーの緑豊かな土地に、30年以上連れ添う夫と共に住んでいる。自然をこよなく愛し、読書や映画鑑賞、音楽鑑賞が趣味で、とりわけオペラに目がない。時間が経つのも忘れて図書館でリサーチすることもあり、想像と史実の絶妙なバランスが、良質な物語を生み出すと語る。

主要登場人物

ローラ・モーガン……ロズリン・マナーの女主人。
エドワード・カーライル……ローラの婚約者。
スーザン……ローラの侍女。
ルーカス・モーガン……ロズリン・マナーの領主。
アントン……ルーカスの友人。ムルニエ伯爵。故人。
キャロライン……ムルニエ伯爵夫人。
ルイス……キャロラインの息子。ムルニエ城の相続人。
ジャン・ド・ムルニエ……アントンのいとこ。革命支持者。
スクワイア・ウォルター・エインズワース……治安判事。
ニコラス・エインズワース……スクワイアの息子。
ジョン・トレネア……ロズリン・マナーの使用人。
ジョージ・ロズリン……ロズリン・マナーの馬番。
エイモス……ルーカスの馬車の御者。
マーク・トリメイン……鉱山探査の専門家。
ドルビー大佐……ルーカスの協力者。

プロローグ

一七九二年

イギリス海峡の黒い荒波を切って進む小型船の船首に、男は立った。足をわずかに広げ、胸を張り、背中で両手を組んでいる。遠ざかっていくフランス。視界に現れるイギリス。

男は静かに、思いつめた表情で前を見ていた。ある決意を胸に秘めていることは、長身の引き締まった体の輪郭線にもはっきりと表れている。彼は力と権威のオーラを放ち、人を寄せつけない尊大なよそよそしさを身にまとい、ほかの船客や乗組員から一人離れていた。まるでこの世はうさんくさい場所とでも言わんばかりに、目は嘲《あざけ》りと皮肉と何か深く激しい感情に暗く覆われていて、そのせいで誰もが彼の視線を避けていた。

裏切り者として投獄され、いつ処刑のときを迎えるかわからない中で、男は発狂寸前になりながらも、拷問と窮乏生活を耐え抜いた。まる二年のあいだ正気を失うまいと必死で頑張り、ラ・フォルス監獄を脱出して懐かしの我が家へ、若くかわいい妻のもとへ戻る日をひたすら夢見ると同時に、自分を監獄へ追いやった男への憎しみを募らせることで自分を支え続けた。そして思いがけず釈放が叶《かな》ったとき、安《あん》堵《ど》と言葉にならない喜びに浸りながらも、ぐずぐずすることなくただちにフランスを発《た》った。

さまざまな思いが駆け巡り、心も頭も休まるときがない獄中で、希望だけは捨てなかった。そして幸運にも、生への執着が薄れることはなかった。今、彼はイギリスの土を踏むのが待ちきれなかった。そのはやる思いを察して慈悲を垂れるかのように、風が起こり、帆をはらませて船をぐんぐん前進させた。襟を忘れていた海風の冷たさに、男は身震いした。祖国イギリ立てる彼のまなざしは遠い海岸線に——祖国イギリスに注がれ続けた。

彼は帰郷のときを思い描いた。妻の驚きはいかばかりだろう。夫の失踪《しっそう》後、妻はどうなったのだろう。心は打ちのめされ、深い悲しみと絶望に苦しんだだろうか。もしや、夫は死んだと聞かされたかもしれない。だとすれば、定められた一年の喪に服したのち、再婚を考えた可能性もある。そう思うと、彼はいたたまれなくなり、妻に新しい夫がいるかもしれないという想像と、それが生み出す複雑な事態を頭から押し出した。いや、妻はきっとあの無邪気さと献身の心を失うことなく忠誠を尽くし、何があろうと夫の帰りを待っていてくれるに違いない。

自分は二年も耐乏生活を強いられた身だ。この先何事もあたりまえとせずに、感謝して生きていかなければ。我が家へ戻り、ラ・フォルスの汚れを洗い清めたい。意味のある人生を、愛に満ちた結婚生活を送りたい。そしてもう一つ、あまり崇高とは言えない目的がある。それは、この人生を地獄に落として終わらせようとした男に会うこと。復讐《ふくしゅう》だ。そのために、たとえこの身がついえようと、必ずやり遂げてみせる。

1

　荒野に闇《やみ》が降りて、地の果てにぽつんと一つだけ立つ絞首門の前を旅人が通りすぎるとき、その心はまたたく間にひどく妙な錯覚に囚《とら》われ、あるはずのないものを見るようになる。錆《さ》びついた鎖が風にじゃらんと鳴り、きいきいと軋《きし》んで、その音だけが朽ちた死人の体にまとわりついている。法の裁きを受けた哀れなやからは人殺しか、盗人《ぬすつと》か、追いはぎか、密輸人か……死人となった今、それはもはやどうでもいいこと。しかし彼らはあそこにぶら下がり、死肉を鳥についばまれ、その姿が人々へのおぞましい警告となっている。同じ轍《てつ》を踏んではならないという見せしめであり、日が落ちたあとに荒野を横切る者への度胸試しだ。

　ローラ・モーガンと婚約者のサー・エドワード・カーライルが南コーンウォールの海沿いにある屋敷ロズリン・マナーに向かったその夜、この荒涼とした敵意に満ちた風景に、夜の訪れは早かった。二人はエドワードの屋敷バーフィールド・ホールで、友人隣人を招いての婚約祝いをすませてきたところだった。パーティーはすこぶる盛大で、エドワードはひと晩泊まって翌日ロズリン・マナーに戻るようローラを説得したが、若いながらも自分で物事を決断するのに慣れているローラは、帰ると言い張った。

　荒野に昼と夜の中間はなく、あっという間に暗くなって、幽霊の姿をした岩が恐ろしげに夜の空に浮かび上がった。馬車のランプがちらちらと鈍い黄色い光を放つ以外、明かりは乏しく、月は厚い雲の後ろに隠れている。高台にさしかかったところで馬車は暗い靄《もや》に包まれた。土地勘がある者ですら道に迷い、途方に暮れてもおかしくない。

御者のエイモスは突然の靄の襲来に邪魔されるものかと、猛スピードで馬車を進め、馬車はコーンウォールのでこぼこした道をよろめきながら走り続けた。エイモスにとっても荒野は身の毛のよだつ場所で、必要以上に長居はしたくなかったのだ。闇の中、岩陰をこそこそ忍び歩く者たちがいる気がして怖くなり、悪魔に取りつかれた心は、遠い過去からの囁《ささや》きとこだまが甦《よみがえ》ったのだと妄想する。本能的に感じる恐怖を胸に、彼は馬たちを急がせたが、暗闇が行く手をさらに危険なものにした。

馬車の中という安全地帯から、ローラは夜の闇にじっと目を凝らした。靄に包まれた荒野は、静寂の世界に広がる石化した海のようだ。数キロ四方にわたって、朽ちたドルイドの神殿や古代の環状列石《ストーンサークル》が点在し、闇のしみ込んだ岩がいくつも、鋭い刃《やいば》のように夜空に突き刺さっている。そのとき、ローラはエドワードに手を握りしめられ、夢想から引きずり出された。

「さっそく式を挙げよう、ローラ」エドワードがきっぱりと告げた。「ぼくを幸せにしてくれるね」

かすかな光の中でローラは首をまわし、その輝く瞳で彼の目を見つめた。すばらしく魅力的な人だわ。流行の装いに包まれた姿はとてもすてきだし、ダークブラウンの髪を後ろへ撫《な》でつけたスタイルも、ほぼ完璧《かんぺき》と言っていい顔立ちによく似合っている。青い目は冷たく無表情に見えるけれど、その気になれば愛嬌《あいきょう》たっぷりの笑顔にもなれる人だ。

彼を愛せたらどんなにいいだろう。でも、愛してはいない。所有する土地財産と錫《すず》鉱山のホイール・ローズを管理運営するエドワードの手腕はたいしたものだし、わたしに対する彼の高飛車なふるまいにしばしば苛立《いらだ》ちはしても、彼のことはけっして嫌いではなかった。夫が二年前に死んだとき、自分を庇《ひ》護《ご》してくれた彼にはとても感謝している。だけど、好意と敬意だけで結婚は成り立つものかしら？

「せっかちすぎるわ、エドワード。婚約してまだ一週間よ。結婚というものを実感できるようになるまで、もう少し時間をいただけないかしら」ローラはそう答えた。

「知り合ってもう二年近くになる」エドワードは彼女の抵抗に苛立ち、鋭く言い返した。「お互いを知るには充分な時間だ、とぼくは思うが」半ば閉じた目でじろりと彼女を見る。「ほかに誰かいるとでも？」

「いないのはご存じのはずよ。でも、そういうあなたこそ、わたしのことを本当に思ってくださっているのかしら、エドワード？」安心したくて、彼女はためらいがちに尋ねた。

「もちろんだとも——ほかに愛する人はいない。ぼくたちには、互いを幸せにする力があると信じているよ。それに、そろそろきみも自分の将来を考えていいころだ。今のままでは先へ進めないと悟るべきだ。あのだだっ広い隙間《すきま》風の入る古い屋敷をもてあましながら暮らすのは、やめたほうがいい」

ローラはむっとした。「エドワード、それでもあそこが我が家なのよ」

「それも時間の問題だ。ぼくと結婚したら、ロズリン・マナーに住む必要はなくなる。それだけでも、結婚式を先延ばしにしないための立派な理由になるというものだ。きみはこの二年、あの屋敷を実に見事に切り盛りしてきたが、結婚と同時に家の権利は放棄して、夫に譲ることになる。あんな古い屋敷をどうしたものかと思うが、でも何か考えつくだろう」彼は無情に言い放った。

「ロズリン・マナーは美しい家よ」ローラはすかさず弁護にまわった。二年暮らすうちに屋敷に愛情を抱くようになり、結婚したら、エドワードがロズリン・マナーと使用人たちをどうするつもりか心配でならなかった。それについては、これからまだ双方の弁護士を交えて話し合う必要がある。「あそこに住めなくなるのは寂しいわ」

「そうなってみればきっと、重荷を引き渡せてよかった、バーフィールド・ホールの切り盛りに精を出せるようになってよかったと安堵《あんど》することだろう」

ローラは顔をそむけ、彼を怒らせるようなことは――あとで後悔するようなことは口にするまいと言葉をのみ込んだ。ロンドンに暮らす兄のフィリップも、ローラが結婚して身を落ち着けることを願い、あのような尊敬に値する紳士が相手ならば、とこの縁組に賛成した。そしてこの夏、妻のジェーンと二人の幼い子どもを連れてロズリン・マナーを訪れたときには、エドワードの求愛を受け入れるよう妹の背中を押して厳しい口調でこう告げた――この先もずっと苦りきった寡婦暮らしを続けたいというならそれはおまえの自由だが、後悔して生きることになるぞ、と。兄の希望にそむきたくない気持ちはローラの中に常にあった。そして、兄の言葉にはたしかに一理あると思えた。だが、早くもローラは、自分の決断を後悔しはじめていた。

モーガン家にとって土地続きの隣人であるエドワード・カーライルを亡き夫が嫌悪していた事実に気づいたのは、ほんの数日前のことだった。ふいに、彼との婚約はいんちきな猿芝居にすぎず、思い出となった夫への侮辱のように思えた。

ロンドンに生まれ育ち、若くして見知らぬ土地に嫁いだ矢先に未亡人となり、頼りにできる友や親戚《しんせき》もそばにいないという現実を前にして途方に暮れていたとき、エドワードが示してくれた穏やかな気遣いにはローラも心を打たれた。だが、会いに来ることを彼に許したのは、然《しか》るべき喪の期間が明けてからだった。

エドワードに関する陰口は一つとして耳に届かなかったし、たとえ届いたとしても、ローラは噂話《うわさ》をやたら気にするたちではなかった。ところが先日、買い物をしにセント・オーステルへ行ったとき、見ず知らずの人たちが彼の話をしているのが聞こえ、ローラは手袋を買うのにわざとゆっくり時間をかけながら耳をそばだてたのだ。そして、生涯を託そうとしている男について知れば知るほど、自分が彼についてまったく無知であったことに気づいた。

エドワードはこの土地に小さな錫鉱山を二つ所有していた。ホイール・ローズは現在も稼働中だが、もう一つの鉱山は数年前に閉鎖された。というのも、借金返済のため、エドワードの亡父が土地のかなりの部分をモーガン家に売却したのだ。それを取り戻したいとエドワードは考えており、とくに狙《ねら》っているのはロズリン入り江へ続く一画だった。入り江はイギリス海峡を渡ってくる密輸品を荷揚げするのに格好の場所だった。

不思議なことに、エドワードの富はこの二年間で膨れ上がっていた。ロンドンへ出かけては派手なふるまいをするようになり、賭博台《とばく》では小銭は賭《か》けず、ケンジントンに当世風の家を買って贅沢三昧《ぜいたくざんまい》に客をもてなし、ここコーンウォールの馬屋もすばらしく立派な馬で埋められるようになった。

突然羽振りがよくなった理由については理由が見当たらないが、錫の生産量は低いのだから鉱山とは関係ないはず、というのがロンドンの大方の人の意見だった。そしてつい最近、ローラはこんな噂を耳にした。今、コーンウォールの南岸では大儲《もう》けできる違法な取り引きが盛んに行われており、エドワードもまた、ある非常に組織だった密輸団のリーダーだと。

初めはローラも話半分にしか聞いていなかった。地域の大黒柱で人望の篤《あつ》いエドワード・カーライルが犯罪者だとは、ましてや彼がフランスやチャンネル諸島から密輸品を運んでコーンウォールの人目につかない小さな入り江に荷揚げするという違法行為に手を染めているとは、誰も思わない。だが、ローラはその鋭い洞察力を働かせ、考えを巡らせてみた。

現在、フランスが暴力による社会不安の中にあるにもかかわらず、エドワードがたびたび渡仏しているのはなぜだろう？ そして、すべての事実を斟酌《しんしゃく》した結果、それらの噂にはいくらかの真実が含まれているのかもしれないという結論に達したのだ。

最近、真夜中に人の動きがあることもローラは見逃していなかった。眼下の入り江に現れる、怪しげな雰囲気の船と男たち。夜明け前に入り江を離れて荒野へ消えていく、うずたかく積み荷をのせた荷馬車と、樽《たる》や包みをずっしりと背負わされた荷馬たち。彼らの前に立ちはだかり、モーガンの土地を横断するなと申し渡したいところだが、そんなことをすれば報復されるおそれもある。コーンウォールでは、誰もが密輸人の活動に目をつぶっている。彼らを密告すれば命はない。

エドワードが、夫の土地を相続したローラと結婚したがるのは不思議ではない。そうは思うものの、彼に対する重大な疑惑が心を覆っている今、ローラはどうしても結婚へ踏み出す気になれず、それでこうして時間稼ぎをしているのだった。自分に味方してくれるものは時間しかないのだから。

「明日の朝、ぼくは出発するよ」さっきよりも寛容な口調でエドワードは告げたが、彼女をじっと見たままにこりともしなかった。「一週間で戻ってくる。結婚について考えるには充分だろう。ぼくが戻ったとき、きみの気持ちが固まっているといいのだが」

「ええ、もちろんよ」ローラはこわばった声で答え、ふたたび目をそむけた。

エドワードはローラの横顔を見つめ、その古典的な気品に満ちた輪郭を視線でなぞった。頬に影を落とす黒檀《こくたん》色の長いまつげ、うなじにかかる豊かなブルーブラックの巻き毛。彼女のような女性には、ロンドンでもコーンウォールでもお目にかかったことがない。ローラは並はずれて美しいが、結婚したい理由は、その見目麗しさのためではない。彼女がどこの誰で、その彼女を妻としたときに何が手に入るか、それが大事なのだ。

狩猟本能とチャンスに飛びつく才にすばらしく長《た》けているエドワードは、ローラの夫が死に、彼女が唯一の遺言受益者となったのを知って、さっそくロズリン・マナーに姿を現した。彼がどれほど人心を繰るのがうまい男か、夫を失って深い悲しみに暮れていたローラが気づくはずもなかった。エドワードはふたたび彼女の手を取り、自分の唇に当てた。

「ローラ、まもなくきみはぼくのものになる」彼はさらに口調をやわらげ、そうつぶやいた。「きみもわかっていることだ」

馬車は荒野を抜け、森林地帯に入った。強風に木々がざわざわと揺れ、馬車の車輪の音をかき消す。ローラは身震いした。こんな夜には、あらゆる種類の亡霊と悪魔が出歩いている気がする。

だが、道端にふいに現れたのは――魔法のように地面から飛び出してきたのは幽霊ではなく、馬に乗った二人組の男だった。

ぬっと現れた恐ろしげな男たちにエイモスは震え上がり、その背筋に氷のような汗がたらたらと流れた。男はどちらもダブルの長いコートを着て三角帽を目深にかぶり、顔の下半分をハンカチで覆っている。エイモスの恐怖を感じ取り、怯《おび》えた馬たちが甲高い声をあげて疾走した。でこぼこ道を勢いよく進む馬車の車輪が、地面から浮き上がった。

ローラとエドワードは馬車の中で転がりながら、しがみつけるものに必死でしがみついた。同時にエドワードは激しく罵《ののし》り、追いはぎのことを何やら口にしながら腰のピストルを手探りした。馬に乗った二人の男と空を飛ぶ蹄《ひづめ》、体に伝わってくる車輪の激しい震動。自分は悪魔の手に落ちたのだとローラは思った。数時間にも思える数分が過ぎたころ、馬上の男たちがとうとう怒り狂った馬車馬を止め、馬たちは横滑りしながら停止した。

「どおどお！　さあ、止まれ、さあ、落ち着け」

馬の興奮を静めようとするくぐもった声が、馬車の中のローラの耳にも届いた。窓からおそるおそる外をのぞくと、馬に乗った男が一人、彼女のほうへ向かってくるのが見えた。冷たい夜気の中をドラゴンのように鼻息も荒く迫ってくる馬と男の姿に、目が釘《くぎ》づけになる。銃身の長いピストルが自分にぴたりと向けられた瞬間、体に氷のような戦慄《せんりつ》が走り、ローラは言いようのない恐怖に囚われた。

男たちは追いはぎだ。それは明らかだった。武装した男が夜の街道で大胆不敵に強奪を働くという事件が頻繁に起きており、夜間の移動は控えるようにとの勧告も出ていた。帰るのは夜が明けるまで待とうというエドワードの提案に逆らったことを、ローラは後悔しはじめていた。

彼女が座っている側の、馬車のランプはすでに消えており、真っ暗で男の顔は見えなかった。ローラはとっさに、脅威を締め出そうとする子どものように、馬車の中の暗がりへ引っ込みたくなった。けれども同時にわき起こった怒りが心を制し、勇気と冷静さを与えた。

「どちら様？」ローラは叫んだ。「なんのご用？　よくも馬を脅かしてくれたこと。危うくみんな死ぬところだったわ」

「申し訳なかった」男の低く太い声に悔恨の響きは不《ふ》明瞭《めいりよう》だった。口を覆ったハンカチのひだのせいで言葉は不明瞭《めいりよう》だった。「馬には非常な敬意を払っている。彼らを苦しめるつもりはなかった」そう言うと、男は馬に拍車を当てて馬車の傍らまで進め、身を乗り出して中をのぞき込んだ。「ご両人、降りていただけないだろうか」慇懃《いんぎん》無礼な物言いだ。

いつも取り乱すことのないエドワードがまくし立てた。「うせろ、この盗人！」彼は窓際からローラをぐいと引き離したが、馬車の床にピストルを落としてしまい、罵りの声をあげた。拾い上げようとすれば、撃たれる危険がある。「けしからん！　ぼくはサー・エドワード・カーライル、この土地の実力者だ。我々にちょっかいを出すな。さもないと、いずれ命をもって罪を償うことになるぞ」

「おたくが何者かは百も承知だよ。こちらの要求に従ってもらえるとありがたいのだが」男はもの柔らかな皮肉っぽい口調で言った。「できればその顔を吹き飛ばしたくないのでね。求めに応ずる相手には、けっして暴力はふるわない」

「それでも、捕まったら吊《つ》るし首よ」ローラは言い返した。

追いはぎは笑い声のような小さな声をもらした。「そのとおり。大方の追いはぎは絞首門で人生最後の日を迎えるわけで、こっちもそれは覚悟している。だが、こんなことになったのはあんた方のせいだ。日が暮れてから荒野を横切る身だしなみのいい人間を狙って、この時間にはやくざ者がごろごろしているんだ。さあ、早く降りてくれ。時間の無駄だ」

ピストルを向けられていては応ずるしかなかった。二人はしぶしぶ馬車を出て街道に立った。追いはぎの相棒も下馬して、エイモスを見張っていた。エイモスはすでに御者台から這《は》い降りていた。

追いはぎが馬を後退させ、鞍《くら》から降りた。エドワードもけっして小男ではないが、相手はそのエドワードより頭一つ分背が高く、動作には略奪者特有の、死の雰囲気を持つ優雅さが漂っている。超然とした態度を崩さないものの、そこにいるだけで場を支配している。彼はローラに挨拶《あいさつ》するように帽子に触れ、ついでベルトにくくりつけた鞘《さや》から、ナイフを手際よくねじるようにして引き抜いた。

エドワードの血の気のうせた顔が、乏しい光の中に白く浮かび上がった。彼は肩をいからせ、後ずさった。「つまり……殺す気か」

追いはぎは考えを巡らせながら、うなずいた。

「かもしれない」そう答えると、ナイフの刃に躍る青い光に命を吹き込むかのように、手にした凶器に命じっと見入った。そして前進すると、エドワードの顎の下に刃を押しつけた。

ローラはあえいだ。「やめて！」

追いはぎがエドワードから目を離さずに、冷酷に告げた。「口出しは無用だ、マダム」

「きみはそこを動くな」ナイフを手にした男に今にも飛びかからんばかりのローラに向かって、エドワードがしゃがれた声で命じた。「何が欲しい？ぼくは高価なものは持っていない」

追いはぎは彼の喉にナイフを突きつけていたが、しばらくして冷ややかに肩をすくめ、エドワードから離れた。「おいおい、おたくは紳士のはずだ。それには異議を唱えたい者も大勢いるだろうがね」彼は嘲《あざけ》った。「財布は持ち歩いているだろう。装身具や時計、幅広《クラバット》のネクタイのピン、指輪、嗅《か》ぎたばこ入れ、そういう価値のあるものを何か持っているはずだ。全部出せ、さもないとひどい目に遭うぞ」

エドワードは自分の腹を狙っている黒い銃口にちらりと目をやり、観念したように首に巻いたクラバットからのろのろとダイヤとルビーのピンをはずすと、懐中時計と一緒に地面にほうった。立派な指輪と、婚約の際に承諾の証《あかし》としてローラから贈られた嗅ぎたばこ用の美しい銀の箱もそれに続いた。

追いはぎはそれらの品々を見下ろし、ブーツの爪先でつついてから、ゆっくりと言った。「まったくだ。おもしろいものは何もないな——これ以外」彼はエドワードから目を離さず、嗅ぎたばこ入れを拾い上げると、ろくに見もせずにポケットに押し込んだ。

「悪党め」エドワードは吐き捨てるように囁き、体の両脇《りょうわき》で拳《こぶし》を握った。「なんのゲームをしているのか知らないが、追いはぎにしてはひどく変わり者だな。その時計のほうがずっと高価なのに。ぼくの貴重品はこれで全部だ」

追いはぎはローラに視線を移した。「そうかもしれないが、こちらのレディが持っているかもしれない」と言うが早いか、彼女の喉のところで結ばれていた紐《ひも》が一瞬にして切り裂かれ、足元にマントが丸くなって落ちた。ローラは不意打ちを食らい、息をのんだ。ナイフを鞘に収める彼の目が、青いベルベットのドレスの胸からのぞくクリームのように滑らかな膨らみの、そのすぐ上にのった大きなサファイアと真珠のネックレスに釘づけになった。

心臓が止まりそうになり、彼女は思わずネックレスを守るように握りしめた。「だめよ。これだけは取らないで。頼むから！」

「頼むのは勝手だが、このぴかぴかしたやつは、けっこうな値で売れるだろう」

「やめて。これは、結婚式の日に夫から贈られたものなの……夫の形見なのよ。お願いだから、取り上げないで」彼が一瞬躊躇《ちゅうちょ》したようにローラには思えたが、それで引き下がる相手ではなかった。

「お涙頂戴《ちょうだい》の話を聞く時間じゃないぞ。それに」と追いはぎはつぶやきながら彼女に視線を這わせた。魅惑的なドレスと胸の曲線に目が吸い寄せられる。「その姿にはうっとりだ。宝石などなくても美しいよ、マダム。だからネックレスをはずせ」

「そんなものくれてやれ」エドワードが吐き出すよ

うに言った。「くれてやれば、とっとと消えうせるだろう」

だが、ローラは頑《かたく》なに拒んだ。「いやよ。渡さないわ」

「渡せ、こっちが力ずくで奪う前に」

「まさかそんなまねはしないでしょう」彼女は蔑《さげす》むように言った。

「どうかな」

相手を威圧する長身と、自分の胸に向けられたピストルを見て、ローラは憤激をのみ込んだ。もの柔らかだが脅しの響きを帯びた口調、筋肉の盛り上がった肩。そのとき、みぞおちに初めて恐怖が渦を巻き、彼女は震える指で宝物のネックレスの留め金をはずして、彼に手渡した。ハンカチに隠れた顔は、きっと腹立たしいほどにやにや笑っているのだろう。追いはぎはローラの大事なネックレスを宙にほうり上げると、その手でふたたびつかんでコートの中へ押し込み、横柄な態度でぶらりと彼女に近づいた。

ハンカチの後ろで、低く賞賛の口笛が吹かれた。ローラは喉がからからになり、ひどく淫《みだ》らな視線が体の上を這いまわるのを感じて、頬がかっと熱くなった。その嘲るような視線に耐えきれずにマントを拾い上げようと腰を屈《かが》めたが、追いはぎは小さく笑い声をあげて、ブーツの脚ですかさずマントを踏みつけると伸ばした指一本で彼女の顎を持ち上げた。ローラは不安でたまらなくなった。

「あなたは誰なの？」

「追いはぎさ」彼は愛想よく答えた。

「彼女から手を離せ」エドワードがわめき立てた。

「ぼくの婚約者だぞ」

追いはぎの体がこわばるのがローラにもわかった。彼はローラの気品に満ちた完璧な顔立ちをしばらく見つめてから、手を離した。その瞬間、風が立って雲間から月光が差し込み、二人をさっと照らした。

ローラは顔を上げ、三角帽に隠れた目を初めてまともに見た。銀色に近い淡い瞳はガラスのようにきらめき、氷のように冷たい。その目がふたたびローラを捉《とら》えてまじまじと見つめ、彼女の魂を探った。ローラは自分の心の奥底にある思いを見抜かれている気がしてならず、何か抗《あらが》いがたい磁力が存在するかのように彼に引き寄せられて、一瞬、胸騒ぎを覚えた。

「この男の妻になるのか?」追いはぎが尋ねた。

その目を見つめたローラの口を言葉がついて出た。

「ええ。でも、それは通りすがりの追いはぎが知ったことではないでしょうけれど」

それまで彼女の目を食い入るように見つめていた冷たい目が、ふいに顔の中で生き物のように燃え上がった。ローラはうろたえた。なぜ自分の言葉が相手を怒らせたのかわからない。彼女は青ざめ、じりじりと後ずさったが、襲いかかる蛇のように彼の手がローラの手首をつかんで、ぐいと引き寄せた。追いはぎは見張り役の相棒にさっと目をやり、彼女を木立の中へ、地獄のような闇の中へ無理やり引きずり込もうとした。相棒は火薬と弾丸を込めた二挺《ちょう》のピストルをエドワードとエイモスに向けたまま動こうとしなかった。

「ちくしょうめ」エドワードは激昂《げっこう》して叫んだ。「よくもそんなまねを! ぼくのレディを辱しめる気か! 今すぐ彼女を解放しろ」

追いはぎは彼を無視して人の目と耳が届かないところまで木立の中を進み、ようやく足を止めると、ローラから手を離して静かに帽子を取り、ピストルと一緒にそばの丸太の上に置いた。わたしはきっと死ぬよりひどい目に遭わされるのだわ、と彼女は心臓の鼓動を感じながら追いはぎの姿を見つめた。ハンカチが口からはずされると同時に、相手の顔があらわになった。

彼女は一瞬、麻痺《まひ》したように、その引き締まった冷徹な顔を見つめた。

誰なのか、わかったのだ。

幽霊を見た者が自分の目を疑い、ぞっとするのと同じ恐怖がローラを捉えた。体の血が凍りついてヒステリー状態に陥り、膝から力が抜けてくずおれそうになる。できるものなら叫び声をあげ、この衝撃をはねのけたい。だが、声が出なかった。まるで夢の中にいるようだ、夢でなければ、自分の頭がどうかしているのかしら。これが現実であるはずがない。

「あなた！」その言葉が唇からすばやくもれた。

ルーカス・アレクサンダー・モーガン。フランスからイギリスへ向かう船を襲った海賊に殺されたと伝えられた自分の夫が、目の前で皮肉な笑みを浮かべていた。

2

「エドワード・カーライルに夢中で夫のことなど忘れてしまった、というわけでもなさそうだな」ルーカスの声は柔らかかったが、こちらはすべてお見通しだと言わんばかりに、目には非難が浮かんでいた。

口を覆っていたハンカチはすでにはずされ、その低く太い声にはたしかに聞き覚えがあった。ローラの呆然《ぼうぜん》とした頭は、夫が生きている現実をようやく受け入れた。「でも……でも、あなたは死んだと思っていたわ」彼女は囁《ささや》いた。

「そのようだな」彼は辛辣《しんらつ》に言い返した。

「だけど……わたしはエドワードと結婚することになっているのよ。わたしたち、正式に婚約したの」

「それも今日までだ。きみはぼくと結婚しているんだぞ。何があってもそれは覆されない」ルーカスは荒々しい声でそう告げたが、もしやローラはカーライルに思いを寄せているのか、と気づいた瞬間、顎に力が入り、怒りが膨れ上がった。そうなのかもしれない。自分が鎖につながれ、昼も夜も死臭にまとわりつかれながら恐怖に身をすくめ、這《は》いまわる鼠《ねずみ》と看守が配る腐りかけのわずかな食べ物に耐えて二年という長くうんざりする獄中生活を強いられていたあいだ、妻は夫が忌み嫌う男と交わっていたのかもしれない。

「ぼくに会えてうれしくないのか？」彼はきいた。

永遠とも思える長い時間、ローラは自分の人生にふたたび押し入ってきた、ハンサムで雄々しい男をじっと見上げた。以前より頬はこけたものの、顔つきは誇り高く尊大で、力強い下顎の輪郭には容易になだめすかすことのできない威厳が、突き出した顎先には冷酷な決意がにじんでいる。かつて、夏のそよ風のように優しいと思った瞳も今は冷たく頑としていて、そこに柔らかさや思いやりは感じられない。

ルーカスの目が彼女を品定めするように細くなった。ローラの手が自分の喉元をなぞった。彼とは過去に夫婦として親密な時間を過ごしたのに、なぜかドレスの深い襟ぐりが恥ずかしくてたまらない。

「ご、ごめんなさい。驚いてしまって……あたりまえだけれど。気持ちがひどく混乱しているの」

「夫の死を伝え聞いても、きみは悲しみもそこそこに愉快にやっていたようだな」ルーカスは皮肉を言った。「どう見ても悲嘆に暮れる未亡人には見えないよ。きみはその手に、ぼくが喜んで地獄へ突き落としたいと思う男から贈られた指輪をはめている。この腕に飛び込んでうれし涙を流したところで、ぼくには納得がいかない。ぼくの怒りを静め、許しを勝ち得るには何かほかの手を考えたほうがいい」

募る苦しみと怒りを抑えきれず、ローラは悪魔でも見るように彼を見た。「許しを勝ち得る？」彼女は猛然と食ってかかった。「なんであれ、あなたから勝ち得るつもりはいっさいありません。わたしはあまりにも長いこと——念のため申し上げると二年間も一人で生きてきましたし、誰かに指図を受けることなどありません。わたしの行動はすべて自発的なものですから」

「これからは違う」ルーカスは歯ぎしりしてそう言うと、のしかかるように、冷ややかな非難のまなざしで彼女を見下ろした。ローラの勇ましい反撃を受け、彼は今、憤激と驚愕《きょうがく》と賞賛の入り混じった奇妙な気分に陥っていた。「これまでどおりというわけにはいかない」ルーカスは冷静に続けた。「夫には妻の行動を支配する権利がある。きみはぼくの言うとおりに動く。きみが抵抗しようが、ぼくは気にしない。屈伏させるまでだ。きみのおふざけは度を過ぎているな。真夜中に付き添い《シャペロン》も伴わず、あんな悪党と田園地帯を遊びまわるとはどういうことだ。ぼくが忌み嫌って当然の男と、きみがべたべたしているのを見れば、怒って当然だろう。こうなるのに時間はかからなかったんだろうな？　カーライルはぼくの土地を、金を……そして妻を盗んだ」

二年前のローラなら、こんな残酷な言葉を浴びせられれば、ぶるぶる震えて泣き崩れていただろう。だが、今は違う。怒ったローラは一歩夫に近づいた。過去にこれほど怒った記憶はなかった。

「エドワードは何も盗んでいないし、わたしも不適当なふるまいに及んだ覚えはありません。軽率だとあなたに責められる筋合いはないわ。エドワードとわたしは婚約しているのだから、シャペロンは必要ありません。エドワードとの関係について——それを言うなら誰との関係でもかまいませんけれど、もっと詳しく知りたいとお望みなら、喜んでお聞かせするわ。そんな侮辱を受ける謂《いわ》れなど、どこにもありませんから」怒りに目を燃え上がらせ、彼女は息を吸い込もうと言葉を切った。「よくもそんな口がきけたものだわ。あなたは自分が死んだとわたしに信じさせたのよ。自分のしたことがわからないの？帰国を知らせる手紙を一通よこしたきり、まったく音信不通になって、そしてあなたの乗った船が海賊に捕まって全員殺されたという知らせが届いたのよ。全員というのはつまり、生きのびてイギリスにたどりつき、事件について報告した一人の男を除いて、ということでしょうけれど」

イギリスを発《た》って二カ月後、ルーカスの手紙がフランスから届いた。ペリカン号という漁船でルアーヴルからポーツマスへ渡るので、ポーツマスまで迎えに来てほしい。そこから一緒にロンドンで友人や家族と過ごしたあと、コーンウォールへ戻ろうという内容だった。ローラは彼の指示に従った。

そして二週間が過ぎようとしたとき、ペリカン号の残骸《ざんがい》がフランスの海岸に打ち上げられたというニュースがもたらされた。生存者は一人だけだった。得体の知れない集団、つまり海賊に襲撃されたペリカン号に乗船していたその男は、命の危険を感じて自ら海に飛び込み、海賊どもが乗船者全員を殺害して海に投げ落とし、船荷を奪ったあとでペリカン号を沈めたその一部始終を目撃したのだという。その後、彼は通りかかった船に救われてイギリスへ戻り、経緯を報告したというわけだ。

「わたしの気持ちにもなってみて」怒りに駆られて彼女は続けた。「それとも、自分の生存を知らせる手紙を書くことはおろか、わたしのことなど思い出しもしないほど、あなたの中でわたしの存在は薄かったのかしら？」

「そういうことではない」

「信じないわ」ローラはかっとなった。淡いブロンドに黒い瞳の美女の姿が目に浮かび、どうせ頭の中は彼女のことでいっぱいだったんだわ、とローラは決めつけた。もしかしたら、彼は新婚初夜、わたしに偽の愛の言葉を囁きながらあの女性のことを夢見ていたのかもしれない……。すでに心を焼き焦がしている憤怒《ふんぬ》に嫉妬《しっと》が加わり、耐えがたい苦しみが襲ってきた。「わたしのことなどどうでもよかったのよ」彼女は続けた。「そういえば、わたしはあなたにとってしゃくにさわる邪魔者だったわね。あなたがわたしの評判に傷をつけたというので、父にわたしとの結婚を迫られて、しかたなく責任を取ったのですもの。あのとき、本当は別のレディをさらいたかったのに、お酒に酔って頭に霧が立ち込めていたせいで、間違ってわたしを馬車に乗せてしまったのよ。そうでなければ、わたしのことなど振り向きもしなかったでしょう。そして、あなたはわたしを愚かで騙《だま》されやすい人間だと考え、この忌まわしい哀れな女から逃れたい一心で、姿を消そうと決めたのかしら？　でも、あなたの沈黙の理由がなんだったにせよ、わたしはまだあなたが愛と敬意を誓ったその妻であり、こんな扱いを受ける筋合いはないわ」

ルーカスはかすかに眉をひそめた。「お言葉だが、ローラ、ほかの女性を求めたことはない——あのときも、今も。きみと結婚する前の数週間、ぼくがかかわっていたある事態については理解してもらえるとも思えないが、そのうち洗いざらい説明しよう」

ローラの悲劇的なまなざしを見たルーカスの顔に皮肉っぽい表情がよぎり、引き締まった官能的な唇にねじれた嘲《あざけ》りの笑みが浮かんだ。彼はそっとローラの顎を持ち上げた。「おや、どうした、ぼくのかわいそうな奥さん？　結局、ぼくが恋しかったと言いたいのか？」

ローラの頬がかっと熱くなった。そんなふうに反応した自分に彼女は仰天し、腹立たしげに彼の手を払いのけた。「そんなことはいっさい言っていません。でもせめて、この二年どこにいたのか、わたしに説明するだけの礼儀はわきまえてほしいわ。それに、なぜあなたはこんな格好をして、疑うことを知らない善良な旅人から金目のものを奪う追いはぎになって、このコーンウォールを馬で駆けずりまわっているの？　ばかげているわ！」

「信じてくれ。ぼくは自分が何をしているのか、なぜそうしているのか、ちゃんとわかっている」

「だったら、こんなところで話をしていないで、エドワードにあなたの正体を明かしましょう。あなたの相棒が彼を撃ち殺さないうちに」

くるりと背を向けて歩き出す彼女の二の腕をルーカスの指がつかみ、さっと振り向かせた。「よせ。そんなことは夢にも考えるな。逆らったら承知しないぞ。カーライルが今夜きみを送り届けたら、それで彼とはお別れだ。どんなことがあっても、二度と彼をぼくの家に入れてはならない――絶対に」

「無理よ」ローラは言い張った。「そういうわけにはいかないわ。彼に説明しなくては……」

「言うとおりにしろ。ぼくが誰なのか、彼に教えてはならない。しばらくのあいだ、ぼくの正体を隠しておく必要があるのだ。ぼくがまだ生きていて、このコーンウォールにいることは誰にも知られてはならない。おわかりかな、ローラ？」

ルーカスは力ずくでも従わせるつもりだと知って、ローラの気持ちはくじけた。怒りに満ちた彼の顔を見つめる胸に苦々しさがあふれ、苛立《いらだ》ちの涙に目がちくりとする。喉に込み上げた熱いものをのみ込み、ローラはうなずいた。「ええ」

すっかりおとなしくなったローラを見てルーカスは態度をやわらげ、彼女の腕から手を離すと、自分を見上げるその悲壮な顔を見下ろした。涙のにじんだ大きな瞳は、ほとんど紫に近い濃いブルーだ。彼は息をのんだ。

刺激的なほど美しく、堂々とした、魅力たっぷりのこの女性が自分の妻だとは信じられない。鼠の這いまわる監房の中にいても、心にいつも生き生きと甦《よみがえ》らせてきた愛らしい姿がここにあるのだ。健康的に輝く肌と、少女らしさが消えたしなやかですらりとした体。小さかった胸はすばらしく丸みを帯びた二つの膨らみに成長して、ドレスの前身ごろを押し出している。むき出しの肩につややかな黒い巻き毛がこぼれ落ちる美しい女性と、怯《おび》えておろおろしていたかわいらしい少女の姿がだんだん一つに重なってくる。だが、あの少女なら、怒れる女神となって彼に刃向かう勇気など持っていなかっただろう。

ルーカスの心に、不本意ながら賞賛の気持ちがわき上がったが、あいにくそれは彼をますます怒らせることとなった。彼が結婚したあの内気で無垢《むく》な少女は、夫が不在のあいだに率直で溌剌《はつらつ》とした美しい女性に成長し、夫が敵とする男に慰めを求めたのだから。ルーカスは生まれて初めて抑えがたい激しい嫉妬に駆られ、その感情は彼のはらわたをよじって、心に完璧《かんぺき》な不意打ちを食らわせた。こんな気持ちになるなど、まったくもって不愉快だ。

自分がフランスの監獄でやせ衰えていたあいだにローラは実に魅惑的な美女となり、エドワード・カーライルのような男たちと連れ立ってコーンウォールを騒がせていたのだ！　彼は顎にぐっと力を入れ、二年前に最後に目にした彼女の姿を冷ややかに心から締め出した。そして無言のまま、すばやく帽子をかぶり、顔の下半分にハンカチをしっかり巻きつけると、ローラの腕を取って馬車まで戻った。

彼女を連れて木立の人目につかない暗がりへ姿を消せばエドワードは逆上するだろう、という狙《ねら》いがルーカスにあったのだとすれば、結果は思うつぼだった。二人が姿を現すや、エドワードはひと声、言葉にならない憤怒の叫びを発した。その瞬間、ローラは彼の目に狂気を読み取った。食いしばった歯、痙攣《けいれん》したように開いたり閉じたりする両手。エドワードはルーカスに飛びかかる気かしら。だが、ありがたいことに、彼は自分を制した。

「彼女に指一本でも触れたなら、ただじゃおかないぞ」エドワードは歯ぎしりし、怒りに満ちたしゃがれ声で言った。「いつか死刑にしてやる。絶対に」

ルーカスは嘲笑《あざわら》った。「そんな脅しなどなんとも思わないさ、カーライル。それより、自分の身を案じることだな。さあ、行け。レディを送っていけ」

エドワードがローラに手を貸して馬車に乗り込ませるのを見届けてから、彼は鞍《くら》にひらりとまたがった。相棒も、彼ほど軽快ではなかったものの、自分の馬の背に戻った。そしてエイモスが鞭《むち》を当て、馬車がロズリン・マナーめざして動き出すまで、二人ともピストルを下ろさなかった。

振り返らずともローラにはわかった。エドワードと立ち去る妻をじっと見つめる、ハンカチに隠れた夫の顔は、氷のような怒りの表情に変わっていることだろう。馬車の中で、彼女はエドワードの花崗《かこう》岩のような顔を見つめ、あなたとは結婚できないと、どう伝えようか考えた。

「大丈夫よ、エドワード。何事も起こらなかったわ」彼の不安をやわらげるつもりでローラは言った。乱暴されたのではないかとエドワードは思っているかもしれない。だが、ローラの言葉に彼はむっとして、訝《いぶか》しげな視線を投げた。

「あの悪党がきみに指一本触れなかった、そう信じろというのか？」エドワードはいきりたった。「十分も戻ってこなかったんだぞ」

ローラは必死で平静を保ち、どうにか穏やかな笑みを浮かべた。ルーカスに会って自分が動揺していることだけは悟られてはならない。「誓ってわたしには触れなかったわ。ただ……話をしただけよ」

エドワードがその細めた目を光らせて彼女を見た。

「話？　それはなおさら興味津々だ。なんの話をしたのか教えてくれないか――きみの宝石を盗んだばかりの男にどんな話をしなければならなかったのか？　はいそうですか、ではすませられない。跡をつけていったらきっと、あの悪党がきみを凌辱《りょうじょく》する気でいるところを、この目で見たに違いない」

侮蔑《ぶべつ》を帯びた声に、彼女の体がこわばった。「誤解しているわ、エドワード。誓って彼はわたしに触れなかったわ。この話はこれで終わりよ。持ち物を少々盗《と》られたにせよ、少なくともわたしたちは無事に逃げ出せたのだもの。それを感謝しなければ」

エドワードは座席の隅に背を預けながら、静かに怒気を発している。「今夜のことをあの男は後悔するはめになるぞ。やつを見つけて吊《つ》るし首にするまでは心が休まらない」

向かいの座席でローラは身震いした。これほど憎しみに満ちたまなざしは見たことがない。彼女は窓の向こうの暗闇《くらやみ》へ顔を向けたが、馬車が進むにつれ、夫に遭遇した一部始終も自分の想像の産物だったような気がしてきた。その非現実的な感覚は、ロズリンに到着するまでずっと消えなかった。自分の人生に突如再登場した男に思考を奪い取られ、心はいつしか彼と最初に出会ったあの日へと舞い戻っていた。

当時ローラは、官庁街《ホワイトホール》の海軍省に所属していた父、サー・ジェームズ・ラッセルとロンドンで暮らしていた。母はその数年前にすでに他界していたが、母の姉妹のジョサフィンおばは幼い姪《めい》を常に心にかけ、ロンドンの自邸で催すちょっとした気晴らしのパーティーに彼女と父親をよく招いてくれた。そこに招待されるのはみな、陽気で魅力的な人物ばかりだった。

そんなある日、ローラは、フランス人の友人と連れ立ってパーティーに現れたルーカスに出会ったのだ。フランス人はたしかムルニエ伯爵という名の、すばらしく気立てのいい快活な若者で、彼の礼儀作法には大変感心させられた。反対に、ルーカスは社交的とは言えず、妙に場違いな印象を受けた。長身で肩幅が広く、じっとしていることのないその体とブロンズ色に焼けた顔は、おばの客間でひらひらするフリルやひだ飾りよりも、戸外で繰り広げられる活動の世界にふさわしいと思えた。パーティーでのお遊びは彼には退屈だったらしく、いっさい参加せず、一人離れて、その誇り高い考え込むような銀色の視線を人々に向けていた。

ローラの陽気な友人で、最新のゴシップに通じたリディア・シェルダンが彼女に囁いた。ルーカス・モーガンには要注意よ、あの露骨な男らしさと黒髪の魅力的な風貌《ふうぼう》に女たちはつい吸い寄せられるのだから、と。噂《うわさ》では、彼はこれまで愛人には不自由することがなく、とりたてて結婚を急いでいるふうもない。コーンウォールに土地を持つ紳士で、ロンドンへはよく仕事絡みで足を運ぶのよ、とリディアが教えてくれた。

その後もパーティーで何度か見かけるうちに、今日も会えるかしら、とローラは彼の姿を捜すようになった。ルーカスはいつも例のフランス人の友達を連れており、引く手あまたと言われるウェストン姉妹と一緒にいることが多かった。ブロンドの髪の美人姉妹デイジーとキャロラインは、どこの催しでも、そのうわついたふるまいで男たちの目を引いていた。

あいにく姉妹も、そして姉妹に近づこうとする紳士たちも威厳に満ちた母親の監視から逃れられず、母親は大事な娘たちから片時も目を離さなかった。それでも、ルーカスとしばしば話し込んでいるキャロラインの姿をローラは見逃さなかった。キャロラインは彼に目をつけたのよ、彼を射止めるためならなんでもするつもりだとわたしに打ち明けたのよ、というリディアの言葉を一瞬たりとも疑わなかった。ピンク色に頬を染め、大きく見開いた黒い瞳を期待を込めてきらめかせながら、ルーカスが口にするひと言ひと言に熱心に反応するキャロラインの姿は、クリームをぺろぺろなめる子猫のようだった。

おばがローラをルーカスに紹介したが、彼は無愛想で、とても厄介な相手に思えた。おまけに、そんなことでがっかりするのもばかみたいだとは思うものの、ローラの頭は彼の肩にやっと届くかどうかだった。ルーカスの目は十人並みの器量の娘を関心なさそうにさっと眺めただけで、目はローラのほうを向いていても、彼女を見てはいなかった。ルーカスはすぐにローラから離れていった。きっと彼の目には、まるで未熟な娘と映ったのだろうが、その瞬間からローラの心はコントロール不能に陥った。

自分の内側に灯《とも》された一本のろうそく、その炎をどうしても消せなかった。彼のことを考えまいとすればするほど、炎は大きくなっていった。こんな思いに囚《とら》われるのはばかよ、彼はわたしのことなど眼中にもないのだから。胸の苦しみから救われたいのなら、彼が現れそうな場所へは出かけないことよ、と自分に言い聞かせたものの、実際は、彼に会えるチャンスを片っ端から捉《とら》えては、心慰められる毛布のようにぎゅっと胸に抱きしめた。彼を見かける機会が訪れるたびにわくわくし、そして今度はいつかしらと待ち焦がれ、その数少ない大切な日を忘れないようにカレンダーに赤いばつ印をつけた。

ローラの人生を変えたあの間違いが起きたのは、彼女がある晩遅く、父親と連れ立ってパーティーから帰ろうとしたときのことだった。外は土砂降りで、強風が吹き荒れていた。パーティー客でごった返す通りは混乱をきわめていて、みんな頭にのせた凝った髪飾りを手で押さえながら、自分の馬車を探そうとした。どうしたわけかローラは父親とはぐれ、馬車に乗り込んだときは一人ぼっちだった。すると、馬車がいきなり猛スピードで走り出し、轢《ひ》かれそうになった人々が恐怖の悲鳴をあげたのだ。

ローラはぞっとして、御者に叫んだ。〝馬車を止めて！ これは何かの間違いよ〟だが、雨と風の音にかき消されて自分の声も聞こえなかった。疾走し続ける馬車の中で、彼女は極度の不安に陥った。自分の身がどうなるのか、どこへ連れていかれるのか、見当もつかない。馬車がすでに川を渡り、リッチモンドの方角へ向かっていることしかわからなかった。

激しく揺さぶられながら一時間かそこらが過ぎたとき、御者がようやくリッチモンド・パークに馬車を止め、御者台から飛び降りて、扉をさっと開けた。驚いたことに、彼女の目の前に現れたのはルーカス・モーガンだった。彼は仰天のまなざしでローラを見つめ、ついで怒りと苛立ちをあらわにした。その瞬間、自分が乗っているのがウェストン家の馬車で、父親の馬車によく似ていることに彼女は気づいた。そういうことだったのね、ローラは大きな落胆とともに彼を見返した。

ルーカス・モーガンは誘拐する女性を間違えたのだ。さらに彼は、ローラを連れて戻れば、ただではすまないと承知していた。

実際、そのとおりだった。彼女の父と兄はかんかんで、恐ろしい醜聞が立って取り返しのつかないほどローラの評判が台なしになる前に、責任を取ってローラと結婚しろと迫った。だが、いちばん驚いたのはローラだった。ルーカスが弁解しようともせず、結婚に応じたからだ。手違いだったのはわかっているわ、わたしと結婚する必要はないのよ、と言おうとしたが、プライドをずたずたにされ、彼にすっかり怯えていたローラには口にできなかった。本当はその夜、誰をさらおうとしたのかルーカスはいっさい明かさなかったが、彼女にはわかっていた。ルーカスは、夫として妻に礼儀正しく接したが、その声と体の内側にどんな感情が流れているかを彼女は感じ取っていた。彼は怒りをたぎらせていた。ローラとは結婚したくなかったが、ただ騎士道精神に則《のっと》ってふるまおうとしていたのだ。しかし彼が潔く、彼女が面目を失わないようその評判を守ってくれたことにローラは心底感謝したし、それは彼が立派な男である証《あかし》だった。その親切心にわたしは報いよう、と彼女は誓った。彼のよき妻となろう。共通点が少なくても、一緒にやっていけないことはない。ところが、二人が夫婦として一緒に過ごしたのはたったの三日で、ルーカスはすぐにフランスへ旅立った——彼女の手の届かないところへ。

ルーカスの訃報《ふほう》を受けたローラは十八歳にして屋敷の使用人たちを監督し、その小さな領地が損なわれないよう孤軍奮闘するという重荷を背負わされた。コーンウォールの人々、その生活習慣を理解するのはひと苦労で、よそ者を嫌う人間は男女問わず、ロズリンの中に大勢いた。最初は自分が、歓迎されない世界に足を踏み入れた侵入者のように思えたが、生きのびる力は生まれつき備わっていたようで、ほどなく周囲にも順応して、ロズリンを取りしきる術《すべ》を身につけた。

幸い、若き未亡人となった彼女にはルーカスの財産がたっぷり遺《のこ》され、金銭的に困ることはなかった。彼の死を知らされてまもなくロンドンを訪れたローラは、半ば耳を疑いながら、夫の弁護士から資産状況の報告を受けた。領地から発生する収入のほか、ルーカスが大金を投じた株と債券の存在も明らかになり、それは彼女がこの先生活していくのに充分な額に達していたのだ。

ローラもエドワードも、ロズリン・マナーの黒い輪郭が視界に入ってくるまで口をきかなかった。海に面したその大きな屋敷は、土台となっているどっしりとした岩山と調和をなし、何世紀ものあいだそうして誇り高く傲然《ごうぜん》と、イギリス海峡を見下ろしてきたのだ。

頑丈なオークの両開きの玄関ドアに続く幅の狭い階段の前に、馬車が止まった。エドワードが降りる前に、ローラは彼を呼び止めた。心の中は打ち震えていたが、表向きは冷静さを装って彼を見た。結婚できないと伝えるのをこれ以上先延ばしにすべきではない。いよいよその瞬間を前にして、不思議とほっとした気分だった。

「エドワード、待って。ちょっと話があるの」

彼は鋭い目でローラを見た。頭の中は、まだ今しがた起きた出来事でいっぱいだった。「なんだい？」

ローラは気持ちを落ち着け、できるだけ打撃をやわらげようと、冷静な声を出そうと努めた。「あなたとは結婚できないわ」と静かな声で告げる。「ごめんなさい」

気でも狂ったのかと言わんばかりの顔でエドワードは彼女を見た。「たわごとはよせ、ローラ。もちろんぼくたちは結婚するし、その準備を着々と進めるべきだ。さっきあんな目に遭って、きみはヒステリーを起こし、神経が高ぶっている、それだけだ。朝になれば気分もよくなるだろう」

「本心よ、エドワード。わたしがいけなかったの。婚約を承諾して……今夜、パーティーまで開かせてしまった。最初から不安だったし、はっきりそう言うべきだったわ」

「では、なぜ話をここまで進めた？」

「わ、わからない。怖かったんだと思うわ」

「怖かっただと、ローラ？」彼が眉間《みけん》にしわを寄せ、荒々しい声で言った。「何が怖かったんだ？ぼくがか？」

「いいえ、まさか。理由はわからないけれど、でもまだ時間があるうちに中止すべきだという気がするの。婚約したのが間違いなのよ」

「きみは、何を言っているのか自分でわかっていない。きみがぼくから離れられるわけがない」

「いいえ。わたしはあなたを愛していないし、あなたがわたしを愛していないこともわかっているの。結婚するより、婚約を破棄するほうが簡単だわ」

エドワードの顔が怒りで赤黒くなり、握りしめた拳《こぶし》の関節が白くなった。「ぼくとの結婚はきみの兄上の望みであることを忘れたのか？」

「兄は真っ先に理解してくれるでしょう」ローラは冷静に、丁重な物言いで切り返した。「もちろん、あなたのお母様にはお手紙を書いて説明します」

「なあ、ローラ、分別を働かせろ」エドワードは口調をやわらげ、彼女の目を覚まそうとした。「これがどういう事態かわかるだろう」

「ええ、わかっているわ」ローラは彼の目を真っ正面から見て、穏やかに答えた。「あなたはさぞがっかりでしょうね、昔から欲しくてたまらなかった土地を手に入れそこなって。実は、最近になって気づいたの。わたしよりもあの土地が――とくにあのロズリン入り江が、あなたにとっては大事なのだと。でも心配いらないわ。わたしは今までどおり、あなたの夜間の活動には目をつぶりますから」

エドワードがローラの目をぴたりと見据えた。「それは違う。ぼくはただ土地が欲しいわけじゃない」彼は怒りを募らせつつ、もどかしげに続けた。「もちろん、ぼくはきみが欲しい。きみは良識にあふれた人で、それについては前々から感心しているし。ぼくよりも好条件の申し込みなどないことは考えればわかるだろう。ここコーンウォールで、こんなにいい申し込みがほかにあるわけがない」

「わたしは誰とも結婚したくないの」

説得できそうにないと悟ったエドワードは彼女をねめつけ、態度を豹変《ひょうへん》させて、ローラが痛みを感じるほど手首を強くつかんだ。「あきらめないぞ」とすさまじい剣幕で言う。「ばかにされてたまるか。笑い物にされてたまるものか。パーティーの前に不安を告げる度胸すらなかったということは、今夜は最初から最後まで茶番――見せかけだったわけか」

「お願い、わかってちょうだい、エドワード。わたしが言うべきことはすべて言ったわ。わたしたちは終わったの。それがわたしの出した最終結論よ」ローラは彼から離れたくて、握られた手首をひねりながら抜いた。そして、婚約指輪をはずしてエドワードに渡した。「わたしの気持ちは変わらないわ」

「ここで終わりにするものか、ローラ。ぼくからそう簡単には逃れられないぞ、今にわかるさ」

ローラが外へ這い出ると、彼は馬車を出すようぶっきらぼうな声でエイモスに命じただけで、後ろを振り返ることも、別れの言葉を口にすることもなかった。

この新たな展開にどう対処すべきか？　今後の計画を進めるうえで厄介なことになったぞ、という思いが強くなるにつれて、エドワードの心は激しく高ぶり、ローラ・モーガンとその亡夫の先祖を罵《ののし》った。あの一族に対する彼の憎悪は根深いもので、カーライル家はモーガン家に大事な土地を盗まれたというその膿《う》みただれた記憶が復讐《ふくしゅう》心をかき立てた。必要なら殺しも厭《いと》わないだろう――たとえ相手が家族だろうと友人だろうと。良心の呵責《かしゃく》や優柔不断さのせいで、目的を果たさずに終わるなどということは絶対にないのだ。

その夜起きた出来事に感情を激しく揺さぶられ、ローラは言いようのない重苦しさを胸に感じながら、ロズリン・マナーの玄関に向かった。ルーカスに次に会うのはいつだろう。この二年、彼はどこにいて何をしていたのかしら。彼が、生きてコーンウォールにいることを人に知られてはまずいという理由はなんなの？　追いはぎになったのはどうして？　ローラは疲れたため息をついた。何がどうなっているのか、わけがわからない。

ドアを開けてくれたのはジョン・トレネアで、モーガン家に長年仕えてきた、年寄りの使用人だった。彼の妻はもの静かながら威厳漂う、自分の考えをしっかり持った女性で、ローラも親しみを感じていた。ロズリン・マナーのメイド頭でもある彼女は、もうとっくに床についているはずだ。

常に真面目《まじめ》でどこか謎《なぞ》めいた寡黙なジョンは、六十を過ぎて、使用人の仕事をこなすのがだんだん大変になってきていた。だが、ローラは彼のことが大好きだった。ジョンは彼女の友達であり、無条件に信頼できる人間でもある。その彼に暇を出すことなど想像もできなかった。夫を失って心が悲しみに暮れたときも、心臓が石に変わることはありませんから、とジョンは請け合ってくれた。

「楽しい晩を過ごされたでしょうね、奥様」マントを脱いで手渡す彼女にジョンが言った。

「楽しかったわ。起きて待っていてくれてありがとう、ジョン。ミセス・トレネアは床についたの？」

彼はローラの喉に視線を落とした。「はい、とっくに。ネックレスをなくされたようですが、奥様」

むき出しの首に指で触れ、彼女はやや皮肉めいた笑みを浮かべた。「そのようね、ジョン。でも、きっとすぐに戻ってくるから大丈夫よ」

「おやすみになる前に何かお召し上がりになりますか？」

ローラはかぶりを振った。「いいえ。もうくたくたで、ひたすら自分のベッドが恋しいわ。スーザンは先に寝てくれたかしら。起きて待っていなくていいと言ったのよ――寝支度なら自分でできるから」

「彼女は言いつけを守りましたよ」

「ではおやすみなさい、ジョン」

ローラは疲れた足で階段を上りながら、その夜の一部始終を――ルーカスを思った。手すりに指をかけたまま階段の途中で立ち止まり、鼻にしわを寄せる。あたりに漂う刺激的な甘い匂《にお》いに、いつもの蜜《みつ》蝋《ろう》と乾燥ハーブの香りがかき消されていた。この不思議な匂いに初めて気づいたのは数日前のことで、それは残り香のようにうっすらと立ち込めていた。けれども婚約祝いの準備でエドワードの母を手伝うのに忙しく、たいして気にも留めなかったのだが、今大きく息を吸いながらローラは戸惑いを感じた。この匂いはどこから来るのかしら。たばこだというのはわかったけれど、わたしの知るかぎり、使用人の中でたばこを吸う者はいない。ローラは原因を突き止めたくなり、後ろを振り返った。

「ジョン」

「はい、奥様？」

「たばこを吸うようになったの？」

「いいえ、奥様。なぜそんなことをお尋ねに？」

「たばこの匂いがするもの」ローラは彼の表情をまじまじと見たが、ジョンは顔色一つ変えなかった。

しかし、ローラが知らない何かをジョンは知っている気がした。疲労困憊《こんぱい》してそれ以上追及する元気はなく、使用人がたばこを吸ったところでわたしの知ったことではないわ、と自分に言い聞かせてローラは階段を上っていった――ジョンの視線を背中に感じ、どんどん強くなる匂いを意識しながら。

壁の突き出し燭台《しょくだい》に数本灯されたろうそくを頼りに、ローラは疲れた足を引きずるようにして寝室に続く暗い廊下を進んだ。疲れ果てているけれど、今夜は眠れそうにない。あまりにもたくさんの出来事があり、頭の中は不安でいっぱいだ。寝室に入ってドアを閉め、靴を脱ぎ捨てる。ドレスの紐《ひも》をほどこうと背中に手をまわしたそのとき、目の隅にブーツの脚がちらりと映り、ローラは恐怖に凍りついた。

「続けて」ものうげな声が言った。

大きな肘掛け椅子にゆったりと座っているルーカスを見て、ローラは息をのんだ。心臓が早鐘を打ちはじめる。長い両脚を暖炉のほうへ投げ出したその姿は、くつろいでいながら、それでいて優雅だ。白いシャツの喉元を開け、裾《すそ》はぴったりしたグレーの膝丈《ブリーチズ》のズボンのウエストに無造作に押し込んである。

彼が立ち上がり、ゆっくりと近づいてきた。

ローラは彼を見つめた。淡い、銀色に近い瞳はきらめく宝石のようだ。それがどれほど澄んだ輝きを放っているか忘れていた。彼なしで生きていく術を身につけた今ごろになって、彼が現れるなんて！

3

「ルーカス！」ローラはかっとして叫んだ。「わたしの寝室で何をしているの？」

「妻を待っていたのだ。それが変だとでも？」少し前の一触即発の出会いとは打って変わり、彼は呑気《のんき》に涼しい顔で言った。

「状況を考えると、そうだと言わざるを得ないわ」ローラは不機嫌な声で答えた。「あなたが怒り冷めやらず、わたしをさらに叱《しか》りつけようというなら、今すぐ出ていって。わたしはもう神経がぼろぼろで疲れ果てているの」

さっきは互いに憤激したまま二人は別れたが、今こうして平然と無言で彼女を見下ろすルーカスの目は、晴れた日の海のように穏やかだった。その瞳に映る年若い妻の姿は、月明かりの下で見たとき同様、どこから見ても愛らしく、男心をそそり、彼を喜ばせた。「出ていかないよ」

その瞬間、ここ数日屋敷に漂っていたたばこの匂《にお》いの正体が判明した。ほとんど空になったブランデー・グラスと並んで、炉辺にぽんと置かれたパイプと口の開いた革のたばこ入れに、ローラの目が留まったのだ。彼女は怒り狂って夫をにらみつけた。

「あなただったのね――何日か前からたばこの煙を撒《ま》き散らしていたのは？　屋敷をこそこそ忍び歩いていたんだわ。わたしに気づかれないように」

「忍び歩きはしないがね」ルーカスは茶化すように答えた。「そうとも、たばこはぼくだ」

「どうして、そこまでこそこそと見下げ果てたまねを……。よくできたものね！」彼女は叫び、いったいどうやって自分に気づかれずに屋敷に出入りできたのだろう、と思った。

彼女の憤りを無視してルーカスは肘掛け椅子に戻り、深々と身を沈めて、ふたたび両足を前へ投げ出した。満足しきった笑みを浮かべ、腹の上で両手を組み、目を閉じて、ますますゆったりと心地よさそうな体勢をとる。朝まで座っているつもりかしら？

腰のくびれに両手を押しあて、ローラはそのひどく多面的で複雑な人間に歩み寄った。こちらはぎりぎりの精神状態だというのに、こんなふうに腹立たしいほどくつろいでいるなんて、腹立たしいわ。

「ルーカス！　眠る気じゃないでしょうね」

苛立《いらだ》ちのため息をついて彼が目を開けた。「けんか腰になるな、ローラ」と穏やかに言う。「ぼくは話がしたいんだ、口論ではなく。けんかする気はないよ」

「そう？　ではは申し訳なかったわね。さっきはわたし――」

「静かに」とルーカスはうんざりした口調でさえぎり、首を動かして楽な姿勢をとった。「カーライルとの婚約は破棄したのか？」

「ええ。状況を考えれば、そうするしかないもの」

「けっこう。とはいえ、カーライルがきっぱりあきらめるとは思えない。やつにしてみれば、とんでもない話だ。どう反応していた？」

「ひどくおかんむりだったわ、当然ながら」

「自分が非常に大事に思うものをいくつも失うことになると知ったからな」

「あら、あなたが言おうとしているその大事なものとは、わたしのことではない、とはっきりそう思えるのはなぜかしら？」

「それが事実だときみもわかっているからだろう。なあ、ローラ。この二年、ロズリンの女領主だったきみなら、ぼくの言いたいことはわかるはずだ」

ローラには彼の言う〝大事なもの〟の意味も、その一つがエドワードの密輸業であることもわかっていた。「もちろんよ」

「当然だな」

「それに、この土地では詮索《せんさく》好きが嫌われることもね」

「きみは賢いよ、とても賢い。ぼくはエドワード・カーライルをよく理解しているから、彼が欲しいのは〝魅力的なきみ〟ではないと断言させてもらおう。おかんむりになったのは、彼が欲しくてたまらない土地をきみが所有していると思い込んでいるからだ」

「それもわかっているわ――今では」彼女は苦々しげに言った。

「さすがに頭がまわるな」

「そうかしら？　最初のうちはわたしはコーンウォールに友達もあまりいなくて、エドワードのような男にそっぽを向けなかったのに？」

「思うに、彼が接触するご婦人方のご多分にもれず、きみも彼の容姿と魅力に目がくらみ、その本性が見えなかったんだろう。そう、ぼくの死と同時に、きみはたちまち彼の打算に組み込まれ、狙《ねら》われたわけだ。エドワードは冷酷にも、きみの喪失感につけ込もうと企てた。きみを獲得するのは造作ないことで、お人よしのきみは彼を歓迎した」

自分のことをそんなふうに決めつけられ、元来真《ま》面目《じめ》なローラは、痛みと怒りが入り混じった気分で腕組みすると、彼からさらに後ずさった。「わたしを大ばか者だと思っているんでしょう」

ルーカスは彼女を見上げ、訝《いぶか》しげに片方の眉を上げた。「婚約を破棄することになってがっかりしていないことを祈るよ。きみが恋多き女だとは思わなかったものでね」

その言葉に込められた皮肉は聞き流し、ローラは怒りを抑えて言った。「わたしがどんな人間かあなたにわかるはずないわ」

邪《よこしま》な笑みが彼の唇にふっと浮かんだ。「そうかもしれないな、結婚して二年もたったわりには。だが、これから知るのが楽しみだ」

それは願い下げよ、という台詞《せりふ》が口をつきそうになったが、彼に目をやった瞬間、心臓がどきりとした。ルーカスはふかふかの椅子にゆったりともたれて、はだけたシャツの前から筋肉質の胸をちらりとのぞかせている。ほんの少し癖のあるくしゃくしゃの黒髪、荒々しい顔立ち、眠たげなまなざし。こんなハンサムな人にはお目にかかったことがないわ。

ようやく口がきけるようになったとき、食ってかかろうとしたのも忘れて、ローラはこう言うのが精いっぱいだった。「では気長にどうぞ。わたしの結婚経験は、あなたもよくご存じのとおり、わずかなものですから――正確には、三日よ」

ルーカスは言い返そうと体を起こしかけたが、重いまぶたの下からじっと見上げたとき、ふとローラの神経がひどく張りつめているのに気づいた。今、自分をにらみつけている濃いブルーの瞳は、自分とエドワード・カーライルがもたらした苦しみにぎらぎら光っている。彼女の若さと激しさと純粋さに、そしておそらくは自分自身の良心の呵責《かしゃく》に、ルーカスは思わず胸を衝《つ》かれた。

「座ってくれ、ローラ、ぼくをにらむのをやめて」

つんとした態度を崩すまいとしていたローラは、思いがけず優しい言葉をかけられて面食らい、どう答えていいか途方に暮れた。しかたなく、彼と向かい合わせの椅子の縁に浅く腰掛ける。

ルーカスは挑発的な青いドレスをまとった、若く美しい妻に目をやった。繊細で整った顔立ちの中の情熱的なブルーの瞳と柔らかそうな唇。すっくと誇り高く上げた首と、ろうそくの光に輝く黒い巻き毛。彼女に対するさっきのふるまいは許しがたく不当なものだったぞ、と心の声が告げた。

ローラが自分の留守中にエドワードと婚約したと知ったとき、ルーカスは自分を被害者だと思った。だが今はもうそんな感情も消え、彼女を静かに見つめながら、目に映るものすべてに感動を覚えた。ローラを妻に娶《めと》り、ロズリンへ連れてきたとき、彼女は幸せな一生を夢見ていたというのに、自分が与えたのはたった三日の新婚生活と、それに続く二年もの寡婦暮らしだった。

ローラは彼が死んだと本当に信じた。それでもジョンが言うには、〞あの勇敢なお嬢さんはロズリンにとどまり、立派に領地を守り抜いた〟のだ。若くしてあんな困難に遭いながら忠誠を尽くしてくれた彼女に、ぼくは一生感謝し続けるだろう。彼女が新しい人生に踏み出したいと望んだとしてもそれを責められないし、それに、もしあのとき本当に彼女が未亡人になっていたら、死ぬまで喪服を着てほしいしようとした。結婚したら、彼はこの屋敷をどうしたと思う、ローラ？」

物言いは穏やかだが、声にとげがあるのをローラは感じた。「わたしには……わからないわ。そういう話は一度もしなかったから」

ルーカスはブーツを履いた脚の片方を、もう片方の脚の膝へひょいとのせた。「きみももっとゆったり座って、くつろいだらどうだ。その姿勢じゃ、今にも穴へ飛び込もうとする兎《うさぎ》みたいだ。きみのせいで、せっかくの雰囲気が台なしだ」

「わたしのせい？」

「ああ、きみが入ってくる前は、ここにはぬくもりがあり、穏やかだった。ぼくにとってそれは……」

ルーカスは黙り込み、暖炉の真っ赤な火の中心に見入った。その目は見えない何かに、この部屋の限られた空間をはるかに超えた何かに注がれている。

ローラは少し楽な姿勢をとりながら、驚きの目でとはぼくだって望まなかっただろう。身を潜めて生きるには、ローラはあまりに美しすぎる。

それにしても、ローラに求婚するとはカーライルも大それた行動に出たものだ。妻がカーライルのベッドに横たわると考えただけでぼくは理性を失い、感情を抑えられなくなる。ぼくの不安を察したジョンは気をきかせて、奥様はひと晩だってバーフィールド・ホールには滞在されませんでしたし、カーライル様がロズリン・マナーをお訪ねになるのはごくまれで、長居されることもなく、それもいつも昼間と決まっておりましたと教えてくれた。しかし、その言葉をぼくはまだうのみにできないでいる。

「きみにききたいのだが」と彼は穏やかな声で言った。「ロズリンの住み心地はどうだ？」

「とても気に入っているわ。お屋敷も、ロズリンに暮らす人たちのことも、みんな大好きよ」

「それでも、きみはここを去ってカーライルと結婚彼を見た。何かわからないけれども、彼の澄んだ瞳の奥には何かがある。それは謎《なぞ》めいて不吉な感じすらして、理解しようにもつかみどころがない。ルーカスは、今自分がどこにいるのかも忘れているらしい。「何を考えているの?」彼女は静かに問いかけた。

彼がはっと我に返り、荒々しい声を出した。「きみにはわからないさ」

「わかるかもしれないわ。わたしは……聞き上手だと言われるもの」

ルーカスがふいに笑みを浮かべた。そのゆがんだ微笑は昔と変わらない、とローラは思った。淡いグレーの瞳が彼女の顔を温かく見つめ、暖炉の火が彼女の頬を柔らかなピンク色に変える。「ああ、きっと聞き上手に違いない」

二人とも黙り込み、それぞれ自分の思いに浸りながら、海を見下ろすこの大きな屋敷に激しく打ちつける風の音に耳を傾けていた。こうして座っていると、ローラは久しく感じることのなかった不思議な安堵《あんど》感に包まれる気がした。ルーカスが今自分と一緒にいるなんて信じられない。これは幻か、わたしの空想だろうか?

心がゆらゆらと二年前のあの日へさかのぼり、一夜かぎりではあったが、妻として彼と床をともにしたときのことが思い出された。

三十歳ですでにあまたの女性と愛を交わしてきたルーカスは、けっして道徳のお手本ではなかった。結婚する前から、ローラはすでに未来の夫に恋をしていたものの、その気持ちに彼が応《こた》えてくれると考えるほど愚かではなかったし、彼を喜ばせる術《すべ》を自分が知っていると思うほどうぶでもなかった。だがどうにかして喜ばせたかったたし、その方法を自分で探り出す覚悟はできていた。

ルーカスは、コーンウォールへ行く途中にいくつもある宿場で床入りをすませようとはしなかった。そしてロズリン・マナーに到着し、ついにその瞬間が訪れたとき、ローラは自分の中の熱く焼けつくような欲求にひれ伏すほかはなく、同時に、言い知れぬ恐怖に囚《とら》われた。だが、ルーカスは急いで義務的に、ローラの未熟さと無知を考慮することなく処女を奪い、終わって体を引くと、ごろりと彼女から離れて眠りについた。それは、ただ男が自分の妻と体を重ねるという行為にすぎなかった。義務であれ快楽であれ、事は終わったのだ。

ローラは呆然《ぼうぜん》として動くこともできず、天井で戯れる光と影を見上げたまま失望感と闘った。あまりに惨めで、自分に無関心すぎる夫の態度に涙した。あれが夫婦の交わす〝愛〟ならば、小説の登場人物たちはなぜあんなにそのことで大騒ぎするのか理解できない。彼女の心には嫌悪感と、強い欲求不満だけが残った。

ローラは向かい側に座る彼を見つめながら、あのとき夜明けとともに彼女のベッドを出てフランスへ旅立ったあの男が、今ここにいるなんて嘘《うそ》のようだと思った。ふいに彼の顔つきが優しくなり、その謎めいた瞳に、彼女の詮索を許そうという表情が浮かんだ。「なぜわたしから隠れようとしたの？」ローラは尋ねた。

「きみから隠れたかったわけじゃない。しばらく身を潜めていたかっただけだ」

「でも、どうして？　泥棒――それもただの追いはぎになり下がったことと何か関係があるの？」

「ぼくは追いはぎではないから安心してくれ。今夜が最初で……最後だ」

「それなら、なぜ今夜あんなまねを？」彼女は狐《きつね》につままれた気分で尋ねた。「悪ふざけが好きな人だとは思わなかったけれど」

ルーカスは黙ってうなずき、目をぎらりと光らせた。次に口を開いたとき、その声は恐ろしく穏やかだった。「あれは悪ふざけではない。カーライルをかっかさせて、怖《お》じ気《け》づかせるために仕組んだことだ。きみはぼくの妻だぞ、ローラ。ぼくに属しているものには、それがなんであれ、誰にも手出しはさせない。ぼくは怒ったら手加減はしない」

きみはぼくのもの、というその言い方にローラは一瞬、困惑した。「それはわたしも身をもって知ったわ」

「きみがカーライルと結婚する予定で、州を挙げて婚約を祝うとジョンから聞かされ、ぼくは当然ながら怒り狂ったよ。しかしぼくが舞い戻った以上、何も実現しないと悟り、怒りはやわらいだ。そして、きみが今夜馬車で帰宅するという情報をジョンから得て、悪魔の囁《ささや》きに逆らえなかったというわけさ。カーライルをぎゃふんといわせてやれ、とね」ルーカスはいたずらっぽく、にやりと笑った。

「そしてわたしのこともね」ローラは冷ややかに言った。

「白状すると、なかなか楽しかったよ。彼の妻になるときみ自身の口から聞くまではね。あれを聞いてまた怒りが込み上げ、とたんに不愉快な気分になった」

「それはわたしも気づいたわ。なぜ婚約パーティーを阻止しなかったの？」

「考えてはみたが、姿を現すにはまだ早いと思ってね——きみの前にも、誰の前にも」

なぜ姿を隠したいの、とローラはきこうとしたが、気がつくとこう尋ねていた。「エドワードのことが根っから嫌いなのね、ルーカス？」

「がらがら蛇を好きなやつがいるか？」彼は即座に答えた。エドワードのせいで、ぼくのこの体がどれほどの恐怖を味わったことか。さらにジョンの報告によれば、現在ロズリン村やその周辺の集落ではある脅威がまかりとおっており、それはまさにエドワード・カーライルという名前に人々が恐れおののき、誰も彼の計画を邪魔したり異議を唱えたりしないからだという。エドワードに対するルーカスの憎悪は、今や彼の中に巣くう身体的苦痛にも等しかった。

「カーライルには、きみのようなお人よしにはとうてい想像もつかないある邪悪な一面がある。我々は反目し合っているが、それは過去にいくつか面倒な問題が起きて、それで意見が合わないという程度のものではないんだ。彼のような男が暴挙に出るのをぼくは許さない。彼には貸しがある。それも大きな貸しで、そっくり全部返してもらうつもりだ——然《しか》るべきときがきたら」ルーカスは低い声で言った。その目がぎらりと無情な光を放った。「嘘じゃない。今夜きみが目撃したのは、ぼくがあの男に対してこれからやろうとしていることのほんの一部だ」

言葉からにじみ出す警告の響きに、彼は本気で言っているのだとローラは悟った。

ルーカスはそこで話題を変えた。「イギリスへ戻る船の上でぼくが死んだと知らされたとき、きみはなぜロンドンへ——父上のところへ戻らなかった？」

ローラはため息をつき、結婚したばかりのハンサムな夫が死んだという知らせをなかなか受け入れられなかった当時の心境を心に甦《よみがえ》らせた。「だって、ロズリンこそ我が家だったからよ。わたしはレディ・モーガンで、わたしには責任があったわ。屋敷にとどまり、いろいろなことを処理するのが務めだった。代わりの者はいなかったし、ここにいる月日が長くなるにつれて、屋敷からどんどん離れがたくなっている自分に気づいたの。夏には、兄のフィリップと奥さんのジェーンがロンドンから子どもたちを連れてやってくるわ。おちびさんたちはあの入り江が大好きよ。父は……ほら、具合が悪かったでしょう。わたしたちの結婚後まもなく亡くなったの」

ルーカスの目に哀れみがよぎった。「知っているよ。残念だった。きみはお父さん子だったからな。さぞかし悲しかったことだろう」

「ええ」ローラは訝しげに彼をちらりと見た。「父が亡くなったことは誰から？」

「コーンウォールに戻る前、しばらくロンドンにいたんだ。きみの兄上から聞いたよ」

「そうだったの。あなたの身に起こったことを――つまりあなたの死を知らされたわたしは、ロンドンまで行ってあなたの弁護士に会わなければならず、それで父の家に滞在したわ。父は亡くなる前に、わたしにある話をしたのよ、ルーカス。それが事実なのか、あなたの口から聞きたいの。だって、結婚してすぐにあなたがフランスへ行かなければならなかった理由をわたしは知らなかったし、今までどこにいて何をしていたのか説明してほしいもの。父の話では、あなたは政府のために働いていた、と。秘密の任務を帯び、外務大臣によってフランスへ送り込まれたのだと。本当なの？」

さっと彼女の顔を見たルーカスの目に警戒の火が灯《とも》った。ローラの質問に完全に不意打ちを食らったのだ。

「ぼくの仕事は……極秘だった」

「でも、政府の仕事だったのね？」彼を一心に見つめて食い下がる。

「当時、フランスは動乱のさなかで、状況は日々悪化していた。フランス国民がどう決着をつけるか、イギリス政府はぜひとも見たかったのだ、ヨーロッパ全体に影響を及ぼすからね。どこの国の絶対君主も、フランスにおける革命の諸原理が、自国の体制を危うくすると気づいているよ。すでに一七八九年、フランス国民議会が採択した〝人権および市民権の宣言〟によって、その理念は広まっていた。

中産階級《ブルジョワジー》と農民による改革を求める声がヨーロッパじゅうで高まり、そしてフランスからの亡命者が反革命の闘いを絶えずけしかける状況にあった。そのような闘争を始めるのは気が進まない外務大臣は、ある意図を持ってぼくをパリに送り込み、偵察させたのだ」

「密偵ね、つまり」

ルーカスの表情はいかめしくも穏やかだった。

「政府情報機関、と呼んでほしい」

「どう違うの？」

「違わないよ。そういうふうにして雇われた人間はぼく一人じゃなかった。あのころ――それを言うなら今も、いったいどれだけの外国人が密偵としてフランスに放たれていることか」

「それで、あなたは何か公文書を携えていたの？」

「いや、それはあまりにも危険だ。万一、間違った者の手に落ちでもしたら大変なことになる。持っていたのは、偽の人物証明書だけだ」

「それで、フランスから戻る船が海に沈んだとき、あなたの身に何が起きたの？　伝えられたのは、助かったのは男性一人で、彼だけがどうにかイギリスに帰りついたということよ。そして彼の話では、ペリカン号は正体不明の集団に襲撃され、乗船者は一人残らず殺されて海に投げ落とされたと」

「まあ、だいたいそんなところだ。その男がどこの誰だかぼくにはわからないし、彼がどうやってイギリスにたどりついたのかもぼくには謎だ。イギリス海峡の往来は激しいから、おそらく通りかかった船に救い上げられたんだろう。とはいえ、彼が海軍省に報告した話とは違って、助かったのは彼一人ではなかった。ぼくは別のもう一人と一緒に、巡視中のフランス船の船長に海から引っ張り上げられたが、あいにく頭を強打されたぼくはそのとき意識がなかった。それで名前を言えと船長に言われて、もう一人の男——ロズリン村出身の水夫でその後まもなく死んでしまった男が、ぼくの任務のことなど知らずに身元を船長に教えた。

残念ながら、ぼくはフランスでは無名の男ではなかった。というのも、アメリカの反英抗争とその独立を巡ってイギリスがフランスと対峙《たいじ》していた最中、極秘の任務を負って両国のあいだを行き来していたぼくは、うさんくさいと目をつけられ、当時すっかり嫌われ者だったんでね。ぼくはパリに連れ戻され、そこで裏切り者の宣告を受け、裁判もなしに投獄された。ラ・フォルスは悪名高い、実に劣悪な監獄で、パリやほかの町の貧民窟《くつ》を徘徊《はいかい》するありとあらゆる種類の犯罪者たちが、ぎゅうぎゅうづめで閉じ込められているんだよ」

ローラはぞっとした。「でも……彼らはどうしてあなたを収監できたの、イギリス人なのに？」

「ぼくの母がフランス人だったことを、連中は知っていたんだ。母がラングドック地方の、ひどく嫌われた貴族の出だと。その貴族たちは、今や毎日ギロチン台へ送り込まれている」

「知らなかったわ」

「ああ」ルーカスは静かに彼女を見つめ、穏やかに言った。「お互いについて知らないことはたくさんあるよ、ローラ」

「わたしたちの耳にも入っているわ、フランスではとても恐ろしいことが起こっていると……」彼女の声がふらついた。「あ、あなたは尋問されたの？」

「ぼくは……質問攻めに遭った」

彼は口ごもるようにそれだけ言い、身の毛もよだつ拷問の一部始終については語らないことにした。重い鎖の手枷《てかせ》足枷をはめられ、人を痛めつける術を身につけた者の手で拷問にかけられ、地獄のような地下牢《ろう》にぞんざいに投げ落とされたことなど、まともな身分の若い女性の耳に入れる話ではない。

「でも何もしゃべらなかったよ。最初、ぼくは完全な隔離状態に置かれ、外の世界とはいっさい接触できなかった。そういう場所では、人は月日の感覚を失い、いつどういう形で死に至るとも知れないのだ。考える時間はたっぷりあったが、考えないようにした。自由を失った者に、思考は危険な作業だ――気が狂いそうになる。その後、やっとぼくはその地下牢から出され、囚人二人がいる房へ入れられた」

ローラの体に痛みが閃光《せんこう》のように走った。夫がフランスの監獄で悲惨な日々を送っているとわかれば、わたしはあらゆる手を尽くして救い出したのに。

「そうとも知らずにわたしは……」胸がつまり、言葉が途切れた。ルーカスは妻の目に光る涙を見た。

「ぼくのために泣いているのか？」彼は深く心を打たれ、つぶやいた。「信じられない」

「信じられない？　夫からこんな話を聞かされた妻が涙を流してはおかしいのかしら？　あなたは悲劇に見舞われ、あの……あの外国人たちの手で苦痛と侮辱にさらされて、いつ監獄から出されてギロチンにかけられてもおかしくない状況にあったというのに」彼女は目を伏せ、自分の両手を見下ろした。「ごめんなさい。ばかな女だと思うでしょう」

ルーカスは静かな声で言った。「きみは本当に優しい人だと、ぼくは思っているよ」

ローラは目を上げ、彼を見た。ふいに体に震えが走り、何かが体の内側で息づきはじめた気がした。

「どうやって監獄を出たの？　脱獄したの？」

「いや。プロイセンを相手に戦争が勃発《ぼっぱつ》して、釈放されたんだ。革命の火を守ろうと、数万もの愛国心に燃える義勇兵が戦いに向かうことになったが、パリからの出兵は同時に、監獄に対する不安も引き起こした。どの監獄も反革命分子でいっぱいだったから、街の守りが手薄になれば、彼らはパリを脅かす存在となりかねない。彼らは脱獄を企てており、街に残った革命の守り手たちに仕返ししてパリをプロイセンに引き渡すつもりだ、という噂《うわさ》がすでに広まっていた。パリ・コミューンの有力メンバーであるマラーは、外部からの侵略軍を撃退する以前に内部の敵を抹殺すべしと宣言して、脱獄を図る反革命者の処刑を求めた。武装集団が監獄へ押しかけはじめ、そして敵国の進軍を理由に、民衆は反革命分子を血祭りに上げて恨みを晴らしたのだ。間に合わせに設置された、いくつもの法廷で囚人たちが裁かれ、大混乱を呈した。反革命分子とされた数百人が殺され、かなりの人数が釈放された。奇跡的にぼくもその中に入った。理由はわからないが、理由などどうでもいい。ぼくはただちにパリを離れて海をめざし、そこでぼくを海峡の向こうへ運んでくれる船をなんとか見つけたわけだ」

ローラはパリの出来事を知らないわけではなかった。ルーカスが言うこの〝九月虐殺〟のあと、フランスの軍勢は敵国プロイセンの進軍を阻止し、九月二十一日、国民公会は王政を廃して、その翌日に共和制を宣言したのだ。彼女はルーカスの話に静かに耳を傾け、そのひと言ひと言に深く心を動かされたが、彼が口にしていないこともまだまだあるという気がしてならなかった。

「この話はここまでだ、今日のところは」ルーカスは言った。「そして、他言無用だ」

「わたしを信じて」ローラは約束した。

ルーカスのまなざしが温かくなる。「わかっているよ。いくらカーライルと婚約しようが、ぼくがいないあいだきみが事態にどう対処していたかを見れば、きみが危機的状況の中で頼りになる人だというのは一目瞭然《りょうぜん》だ」

彼はローラの若く優美な首筋と、うなじにかかる柔らかな輝く髪を見つめた。膝の上で組んだ小さく上品な手や、ぽっと染まった頰の上のカールした黒く長いまつげに、なぜ今まで気がつかなかったのだろう。「きみは勇気のある人だ、ローラ。実際、きみはまったく矛盾した性格を持った人で、ひと言では言い表せない」

「矛盾?」ローラはきき返し、かすかに戸惑いの表情を浮かべた。

「わかっているのは、きみは率直で聡明《そうめい》で——そしてとても愛らしいということだよ。それは結婚前からわかっていたし、あのときからすでにぼくの心を捉《とら》えるものがあった。繊細で脆《もろ》くて非常に傷つきやすい印象だが、実はたくましく意志の強い人間で、なかなか頑固だ。仲よく暮らしていくのはそう簡単ではなさそうだな」

彼の言葉に気をよくして、ローラは小首を傾《かし》げ、唇にゆっくりと笑みを浮かべた。「そう決めつけないで。たくましくて頑固でないときもあるのよ、たまにはね」

ルーカスがくっと笑った。「今夜、その魅惑的な青いドレスを着たきみがどんなに美しいか、わかっているのかな?」

柔らかく愛撫《あいぶ》するような彼の声に体が溶け出し、ローラはこの会話が醸し出すぬくもりと親密さを楽しんだ。「わたしは今も昔も同じ人間よ。あなたが去った日のわたしと変わらないわ」

「そうは思わない。あの魅力的だった娘は上品な女性へと変わった。ぼくだって変わっただろう」

「あなたの身に起きたことを考えれば、べつに驚かないわ。また同じ状況に首を突っ込むの? 知っておかないと困るわ。もしまた姿をくらますつもりなら、事前に知らせてもらえるとありがたいのだけれど」

「まだ首は突っ込んだままだよ、ローラ——あれやこれやで」

かすかに強い調子で口にされたその最後の台詞に、

彼女は身震いした。「危険にさらされているの？　このわたしも？」

ルーカスの目つきが鋭くなり、表情が険しくなった。「おそらく。だから、ぼくが今ここにいることは当面誰にも、とりわけエドワード・カーライルに知られてはならないんだ。もうひと仕事やり終えないことには、ぼくは姿を現すわけにいかない。とにかく、きみには辛抱してもらうしかない」

「でも、使用人たちは？　彼らのあいだには目に見えない情報網が存在するのよ。あなたが生き返ったというニュースがコーンウォールじゅうに広まるわ」

「うちの使用人は長年モーガン家に仕えてきた者ばかりだから信用できる。なんといっても……」ローラを見る彼の目が陽気にきらめいた。「ぼくが屋敷にいる事実をきみに伏せていたぐらいだ」

「そのようね。だけど、あなたが生きていることをみんなに嗅《か》ぎつけられ、どこにいたんだときかれたときはどう答えるの？」

「真実を打ち明けるさ。とはいえ、ぼくがフランスへ行った理由を伏せたままにしておくことができれば、それに越したことはない。きみが非常に慎重を期する女性だというのはぼくも承知しているよ」

「もちろんですとも」ローラは信頼を寄せられたことがうれしかった。

ルーカスは立ち上がって伸びをした。「夜も更けたし、もう寝る時間だ。話の続きはまた明日にしよう」

ローラも腰を上げたが、彼がベッドのほうへ歩き出すのを見て、ひどくうろたえた。「ルーカス！　あなたと一緒にベッドに入るつもりはないわ。二年ぶりに現れて、それで何事もなかったようにわたしの生活の中に舞い戻ろうなんてだめよ」

ルーカスは淫《みだ》らと言ってもいい微笑を唇に浮かべ、

ベッドにさっと目をやってから、彼女の顔を見つめた。「当然のことながら、きみはぼくの妻だ。女の腕のぬくもりとその愛から長いこと遠ざけられた男が、慎みを保つというのは容易ではない」

彼の柔らかな口調と、彼女にじっと注がれるまなざしにローラはぞくぞくしたが、それを感じるまいとした。自分の体に裏切られるなんて腹立たしい。

「愛という言葉を軽々しく口にしてはいけないわ、ルーカス。相手に対する深い献身の気持ちなくして愛とは呼べないし、あなたが戻ったという現実にわたしが慣れるまで、わたしを一人で眠らせてもらえるとありがたいわ」

「ぼくがいやだと言ったら？」

ローラはぐっとつばをのみ込み、圧倒的な魅力を放つ彼を見上げた。長身の筋肉質の体を前にして、自分は無力であり、抵抗しても無駄だと痛感した。

「どうしてもと言うなら、わたしは自分の義務を果たし、あなたに従うまでよ」

「従う？　夫と愛を交わすのは何かの罰とでも言いたげだな。まるで、ぼくとベッドをともにしたことなどないという口ぶりだ」真っ赤になって目をそらすローラの顔に、彼は緊張と不安を読み取り、眉をひそめた。心配になって歩み寄り、彼女の顎を指で持ち上げて自分のほうを向かせる。「あの夜のぼくの行為はきみにとって楽しいものではなかった、ということか？」

「わたしは……ええ、そうよ。そして、自分はあなたに気遣ってもらう価値もない女なのだと思ったわ」ローラはかすかに非難めいた口調で答えた。「最初から最後までただ苦痛でみっともないだけで、あんなことをしなくたってわたしはちゃんと生きていける。だから、もう二度としないと心に決めたの」ルーカスが指を離して後ずさったとき、ローラは彼の揺るぎないまなざしをもう見ていられなくなった。どぎまぎしてそむけた顔が、ロズリンの塀をびっしりと覆う薔薇《ばら》のようにピンク色に染まった。

ルーカスは、まるで初めて見るようにローラをじっと見た。ひと晩だけ夫婦として過ごした夜のことが脳裏に甦り、心に痛みと悔恨をもたらした。

あのときは翌日にフランスへ発《た》たねばならず、その重大な任務のことで頭がいっぱいで、新妻の不安を気遣う余裕がなかった。彼女は抵抗することなくその純潔を捧《ささ》げてくれ、ぼくは当然与えられるべきものとして淡々と処女を奪った。ローラを怯《おび》えさせたに違いない、ということが今になってわかった。

「ローラ、この結婚はお互い望んだものではないのかもしれないが、結婚した以上、うまく協調して暮らす術を見つけよう。ぼくはあの夜、きみにすまないことをした。今、ぼくが何を言っても何をしても、その事実は変わらないが」彼は精いっぱいの優しさを込めて言った。「きみの若さ、そして経験のなさをもっと思いやるべきだった。ぼくはきみを傷つけてしまった。それについてはどうか許してほしい。きみを二度とあんな目に遭わせないと約束する。信じてくれ、今度愛を交わすときには、あんな愛し方はしない」

ローラの安堵した顔を見て、彼は皮肉げな微笑を浮かべた。「心配する必要はないよ。執行猶予がついたからね——とりあえずは」

「ありがとう」彼女は囁いた。「少し時間をもらえるとありがたいわ。あなたがわかってくれて本当にうれしい」彼女の唇に視線を落としたままルーカスが笑みを浮かべ、そのものうげな微笑にローラはどきりとした。「今度は何を考えているの？」

「執行猶予はぼくにとっては耐えがたいものだということさ。だから、あまり長引かせないでくれ」やんわりと嘲《あざけ》るように片方の眉を上げる。「修道士には向かない男なんだ」

「そう？」ローラはからかうように、陽気な笑い声をあげた。「母がよく言っていたわ、禁欲は人間の魂をよきものにすると」

「でも、母上がぼくたちの愛の行為について口にされていたとは思えないな」

「そうね」彼女はピンク色に頬を染めて答えた。「違うと思うわ」

瞳を燃え上がらせ、ルーカスはいたずらっぽくにやりと笑った。「真っ赤になっているきみは――魅力的だ。きみを真っ赤にさせない手はないな。お互いについて知らないことだらけだが、ローラ、それを発見していくのはおもしろいと思うよ。そして、そのための時間はいくらでもある」

ルーカスはベッドから上着を取った。彼がそもそもベッドに近づいた本当の理由はそれであって、彼女とベッドをともにしようという魂胆などなかったことに、ローラは愚かしくも今さらながら気づいた。

彼がポケットから何かを取り出してローラに手渡した――ローラのサファイアのネックレスと、彼がエドワードから取り上げた銀の嗅ぎたばこ入れだった。

「これはきみのだろう」

「なぜあなたがエドワードの嗅ぎたばこ入れだけを奪って、ほかのものはそのままにしたのかわからなかったわ。なぜなの？」

「これはきみから彼への婚約の贈り物だろう？」

「ええ、でもどうして――」

「自分の妻が、ほかの男性に贈り物などしてほしくないからね」とつっけんどんに言う。

「わたしの贈り物だと……いえ、彼が今夜それを持っているとどうして知っていたの？」

「知らなかったよ。偶然だ。贈り物のことを教えてくれたのはジョンだが」

彼女はむっとした顔をした。「ジョンにべらべらしゃべりすぎたようね。わたしのネックレスを盗《と》ったのはなぜかしら？」

「追いはぎに見えないと困るからね。うれしかったよ、きみがなかなか手放したがらなかったから。今度また追いはぎに声をかけられるようなことがあったら、命がけでネックレスを守ってくれよ」くっくと笑いながら、ルーカスは彼女の頬をつねった。そして、炉辺からパイプとたばこ入れの袋を取ると、大股でドアへ向かった。

「ええ、約束するわ。それともう一つだけ、ルーカス。今夜のあなたの相棒は誰だったの？」

ルーカスは答えようとはせず、片方の眉をさっと上げて、おもしろがるような目で彼女を見た。「わからないか？」

まさか！　ローラは目を見開いた。ルーカスの相棒の身ごなしや馬の乗り方は、ルーカスほど機敏ではなかった。急にパズルのピースが全部はまって、絵の全体がはっきりと現れた。「ジョンだったのね？　ああ、ルーカス、よくもまあ。あんなお爺《じい》ちゃんを、あれほど危険な任務につかせるなんて。かわいそうに、発作でも起こしたらどうするの」

「ジョンは六十歳かもしれないが」ルーカスがドアを開けながら言う。「よぼよぼの爺さんではないよ。彼は筋金入りだ。それに楽しかったらしい」

「ジョンが？」彼女はむっとした。あなたと結婚はできないとわたしがエドワードに伝えているあいだに、この家の主人と従僕はこっそり屋敷に舞い戻ったのに違いない。「では、わたしから彼に言いたいことがどっさりありそうよ。朝になればわかるわ」

4

　ローラは一人になるとすぐにドレスを脱ぎ捨て、濃いピンク色の絹のローブに体を滑り込ませて、腰帯で縛った。化粧テーブルの前に座り、鏡の中の顔をじっくりと見る。わたしはもうすぐ二十一歳、ロズリンに来た日のあの少女の面影はほとんど残っていない。清らかな無垢《むく》な輝きは、世慣れた落ち着きという〝錆《さび》〟に取って代わられた。コーンウォールに暮らした苦労続きの二年の月日が、自分を少女から大人の女へと変えたのだ。

　ルーカスが責任を取ってわたしと結婚し、三日後に旅立ったとき、彼は結局ロンドンへ以前の快楽の中へ戻っていくのだろうと思った。そして、わたしは家族も友人もいないコーンウォールに置き去りにされるのだろう、と。夫が自分の人生から完全に姿を消すとは考えもしなかったが、永久に姿を消したと思われたその夫が、今、戻ってきたのだ。

　監獄に入った人間が無邪気なままでいられるとは思えないから、少し人が変わったとしても、それはしかたがない。きっと、フランスの獄で過ごすうち、いいことなど何一つ考えられなくなり、助かるという望みや信念や自尊心も失ったのだろう。しかし、人はどんな気分に陥ろうといつかは癒《いや》される。監獄の壁はすでに消え去ったのだし、回復には時間がかかるかもしれないが、時間こそ最大の癒し手だ。

　でも、彼に対するわたしの気持ちは？

　真実が心に閃《ひらめ》いた。この体はいまだにルーカス・モーガンに反応し、それは、昔ロンドンで彼の姿にくらくらとなり、ほかの男性など目に入らなくなったあのときとちっとも変わっていない。彼の怒りには抵抗できても、笑顔には逆らえない——二年前、わたしの胸を激しく揺さぶったあの笑顔には！

翌朝、ローラはいつになく浮き浮きした、生気に満ちあふれた気分で目を覚まし、階下へ向かった。これからは、ずっとこんな気持ちで生きていくのだわ。静かな屋敷の、上部がノルマン様式のアーチ形をした格子窓から朝日が流れ込んでいる。足を止めて、自分を取り囲むおなじみの光景をいとおしげに見つめた。もうこの屋敷から離れ、エドワードと結婚しなくてもいいんだわ！

ロズリン・マナーはもともとノルマン朝時代に建てられた城で、数世紀にわたって改築と修復の手が入ってはいるものの、建築当時のまま残されている部分もまだあちこちにあって、その最たるものが屋敷の反対側の端に立つ狭間《はざま》胸壁のある四角い塔だった。塔へ上がるには玄関広間から幅の広い石の階段を上り、塔と玄関をつなぐためにチューダー王朝期に造られた二階の狭く長い廊下を進んでいく。塔からの眺めはすばらしく、傾斜地に広がる庭とその向こうの海が望めた。

モーガン家が先祖代々暮らしてきたこの屋敷がローラは大好きになった。部屋から部屋を歩きまわっていると、過去の時間、そしてかつてこの屋敷に住んだ人たちの存在が自分に迫ってくる気がした。中でも、ルーカスの存在感は大きかった。長い廊下の真下に位置する数部屋は、この二年使われることもなく、それで使用人も数人しか置かれなかった。ジョンとその妻のマーサ、ローラの小間使いのスーザン、ロズリン村に住む庭師二人、馬番で熊《くま》のような筋肉とボクサーの拳《こぶし》を持った大男のジョージ、その息子で、父親を手伝って馬屋の仕事をしているジョスだ。

まだ誰もいないわ、とローラは鼻歌を歌いながら玄関広間を通りすぎ、厨房《ちゅうぼう》に足を踏み入れた。そこではジョンが一人、ローラのために朝食の盆を準備していた。彼はぱっと顔を上げたが、その顔にはいつもの真面目《まじめ》な淡々とした表情が浮かんでいた。

ローラは焼けたベーコンとトーストの、涎《よだれ》の出そうな匂《にお》いを吸い込んだ。

「おはよう、ジョン。何か食べさせてもらえるかしら？　おなかがぺこぺこで死にそうよ」

「おはようございます。そうだろうと思いまして、奥様の大好物を用意しました――ベーコンに卵、蒸した茸《きのこ》に、バターを塗ったトースト。お茶も召し上がられるでしょう」

「最低二杯はね」

ジョンは彼女を〝奥様〟と呼ぶ。最初はそう呼ばれるのが居心地悪くて、やめてほしいと頼んだのだが、いつのまにかまた〝奥様〟に戻ってしまい、ローラもだんだんそれに慣れてきた。ローラはトーストを一枚取って、むしゃむしゃかじりつきながら食堂に入ると、海と海岸線の眺めがすばらしいテーブルの席に着いた。すると、目の前に大きな花瓶が置いてあるのに気づいた。青いデルフィニウムと大輪の白い薔薇《ばら》で、柔らかなベルベットのような花びらは、まだ朝露に濡《ぬ》れている。「まあ、ジョン、わたしをこんなに喜ばせてくれて。なんてきれいなの」

ジョンは珍しくにやりとした。「奥様には最高に美しいお花を」

ローラは膝にナプキンを広げ、彼が山盛りの皿を彼女の前に置いて、お茶を注《つ》いでくれるのを待った。

「今朝はご満悦のようね」とさりげなく言う。昨夜の出来事と、彼の役割についてローラが口にするのをジョンも待ちかまえているとわかったが、彼をからかうのが楽しくて、その瞬間を先延ばしにした。

ジョンが問いかけるように片方の眉を上げた。

「そうですか？」

「たぶん、お天気のせいね。今朝はすばらしい快晴だもの」

ジョンは窓の外に目をやるふりをした。「はい、そのようで」

「びっくり、と言わざるを得ないわ」

ローラの前にティーカップを置くジョンの視線が彼女に注がれた。「びっくりですか？」

ローラは卵料理をフォークにのせて口へ運びながら、もぐもぐ言った。「てっきり、まだベッドの中だと思っていたのよ——昨夜のあなたの並はずれた活躍を考えると」そこで彼を斜めにちらりと見上げる。「お見事よ。あなたは完璧《かんぺき》な役者だわ。あれはなかなかの演技だった。実際、役になりきっていたもの。わたしはまんまと騙《だま》され、そして哀れなサー・エドワードはすっかり途方に暮れた」

「思いつきでやったことですよ、奥様」彼は肩をすくめた。「わたしはどうすればよかったと？　緊急事態でしたのでね」

「そして、あなたのご主人様は暴れん坊で、平気で悪さをする、というのもわかっているわ」ローラは唇に笑みを浮かべて言った。

「どうやらそのようで、奥様。しかし、あれはわくわくしました」

「そうお見受けしたわね」と彼女は皮肉をきかせ、ベーコンのひと切れにフォークを突き刺した。「ピストル二挺《ちょう》をサー・エドワードとエイモスに向けて。かわいそうに、エイモスは死ぬほど怯《おび》えていたけれど、あなたは愉快そうだった。でも、もうちょっと若い人かと思ったのよ」

「若さは気の持ちよう、というのがわたしの考えでして、奥様」

「たしかに」ローラは素直に認めた。

「ショックでしたか？」

マッシュルームを口に運びかけた手を止め、彼女はジョンをちらりと見上げた。「ショック？　少しだけ。それに意外だったわ。でも、来客があると教えてくれてもよかったのに」彼女はマッシュルームを口にほうり込んだ。

「来客ですか？」

「そうよ、ジョン。お客様はどちら？　まだベッドの中でしょうね。ところで、彼はどこで寝たの？」

「塔の部屋です。ですが、夜明けとともにお出かけになりました」

「そうなの？　どこへ？」

ジョンの視線が窓の外の海岸線をたどり、ステナックのエンジン・ハウスへ向かった。鉱山の坑道から水を汲《く》み出すためのポンプの蒸気機関が設置された、高い煙突を持つその小屋は、はるか遠くの崖《がけ》っ縁に危なっかしく立っている。もうだいぶ前に閉鎖されたステナック鉱山の所有者はモーガン家で、その一帯では、どの鉱山よりも深いところを走る豊かな鉱床を持っていた。坑道網は地下深く南へ延びて海の真下へ潜り、採掘された錫《すず》や銅が運び出されていたが、やがて悲劇が襲いかかった。海水がなだれ込み、男たちと少年合わせて二十人の命を奪ったのだ。亡骸《なきがら》はまだ採掘場に沈んだままだった。誰も彼らを出してやることはできなかったのだ。その後、そこは捨て置かれ、海となった。

ジョンから聞いた話では、鉱山のことはルーカスも常に気にかけていたという。フランスへ発《た》つ前、彼は鉱山の再開を真剣に考えて、採鉱の専門家たちを雇い、助言を求めたそうだ。

本来いるべき場所であるロズリンへ彼が戻ってくれたという思いを噛《か》みしめながら、ローラは朝食を食べ終えた。それからエプロンをつけて活動を開始した。今日は積極的に何かをして過ごしたい。

二階の長い廊下のちょうど真下に位置する通路に彼女は足を踏み入れ、重いドアを後ろ手に閉めた。

蝶番《ちょうつがい》がぎいっと軋《きし》むのを聞いて、ジョンに油を差してもらおうと頭の中でメモを取る。暗く不気味な通路は、先でいくつかの部屋へ通じていた。突きあたりには大きな窓があり、その窓よりも小さいドアがあった。そこから階段を下りると地下室に出るのだが、そこがふだん出入り口として使われることはなかった。地下室へは厨房からも行けるので使う必要がないからだ。ドアが少し開いているのを見て、ローラは隙間《すきま》に近づき、下の暗闇《くらやみ》をのぞき込んだ。そこは墓穴のようで、むせび泣くように吹き上がる風だけが静寂を乱している。地下からふわりと漂ってくる冷たくじめじめした空気がドレスにもしみ込み、彼女はぶるっと身震いして、ドアを閉めた。

二年間使っていなかった部屋から部屋へと歩きながら、ローラは家具や工芸品から埃《ほこり》よけのカバーをはずし、何をすべきか見定めていった。作業を続けるうちに体がぽかぽかしてきて、ウールのドレスの襟元を緩め、袖《そで》をまくり上げた。通路を引き返しながらひと部屋ずつ点検し、ドアにいちばん近い最初の部屋へ入ると同時に、ひと息つこうと立ち止まった。エプロンに埃がくっついて、払ってもなかなか落ちなかった。手の甲で額の汗を拭《ぬぐ》った拍子に、うっかり額に黒い汚れを塗りつけてしまった。

埃よけのカバーがかかった家具はどれも幽霊のようで、室内は十月の脆弱《ぜいじゃく》な光にうっすらと照らされていた。ローラは腰に両手を当て、部屋の真ん中に立って周囲を見まわした。書棚が壁に沿ってずらりと並び、窓のそばにはスチュアート王家の治世に制作された、彫刻が施された立派な机が置いてある。彼女はその上から小さな馬の彫り物を手に取り、しげしげと眺めた。素人目にも、職人が作るような出来のいい作品ではないけれども、誰かが愛情を込めて彫ったものであるのはわかった。

馬を手にしたまま、ローラは石造りの暖炉に歩み寄り、初めて屋敷の中を歩きまわったときのことを思い出した。ロズリン・マナーが見せるさまざまな顔、そしてルーカスの先祖たちが遺《のこ》したたくさんのすばらしい美術品や小物にうっとりと見入ったものだった。炉棚の真上に貴婦人の肖像画が一枚かかっていて、その顔がルーカスに似ているのは一目瞭《りよう》然《ぜん》だった。ルーカスの母だ。

ふいに、人の気配と、自分の背中を射抜くような視線を感じてローラは振り返った。心臓が驚きでどきりとしたが、胸は少しときめいていた。ルーカスが部屋の入り口に立って、肩でドア枠にもたれかかり、胸の前で腕組みしながら、何か考え込むような暗いまなざしで、ひたすらじっと彼女を見つめていた。ジャケットからきちんと手入れされた長靴に至るまで、外歩きの服装に身を包み、濡れ羽色の乱れた黒髪を額にくしゃっと垂らした姿は、信じられないほど美しい。ローラの胸の鼓動が速くなった。

「まあ！　びっくりさせないで」わたしに気づかれず、音もたてずに、彼はどうやってここへ？　ここには二階へ上がる階段はなく、屋外へ出るドアもないのに。なぜか背筋がぞくっとした。「あなたには、誰にも見られずに姿を現すという超自然的な能力があるのかしら？　あなたは外出しているとジョンから聞いたけれど」

ルーカスはゆっくりと彼女に近づきながら、その埃まみれの姿と、ピンからこぼれ出た艶《あで》やかな髪にさっと目を走らせた。「ぼくを捜していたと？」

「いいえ。どこにいるのか知りたかっただけよ」ローラは答えた。そばに立ったルーカスはとても背が高く見えた。彼は手の届く距離からローラを見下ろし、くっきりとした両の眉をかすかに上げて、彼女の顔をまじまじと見ている。その澄んだまなざしは洞察力に満ちていて、ローラは落ち着かなくなった。

「びっくりさせるつもりはなかったんだ」彼が言っ

た。「それに、ごみ箱から這《は》い出してきたような妻の姿を目にするとも思わなかった」

ルーカスの鋭い観察眼にかすかな苛立《いらだ》ちのようなものを覚え、ローラは汚れたエプロンをちらりと見下ろした。「この姿、笑えるでしょう?」

「きみはここで何をしているんだ?」彼は室内にちらちらとさりげない視線を投げた。

「この通路沿いの部屋は、二年間使うことがなかったの。あなたもこうして帰ってきたことだし、開かずの間にしておくのはいやだろうと思って」

「そもそも、なぜ開かずの間に?」

「屋敷はものすごく広くて、わたし一人がここで暮らすのに、誰も使わない部屋を掃除させる使用人を置いてもしようがないと思ったの。これからは、たまにさっと掃除もするし、冬のあいだは暖炉に火を入れて部屋がじめじめしないようにするわ」

おもしろがるような表情をかすかに浮かべて、ルーカスがうなずいた。「女領主たちはいつから召使いの仕事を自分でするようになったんだ? 使用人の数を増やせないほど困窮してはいないと思うが」

「わかっているわ。でも、わたしは家事をするのを恥ずかしいことだとは思わないし、嫌いでもない。必要なら、床だってごしごし磨くわ。あなたは開かずの間を開けるのをお望みなのかしら?」

「ああ、でもぼくが見たところ、きみは大変な仕事をしょい込むことになりそうだ。本当に大丈夫なのか?」だがローラは、彼を安心させるようににっこり笑っている。それを見れば、彼女は仕事が楽しみなのだと信じないわけにいかなかった。ルーカスは彼女が持っていた馬の彫刻に目を留め、手を伸ばして受け取った。長く細い指が馬の輪郭をなぞる。

「母が持っていたものだ」彼が遠くを見るような目でつぶやいた。「母の馬が死んだときに、父がそれに似せて彫ったんだ、クリスマスの贈り物として」

「美しいわ。お父様はとても器用な方だったのでしょうね」ローラは賛辞を口にした。

「いや、そんなことはない。それはほめすぎだ。お粗末な彫刻だが、母は愛していたがね」

彼は肖像画の真下の炉棚の上に馬を置くと、こちらを向いて背中で両手を組み、物思わしげに部屋を見まわした。

「この部屋はぜひ使いたいと思っている。ここは父の書斎だった。当時、重要な問題について父と何時間も議論したものだ――遠く離れたインドやアメリカの話から、ここロズリンでの出来事に至るまで。母はよく暖炉のそばに座り、静かに針仕事に精を出していたよ、話に耳を傾けながら」

「あなたはなぜ屋敷を出たの？」ローラは気がつくとそう口にしていた。コーンウォールにはたっぷり愛着があったのに、なぜここを離れようとしたのか腑《ふ》に落ちない。

ルーカスはぼんやりと肩をすくめた。「ぼくも獄中で数えきれないほど何度もそう自分に問いかけた。ロズリンを離れてほしくないというのが両親の気持ちだったが、ぼくを思いとどまらせることはしなかった。ぼくは若かったし、じっとしていられなかったんだ。冒険心、そして外国を見てみたいという熱望にかき立てられて。コーンウォールから与えられるものでは飽き足らず、政府の下で働くようになった。気がついたときにはすでに陰謀――危険に取り囲まれていた。それがぼくにはおもしろかった。でもわかっていたんだ。結局、自分は自分がよく知るもの、理解している場所へ帰っていくのだろう、と。父にもそれがわかっていた。ロズリンはぼくの故郷――ぼくの人生だ」心のつぶやきのように、彼は静かにそう締めくくった。

ルーカスがどんな気持ちでいるのか計りかね、彼女がここにいることも忘れてしまっている気がして、ローラはじっと彼を見つめ続けた。

ルーカスは彼女に視線を戻した。窓から差し込むひと筋の光に、ローラのすっくと上げた小さな頭のてっぺんの巻き毛がきらきら輝いた。体の前でぎゅっと組んだ優美できゃしゃな両手、自分を一心に見つめる濃い青の瞳に、彼の胸がかき乱された。

ローラが無意識に自分の髪のひと房を払いのけようと腕を上げた拍子に、ふっくらと丸みを帯びた胸も一緒にせり上がった。ルーカスは賞賛するように目を細めながら、血潮が体を駆け巡り、下腹がかっと熱くなるのを感じた。

彼は両手をポケットに突っ込み、さらに近づいてローラを見下ろした。大真面目な顔で怪訝《けげん》そうに尋ねる。「ロズリン・マナーで暮らすのは楽しいか、ローラ？　若い女性がたった一人、話し相手もなくこの大きな屋敷に住むというのは？」

「わたしには……ジョンとその奥さんがいるわ」

「善良で忠実な者たちだが、彼らは使用人だ」

「身分など関係ありません。わたしは二人のことがたまらなく大好きで、友達と考えているもの」

「にぎやかな都会の生活に憧《あこが》れはないのか？」彼女をぴたりと見据えて言う。「社交にいそしむ日々をきみが求めたとしても、ぼくは責めないよ。求めなかったことを後悔していないか？」

「後悔しているように見えるかしら？　社交生活に憧れなどないわ」ローラは正直に答えた。「わたしはここで暮らして幸せだし、一人ぼっちでもない。口から出まかせではないわ。ああ、嵐《あらし》のときは心穏やかというわけにはいかないし、風が激しく打ちつけて、屋敷を吹き飛ばすのではと思うこともあるわ。ときどき風がひどい金切り声をたてるものだから、ぎょっとするの」

「それでも、きみはここを離れなかった」

「ええ。我が家ですもの」微笑のせいで唇の端がきゅっと引っ張られる。「それに、ちゃんとしたエスコートなしでロンドンへ出かけたところで、何を言われるやら」

「ロンドンにはきみの兄夫婦がいるし、カーライルもよく足を運ぶと聞いている。彼はきみに同行するよう頼まなかったのか？」

「ええ。たとえ頼まれても、お断りしたでしょう」

「しかし、兄上一家を恋しく思わないはずがない」

ルーカスはまだ納得できなかった。

「言ったとおり、兄たちには最近会いました。フィリップとジェーンがこの夏、子どもたちをロズリンへ連れてきたの」ローラは横目で彼を見た。「ひょっとして、わたしはここに滞在するべきではないと言いたいの？　わたしを追い払いたいの？」

彼はかぶりを振った。「とんでもない。このおんぼろ屋敷と、その生計をモーガン家に頼る者たちを見捨てないでくれて感謝に堪えない。だが考えてみると、きみにとって容易な道ではなかったはずだ」

「大変だったわ、白状すると。でも、選択の余地はなかったと思うの」

ルーカスはにっこりして、彼女の頬に指を滑らせ、ほつれ髪をそっと彼女の耳にかけた。そのくしゃくしゃの頭と汚れた顔をした妻が、いとおしく思えてしかたがなかった。

「きみの誠意に対しては感謝して然《しか》るべきだ。ぼくがいないあいだ、よくぞぼくの資産を守ってくれた。ここをまかせるのに、きみより有能な人間がいたとは思えない。きみは不思議な人だよ、ローラ、そして月並みな女性ではない。ぼくにはわかる。意外性、それがきみの魅力だ」ルーカスは長々と静かに彼女を見つめてから、その場を離れた。「ぼくもすることがいろいろあるし、きみの仕事をもう邪魔しないよ」

「今日は何をする予定なの？」もう行ってしまうの、

とローラは思った。

「ああ、あれやらこれやら」ルーカスはさらりと答え、彼女に微笑を向けてから部屋から姿を消した。

ローラはその日ずっとルーカスの帰りを待ったが、午後の光が薄れ出すころになってもまだ戻らなかったので、彼女はジョンを捜しはじめた。「お客様はこの時間にはもう戻ると思ったのだけれど。ジョン、わたしの馬に鞍《くら》をつけるようジョージに言ってもらえるかしら？　ステナックまで行ってみるわ。彼はあそこにいると思うの。違うかしら？」

「はい、奥様。あそこにいらっしゃるでしょう」ジョンは彼女の後ろ姿を見送りながら、その弾む足取りと、燃え立つような生気に満ちた大きな瞳に気づかずにいられなかった。彼はローラの幸せを思い、しわくちゃの顔をにっこりと輝かせた。

ローラはステナックを常に視野に入れながら、崖の上の狭く曲がりくねった小道を馬で進んだ。すがすがしい十月の空気を胸いっぱいに吸い込み、海の塩辛さを唇に感じながら……。やがて、地面が急流に引き裂かれている場所へさしかかった。眼下の谷間を、弧を描くように葦《あし》の湿地を縫って水が走り、深いラグーンへと流れ込んでいる。

小道を下る途中で馬を止め、ローラは静かな美しい水面《みなも》を見つめた。このあたりの人間なら誰でも知っているとおり、それは天候しだいで一変し、恐ろしいほどに荒れ狂う。この数年のあいだにここで溺《おぼ》れ死んだ者は何人もおり、少なくとも一人は幽霊になって歩きまわり、冷たく謎《なぞ》めいた黒い深みへ姿を消すという噂《うわさ》だった。

しかしこの話も、ローラを悩ませはしなかった。今、頭はほかの事柄でいっぱいだから。ラグーンの端で水はロズリン入り江の中へあふれ出し、海へ流れ出ていく。彼女は樹木の生い茂る切り立った崖を両側に見ながら、ゆっくりと馬を進めた。川が砂浜に向かうあたりに、岩が上のほうでくっついている場所があり、そのアーチ形の岩のあいだから海が見えた。沈む夕日が、最後の光を黒ずんだ海面に落とし、透明な輝きを与えている。

入り江の中には数多くの岩があり、半潮で姿を現す岩もあれば、干潮にならないと現れない岩もあるが、水の上にけっして出ない岩のほうが断然多い。これまでたくさんの船が、この水中に隠れた岩に乗り上げて座礁し、海岸の小さな砂浜にはその残骸《ざんがい》が散らばっていた。海岸線には人目につかない小さな入り江や近づきにくい洞穴がいくつもあり、それが密輸や難破船の物語を生み出していた。

ロズリンに来た当初は、そういう物語にいくらかロマンと興奮を覚えたものだが、あるとき大しけの中で座礁した不運な船を目撃して、ロマンは打ち砕かれた。近くの集落の男や女たちが入り江に押し寄せ、無情にも略奪品を死に物狂いで浜へ引きずり上げる様子をまのあたりにしたのだ。難破船に生存者がいないのを確認しながら、誰もが半狂乱でけだもののようにふるまっていた。

ロズリンの入り江は、フランスからの密輸船が積み荷を降ろす場所としては理想的だった。崖にはいくつも洞穴が開いていて、崖の上に立つロズリン・マナーとトンネルでつながっているという噂もあるが、ローラはそれらしきものを見たことはなかった。

密輸品は一時洞穴に保管され、闇夜に荷馬と荷馬車がやってきて運び出されることが多く、荷物は荒野を渡って、その大半はロンドンに向かう。この海岸で密輸が巧妙に行われているのがわかっていても、海岸はあまりに広く長く、沿岸警備隊や密輸監視艇が取り締まるのは事実上不可能だと世間で言われている以上、ローラも用心深く行動し、口を閉じているほかなかった。

小道を上って反対側の崖の上へ出ると、彼女はさらに西へ目をやった。海岸線は小さな入り江を出たり入ったりし、美しい岬をいくつもまわり込みながら、優美な川が流れるフォイの町までその複雑な線を描き続けている。

彼女はようやく、その不運な鉱山にたどりついた。もの悲しい空気が花崗岩《かこう》でできたエンジン・ハウスに垂れ込めている。口を開けた縦坑に取りつけられたままの梯子《はしご》が真っ暗闇の中へ、鉱山の隠れた中心部へ、二十人の男と少年たちが眠る静まり返った水の墓穴へと続いている。

鞍にジャケットをのせたまま柱につながれている一頭の馬を除けば、人っ子一人いなかった。ローラは馬を降りて草深い台地に立つと、海へ顔を向けた。穏やかな水面は、彼女の気分をそっくり映し出しているようだ。夕日が金色に輝きながら海に沈んであたりが薄闇に包まれる中、ローラは陸をめざす一艘《そう》の小さな船を発見し、体をうねらせて船を漕《こ》ぐ二十人ほどの小さな人影を見つめた。ふいに、空の上で一羽のかもめがしつこいほど泣き叫び、彼女は寒気を覚えて、マントを体にしっかり巻きつけた。

手についた油をぼろきれで拭《ふ》き取りながらエンジン・ハウスから出てきたルーカスは、ローラを見るなり立ち止まった。そして、自分の妻である女性に引き寄せられるように、でこぼこの地面を歩き出した。草の上なので足音はせず、ローラは近づいてくる彼に気づかなかった。海から吹いてくる柔らかな潮風に、彼女の足のまわりでマントの裾《すそ》が揺れ、豊かなブルーブラックの髪がふわりと持ち上がった。

白いシャツと淡い黄褐色の膝丈《ブリーチズ》のズボンに身を包み、黒髪を後ろで束ねて細く黒いリボンで縛ったルーカスは、彼女の背後に立ち、ぼろきれを横へほうった。「ぼくをお捜しかな？」

5

ローラはびくっとして、戸惑った笑い声をあげた。馬から降りたばかりで顔が赤くほてっていたが、それもまた彼女の魅力を増しているにすぎなかった。「そうよ。ちっとも帰ってこないから。あなたはここだろうとジョンが教えてくれたの。誰かに見つかって、あなただとばれたら困らないのかしら？」

ルーカスはポケットに両手を突っ込んで肩をすくめると、クリーム色の泡を海面に残しながら岸をめざす小型船に、つかの間目をやった。「ここへはもう誰も来ない。怖いのさ——まだ下にいる死者たちのことが」そう言って、あんぐり口を開けた縦坑のほうをぐいと顎で示した。

昨夜、彼は初めは冷たい憎悪をむき出しにしたが、やがてくつろいだ優しい表情を見せた。そして今は、何か大事な問題で頭がいっぱいだという深刻な雰囲気を漂わせている。ルーカスには矛盾した顔がたくさんあり、そんな彼を自分は本当に理解できるのだろうかとローラは思った。見捨てられた鉱山のほうへ視線をさまよわせる姿に、この場所に対する彼の並々ならぬ愛着を感じた。彼にとって特別な場所であるのは間違いなく、ここまでほったらかしにされた状態を目にするのは、ひどく胸が痛むに違いない。

彼を見上げるローラの表情がやわらぎ、美しい瞳が青い宝石のように輝いた。「ステナック閉鎖の原因となった悲劇についてはジョンから聞いたわ。そして、あなたが鉱山の再開を考えていたことも。その気持ちは今も変わらないの？」

ルーカスはうなずき、エンジン・ハウスと、並んだ無人の小屋をさっと眺め渡した。「変わらないよ。

海がなだれ込むまでは、まだまだ生産力があったし、銅の鉱脈は尽きることがなかった。ぼくが……言ってみれば死ぬ前の話だが、雇い入れた採鉱の専門家たちが数週間かけてステナックを探査した。結果はぼくが思っていたとおりで、錫《すず》と銅がまだどっさり採れるそうだ。ぼくとしてはすぐにも鉱山の操業を開始したい。水を汲《く》み出す新しい蒸気機関を設置する計画がすでに進行中だ」

「でも、再開できるの？　海を撃退することなどできないのに」

「撃退するつもりはないよ。ステナックは全部水浸しになったわけじゃないからね。場所を変え――つまり別の縦坑を掘って、違う方向へ採掘場を広げるつもりだ。このあたりには失業者があふれているから、鉱山の仕事を歓迎するだろうし、例によって非合法なやり方で生活の糧を稼ごうとは考えなくなるかもしれない」海岸線を西へたどると、そこにもう一つのエンジン・ハウスがあった。稼働中の鉱山、ホイール・ローズだ。「この地域で操業している鉱山はホイール・ローズだけで、ぼくの知るところでは、生産量が落ちて、閉鎖の危機にあるらしい」

「ホイール・ローズはエドワードの鉱山よ。彼は、あなたの意見には賛成しないでしょうね。彼が言うには、もう一本抗を掘るつもりらしいし、実際、もう掘りはじめたと思うわ」

ルーカスは顔をしかめた。「知っている。それで、ぼくも気をもんでいるんだ」

「でもなぜ？　彼も専門家を呼んで、海の下に豊かな鉱脈があることを確認したそうよ」

「ステナックとホイール・ローズは隣り合わせだ。考えてもみろ。カーライルが海の下で発破をかけた瞬間、海水が流れ込んだステナックの南側全体がホイール・ローズにとって脅威となる。古い坑道のいくつかは、岩壁がきわめて薄いから」

ローラは青ざめた。考えただけで身の毛がよだつ。「でも、エドワードはばかではないわ。それぐらい承知のうえでしょう」

「どうかな。ぼくも先日、父の古い地図を調べていて知ったばかりだ。だから――ぼくがロズリンにいる事実を隠しておく必要がなくなったら、さっそく彼のところへ行ってその話をする必要がある」

ローラは驚いて、ちらりとルーカスを見た。「そういう気になれるの？　彼を憎く思いながら？」

「やつを串刺し《くしざ》にして熱い炭の上で焼き転がしたいところだが、しかたがないだろう」彼は歯ぎしりして言った。「エドワードが計画を進めれば、大勢が命を落とすかもしれない」

その言葉に込められた痛烈な皮肉がローラを切り裂いた。ふいに、海から冷たい突風が吹いてきて、黒髪を激しく顔に打ちつけた。自然の威力にかき乱され、自分の中の感情に心をかき乱され、彼女は身震いした。だが、二人のあいだの調和を壊したくなくて、懸命に落ち着いた声で話を続けた。

「きっとエドワードも事実を突きつけられれば、ホイール・ローズの新しい計画を断念するわ。人の命を危険にさらすようなまねはしないでしょう」

「そう信じるならきみは愚かだし、やつのことがわかっていない」

その口調にローラはたじろいだ。「いいえ、わかっているわ。充分に」

彼女の目を貫くように見つめるルーカスの心に、ある思いが浮かんだ。ぼくの美しく若い妻は、まだカーライルを憎からず思っているのかもしれない。ぼくの妻なのにぼくのものではなく、そしてその甘やかで奔放な女性の真髄を手にしているのがエドワード・カーライルだとしたら、それは耐えがたい。

「さっそくかばうのか」ルーカスは声を荒らげ、銀色の目で彼女の顔をまじまじと見た。「ぼくはうかうかしていられないということかい？　きみはやつを愛していたのか？　今も愛しているのか？」

そんな質問をされるとは思ってもいなかった。ローラは口がからからになり、胸が恐ろしいほどどきどきした。ルーカスがローラから一歩身を引いたのがわかった。今、自分を冷たい目で見ているこのよそよそしい男は、ゆうべの優しく穏やかな人物とは似ても似つかない。今目の前にいるのは、夜道で出会ったときのあの男だった。二人の心が近づいたあの時間など、まるで存在しなかったかのように。

「わたしは昨夜まで彼の妻になろうとしていた女よ。その女が彼を愛していたとは、信じがたいと？」

「相手がカーライルでは」ルーカスは彼女から逆にきき返され、不満げに、いかめしい声で言った。「さあ答えてくれ、きみがあの気取った成り上がり者を愛しているとは信じられないのでね」

「わたしの気持ちについてあなたと議論する義務はないわ、ルーカス」

彼の顎に力が入った。「いや、あるとも」

ローラが彼をにらみつけた。「もしわたしが彼を愛していたら？」

「それだと、かえってきみは苦しむことになるな」ルーカスは冷ややかに答えた。「いずれにせよ、彼はきみを失った」

「エドワードはわたしにけっして無礼を働かなかったわ。友を必要としていたわたしに、親切に思いやりを持って接してくれた。彼を――そして彼のお母様を傷つけるのはいたたまれない気持ちよ。彼女には手紙を書いて釈明しなければならないけれど、あなたのことには触れないと約束します」

「手紙を出すんだな」ルーカスは有無を言わさぬ口調で続けた。「だが彼女を訪ねていくのも、カーライルと接触しそうな場所へ出かけていくのも禁止だ。そしてしばらくは、田園地帯で馬を乗りまわすのもようすんだ——付き添い《シャペロン》がいようがいまいが」

怒りのあまり、ローラの頬が真っ赤になった。

「それで、もしエドワードとお母様がロズリンを訪ねてくることになったら？」

「二人を迎え入れてはならない。きみは留守だとジョンが伝えるだろう」

「ジョンに嘘《うそ》をつかせるの？」

二つの冷たい灰色の目が淡々と彼女を見つめる。

「必要ならば」

ローラはルーカスをじっと見つめた。こんな理不尽なやり方で勝手な要求を押しつけ、わたしを徹底的に支配しようとするなんて信じられない。

「エドワードは隣人さんよ。この先、何かの行事で顔を合わせるのは避けられないわ」

「それはそのとき心配すればいい」

「わかったわ。そしてそれまでは、とにかくあなたの命令にうやうやしく従い、ロズリンにいればいいのね——つまり、自宅に監禁されて？」

「まさしく」その声にはこれ以上話し合う必要はないという響きがあった。ルーカスはいきなり横を向いて、岸に近づいてくる船を注視した。

「ルーカス、お願いだからそういう口のきき方はやめて。お願いよ。なぜなの？　わたしは罪を犯したわけではないわ。あなたはわたしを責めているようだけれど、わたしは何もやましいことはしていない。後ろめたい感情はないわ。エドワードが憎いからわたしまで憎いと言うの？　わたしが彼の妻になることを承諾したから？　あのときはまだ彼の人間性を見抜いていなかったし、あなたは帰らぬ人だと思い込んでいたのよ」

ルーカスは彼女を見下ろした。彼に向かってぐいと上げた顎、彼に堂々と挑みかかる目。ルーカスは小さく罵《ののし》り、彼女に背を向けると、海を見つめて、頭をはっきりさせるように首を振った。いったいぼくはどうしたのだ？　心の狭い、理性に欠けた人間になり下がり、嫉妬《しっと》深いばか男のようにふるまっている。彼女の顔にもそうはっきり書いてある。

ローラは二年間も男の指図を受けることなく、一人で生きてきたのだ。人の言いなりにはならないし、周囲の勝手気ままな意見に自分を合わせるつもりもない、というのはわかる。長いあいだ、彼女は自分自身の主人となり、自分で決断を下し、立派に責任を取ってきたのだ。ぼくに支配されまいと刃向かう彼女を責めることはできない。

「きみは実に魅力的な女性だ。カーライルがきみにまつわりつくのは気に食わないが、ぼくはきみが憎いわけじゃない」彼ははっきりとそう答えたが、接近してくる船から一瞬たりとも目を離さなかった。

「それに、わざとつらく当っているわけでもない。その理由はまもなくきみにもわかるだろう」

ルーカスの頭を占領しているものがあると気づいて、ローラは彼の傍らに移動し、視線の先にある船をべつだん興味もなさそうに眺めた。やがて船から目を離し、夫を見た。その瞬間、頭に閃《ひらめ》いた。

彼女は夫の顔をまじまじと見つめ、動揺した声できいた。「あの船はあなたのところへやってきたのね、ルーカス？　あなたが話していた最後の任務と何か関係があるのね？　行ってしまうの？」

「ああ。行かなければならない」

ローラは自分の耳を疑った。憤りと苦しみに切り裂かれ、ルーカスが憎くてたまらなくなった。「なんて傲慢《ごうまん》で思い上がった人なの、ルーカス・モーガン。ゆうべあんなふうにこっぴどくわたしをやり込め、ひと言ふた言なまぬるい台詞《せりふ》でなだめすかしてから、今度は大胆にも、これから姿を消すつもりだと落ち着き払って告げるなんて。わたしをまた同じ目に遭わせるつもり？　そんなの許されないわ。間違っているわよ。ずるいわ」

彼は顔を上げ、静かだが揺るぎない声で言った。

「困らせないでくれ、ローラ。ぼくは行かなければならない。どうしても」

「もしあなたが戻ってこなかったら？　また同じ思いをするのはごめんだわ、ルーカス。あなたの生死をどうやって知るの？　わたしは一生、やきもきしながら生きていかなければならないの？　なぜ行くのか、せめて理由だけでも聞かせてちょうだい」

「だめだ。ぼくはフランスに戻る。今はそれしか言えない」

「政府の仕事で？」

「いや、個人的な問題で」彼はそっけなく答えた。

「なるほど」彼女は音をたてて大きく息を吸った。

「つまり、二人は今後もこうだというわけね？　二年結婚していても、一緒にいたのは四日足らず。もし鉱山まであなたを追いかけてこなかったら、あなたはわたしに黙ってこっそり出発していたんでしょう。それは疑うべくもないわ」彼女は喉につまったような苦い笑い声をあげた。

「それは違う。そんなことはしない」

「あなたはいつも仕事優先なの？　わたしよりも？」

「ぼくは戻ってくるし、きみを残していくのはこれが最後だと約束する」

「信じられないわ」ローラは腹立たしげに叫んだ。

「わたしを信用できないの？　そういうこと？」

「もちろん信用しているが、きみを守らなければならない。きみが知らないほうがいいこともある」

「それがなんであれ、知らないよりましよ」ローラの声が軽蔑《けいべつ》の色を帯びてとげとげしくなった。

「戻ったら、すべて明らかにする」

「あなたは残酷な人だわ。これからもずっと、自分の好き勝手に行動して、わたしをないがしろにするの？」ローラは目に涙を浮かべて彼の横を通りすぎ、自分の馬のほうへ歩き出した。怒りとショックのあまり、自分の足が異常な速さで進んでいくのがわかる。また同じことの繰り返しだなんて信じられない。

ルーカスは苛立《いらだ》たしげな険しい表情で、一歩遅れてあとに続いたが、途中でローラを捕まえ、自分のほうを向かせて両腕をがっちりとつかんだ。

「放して」ローラはもがきながら言った。

「じっとして、ぼくの言うことを聞いてくれないか？」どれほど彼に威張ってみせ、いくら短剣を投げつけるような視線でにらみつけても、その美しい瞳には涙がきらめいている。罪悪感がルーカスを刺し貫いた。彼はローラの顔を両手ではさんで、上を向かせ、声をやわらげた。「行くのはぼくも本当につらい――きみには想像もつかないほど。きみがどれほど大変だったか、わかっているよ、ローラ。監獄の中できみのことを、きみが耐えているだろう苦難を思い、ぼくは苦しんだ。そこから出ることも、事態を正すこともできなかったのだから。きみに手紙を送ることすらね。今度ぼくが戻ったら、状況はよくなる。約束するよ」

「騙《だま》されないわ、わたしの気持ちを気遣うふりをしてもだめよ。もしわたしの気持ちを考えるなら、あなたはここを離れないでしょう」

彼女の声を聞いてルーカスはほっとした。怒りがいくらか引いたらしい。「うまくいけば、一週間以内に戻れる」

一週間という言葉を聞き、とにもかくにもローラは神に感謝した。「危険なの――その任務は？」自分の頬をしっかりと包み込む彼の手の感触を、強烈に意識しながら尋ねる。

「危険ではないと言ったら嘘になるだろう」

「だったら行かないで」ローラは懇願した。「今度捕まったら、あなたは……殺されるわ。フランス海軍が待ち伏せしていて、フランスへたどりつけないおそれはないの？」

「軍務についていた貴族階級の将校たちは逮捕され、補充された乗組員は未経験者ばかりだから、フランス海軍は今、混乱の中にある。フランスでは今何もかもが混乱しているが」ルーカスは深いため息をついて彼女の柔らかな頬を親指でそっと撫《な》で、その目をしっかりと見つめた。「行かなければならないんだ、ローラ。ぼくにはやるべきことがある」

「ギロチンの危険を冒してでも？」

「どんな危険を冒しても」

「それほど大事なことなの？」

「ああ、何よりも。これはぼくの大親友にかかわることで、彼が死ぬ前にぼくは約束したんだ。その約束を守らなかったら、ぼくは自分を許せない」

ローラは彼をじっと見つめた。厳しい顔つき、こわばった筋肉、そして灰色の目に浮かんだ彼女には計り知れない表情。ルーカスの苦しみを前に、ローラははっとした。彼を失うわけにはいかない、それは耐えがたい。だが、あなたの気持ちは十二分にわかると彼に伝えるには、彼をこのまま行かせるしかないのだ。その任務がなんであれ、どうぞ行ってらっしゃいと言うしかない。

次に口を開いたとき、声は意外にも穏やかだった。「では、どうか気をつけて」

「ある人物を連れて帰ってくるから、部屋の準備を頼みたい。二階の廊下のいちばん端の、海を見下ろせる部屋がいいだろう」

ローラはつばをのみ込み、ゆっくりとうなずいた。その謎《なぞ》の客人は誰なのだろう。

ルーカスは自分の手の中の、信じられないほど美しい顔を、まるで初めて目にするかのようにじっと見下ろした。「きみは背が伸びたし、ぼくの記憶にあるよりずっと年を重ねた気がするよ」

意外な感想を口にした彼に、ローラもあら、と口元をほころばせた。「二年で何センチも背が伸びたとは思わないし、年を重ねたように見えるとすれば、それは実際に年を取ったからよ」

ルーカスは思わずにっこりして、それから物思わしげに続けた。「きみを初めて見たとき、きっと恥ずかしがり屋で、怖がり屋で、引っ込み思案で、いつもびくびくしていて文句の一つも言えない娘だろうと思った。だが、誤解だったな」

二人の心を引き寄せたいなら、その関係に軽やかな空気を吹き込む好機を逃してはならないわと考え、ローラは軽口を叩《たた》いた。「あなたの前では恥ずかしがり屋さんでしたとも。でもこれからは、かっとなったら、ずばりと文句を言わせてもらうわ」

「それは疑わない。今のきみは恥ずかしがり屋さんではないからな」彼はにこやかに言った。「それに、ぼくの記憶の中にあるあの若い娘でもないが、ぼくが知っているもうすぐ二十一歳になろうという娘たちほど年を取っているわけでもない」

「あら、まあ」ローラはやんわり嘲《あざけ》るように目をきらりとさせ、真顔で言った。「わたしのことでは、かなり混乱しているようね」

「明らかに」ルーカスはつぶやきながら、熱に浮かされたような目で彼女の潤んだ明るい瞳の奥をのぞき込み、かわいらしい唇にうっとりとなった。こんなふうに気持ちがかき立てられたことなど久しくなかった。ローラを抱きしめたい、自分の中に膨れ上がる熱い思いを味わいたい。その瞬間、ルーカスにはそれしか考えられなくなった。この二年は激情とは無縁だったのだから。

ルーカスは顔を寄せ、唇を滑らせてぴたりと重ね、あわてるなよと自分に言い聞かせながら、キスを返すよう彼女に促した。ローラがそれに応《こた》えて彼にもたれかかり、開いた唇を押しつけてきたとき、ルーカスは喜びにうめき声をあげそうになった。彼女の豊かな髪に両手を潜り込ませ、キスを貪《むさぼ》り求める自分の唇に彼女の顔をさらに引き寄せる。男としてのその原始的な欲望が全身を焼き焦がし、両腕でローラの体をきつく抱きしめ、唇で彼女の口を大きく開かせようとした。内側の甘い蜜《みつ》を味わえるように。

ローラが彼にこんなふうにされたのは初めてだった。熱い官能の繭の中に閉じ込められ、身動きできない。体が彼の硬くなった輪郭線にぴったりと押しつけられ、開いた唇が彼の侵入を嬉々《きき》として迎え入れ、彼の飢えを満たそうとする。死んだと思っていた夫のたくましい腕にふたたび抱かれるその衝撃は圧倒的だった。この瞬間を何度夢見たか知れないが、その夢が現実になるとは一瞬たりとも考えなかった。

ルーカスは彼女の頬から耳へと唇を滑らせながら、健康な男性の衝動——あまりにも長いこと女の肌に触れることを禁じられてきた男性の衝動を必死で抑え込んだ。「つまり、きみには驚かされっぱなしだ。きみが今、ぼくに何をしているかわかるかい？」

ローラは唇がふたたび奪われるのを感じ、そのとろけるような柔らかさに、自分が溶け出していくのを感じた。彼の両手が絹のような髪の下のうなじに滑り込み、ローラの顔をもう一度包む。

永遠とも思える時間が流れたあと、ルーカスは顔を上げ、彼女のほてった顔に視線を落とした。「ぼくを見て」と低くかすれた声で言う。ローラは、輝く二つの星のように瞳を輝かせながら言われたとおりにした。彼は優しくほほ笑みながら、自分が引きずり込んだ夢のような眩惑《げんわく》から彼女が目覚める様子を見守り、自分のキスが彼女の不安を打ち消したのを知って安堵《あんど》した。「ぼくが結婚したあの内気なあどけない娘はどこへ行ってしまったんだろう？」

「まだここにいるわ、ルーカス」彼の明るい灰色の目がローラの欲望の残り火をかき立てる。エドワードはそこに荒っぽく灰をかけたにすぎず、一度も火をつけて燃え上がらせることはなかった。「奥深く探せば、彼女が見つかるわ」

「帰ってきたら必ずきみをぼくのベッドへ連れていくから。きみはかつてぼくのものだったし、そして、もう一度ぼくのものになるんだ」

ローラは急速に薄れていく光の中に彼の顔を、その面影のすべてを、銀色の目のきらめきを見つめた。彼女の胸のときめきに合わせるように、ルーカスの胸を激しく叩く鼓動が伝わってきた。

「さあ、行かなくては」ルーカスは重々しく告げた。「今は追い風だし、ぐずぐずしていると潮の流れが変わってしまう」彼はそう言うと踵《きびす》を返し、馬のほうへ大股で歩いていった。

これが別のなんでもないときなら、大きな旅行かばんとルーカスの外套《がいとう》と帽子を持って波打ち際に立つジョンの姿は、ローラの目に奇異に映っただろう。だが、この状況にあってはなんの違和感もなかった。

船は湾内に待機しており、乗客を拾うためのボートがすでに到着していた。

ルーカスは馬を降りるとジョンに近づき、手短に話をすませると外套をさっと羽織り、帽子をかぶった。そしてローラのところへ戻ってくると、彼女に両腕をまわし、とてもゆっくりと優しく、激情に駆られることなく唇を重ねた。次に彼が顔を上げたとき、ローラは両手を彼の胸に当ててそっと押しやった。

「行って」とささやく。「さあ早く――そして戻ってきて」

水の中をばしゃばしゃと進んでボートに乗り込む彼を、ついで船に向かって黒い波間を進んでいく手《て》漕《こ》ぎのボートを、彼女はじっと見送った。すでにあたりは闇《やみ》に包まれようとしていた。汀《みぎわ》に佇《たたず》むローラの顔は白くこわばり、心は引きちぎられていて、頭は現実を受け入れられずにいた。

思考力をいっさい奪われたまま、ジョンが傍らに来るまで、ローラはその場から動こうとはしなかった。夜の始まりにはとても心地よかった潮風も、すでに肌を刺すような冷たさを帯びていた。彼女は身震いしてマントの前をかき合わせ、背中のフードを引っ張り上げた。

「彼が無事に渡りきることを祈るわ、ジョン。そして、悪天候や海賊の餌食《えじき》となって、この前のようにわたしたちを置き去りにしませんように」

ジョンが彼女を見た。「そう祈ります、奥様」

続く数日、ローラは不安でたまらなかった。どこへも出かけず、一度エドワードが訪ねてきたときには、ジョンがルーカスの指示どおり門前払いを食わせた。周囲の出来事は何も見えず、聞こえず、ローラは口もきけなくなったように屋敷の窓から海を眺めて毎日を過ごした。ルーカスの帰りをひたすら待ちながら。

そうして六日がたったとき、呪縛《じゅばく》は解かれた。流れていく雲間から満月が見え隠れする、晴れた晩だった。

真夜中近くになって、帆を巻き上げ、明かりを消した小型船がこっそり湾に入ってきた。ローラは四柱式ベッドの心地よいぬくもりに包まれてはいたものの、眠ってはいなかった。その夜もまた、永遠に終わらないかに思え、神経は張りつめていた。静まり返った広い屋敷の中では、どんな物音も増幅される——階段の踊り場の時計が鳴らす鐘の音から、入り江の砂利浜に優しく打ち寄せる波音まで。

とはいえ、錨《いかり》が落とされる音が聞こえたわけでも、波立つ海面にボートが下ろされて黒っぽい服を着た四つの人影がロープの梯子《はしご》を伝い下り、ボートに乗り移るのが見えたわけでもなかった。そのうちの一人は、小さな包みを用心深く小脇《こわき》に抱えていた。

ボートは岸をめざして進み、漕ぎ手たちの息遣いと櫂《かい》が水をはねる音だけが、夜の静寂をかき乱した。ドアがそっと叩かれる音に、ローラははっとした。ジョンだった。その態度を見れば、事態が差し迫っているのがわかった。

「湾に船が入ってきたのを見ました。ご主人様が乗っていると思われます。急いでください。奥様の手も必要になるかもしれません」

安堵がローラをのみ込んだ。「すぐ着替えるわ」質問はしながった。時間がなかった。

二人は連れ立って屋敷を出ると、崖《がけ》下の入り江に続く、急勾配《こうばい》の曲がりくねった小道へ急いだ。

「カンテラがあったほうがいいのでは？」見えない木の根っこにつまずいてローラは言った。

「ないほうがよろしいかと、奥様」

二人が入り江にたどりつくのと、ボートが砂利浜に引き上げられるのが同時だった。今、ボートからひらりと降りたのはルーカスだ。ローラの胸がときめいて、彼に目が釘《くぎ》づけになる。ルーカスは腕を伸ばすとボートの中にいた一人を抱え上げた――女性だった。頭を覆うフードから白っぽいブロンドの長い髪がひと房はみ出している。ルーカスは彼女をそっと浜に立たせると、ボートへ引き返し、漕ぎ手の一人から包みを受け取って、待っている女性の手に渡した。ジョンとローラが駆け寄ったとき、漕ぎ手たちはすでに砂の上に旅行かばん二つを降ろし、岸から漕ぎ出していた。

ルーカスはジョンに何やら小声で話しかけてから、妻のほうを向いた。こわばった顔が一瞬、感激の表情に変わったが、すぐにもとの顔つきに戻った。彼がローラに近づいてきた。

「言っただろう、戻ってくると」ルーカスが囁《ささや》いた。

ローラは彼にほほ笑もうとしたが、彼が自分を見ていないのに気づいた。

それからルーカスはローラの手を取ると、浜辺に亡霊のように佇み、びくびくした目を周囲に向けている静かな人影に歩み寄った。「会ってもらいたい人がいる」

女性の頭を覆っていたフードはすでに背中へ落とされ、白っぽいブロンドの髪が肩にかかっている。その瞬間、月光が雲間からうっすらと差し込み、女性の顔を照らし出した。

キャロライン・ウェストン！ ローラがルーカスにさらわれた夜、本当はあの馬車に乗っているはずだった女性だ。この果てしなかった六日間、ローラを支え続けた希望と自信が一瞬にして崩れ去った。昔と変わらぬキャロラインの美しさに、激しい嫉妬がローラの胸を切り裂き、ルーカスを取り戻した喜びを根こそぎ奪い去った。

「キャロライン」ルーカスがそっと呼びかけた。

「妻のローラにはもう会っているね」そう言うとローラに向き直った。「キャロラインを覚えているだろう、ローラ？」

無作法な態度は許されないと彼女は気を取り直して、礼儀正しく答えた。「ええ、もちろんよ。ごきげんよう、キャロライン」

だが何も聞こえなかったようにキャロラインはいっさい反応を示さず、ローラを凝視するばかりだったので、ローラは思わず一歩後ずさった。キャロラインの暗い楕円《だえん》形の目に浮かぶ、恐ろしいほどの苦悩にローラは気づいた。その瞳の奥には、何か深い悲しみが潜んでいて、彼女は今は語ることのできない大きな心の傷に苦しんでいるという気がする。

子猫のようなか細い声がして、ローラは包みに目をやった。そのとき初めて、それがなんなのか、そしてなぜルーカスが、海を見下ろせる二階の部屋を使えるよう準備しておけと言ったのかがわかった。

あの部屋の隣が育児室だからだ。

「赤ちゃん！」

ルーカスは入り江をちらりと見まわし、誰かがこっそりこちらを監視していないか、目を細めて暗い場所を探った。そして、差し迫った声で告げた。

「ぐずぐずしないほうがいい」

「わたしが赤ちゃんを抱っこしていきましょうか？」ローラはキャロラインに両腕を差しのべた。

キャロラインは首を横に振り、赤ん坊を守るようにぎゅっと抱きしめた。哀願するようなまなざしを向ける彼女の腰に、ルーカスは気安く手を置いた。

「わかったよ、キャロライン。さあ、一緒に屋敷まで行こう」

二人の数歩後ろを歩きながら、ローラは襲いかかる痛みを体で感じていた。泣き出しそうになり、喉に込み上げるものをぐっとのみ込む。夫はすでにわたしのものではないのかもしれない。

とはいえ、キャロラインがどうしてここにいるのか、フランスで何をしていたのか見当もつかないのだから、まだ自分の感情に屈してはならない。これから先、自分はどういう立場に置かれるかわからないが、今は、嫉妬深い妻のようにふるまうべきではないし、涙など見せてはならない。

ルーカスたちは足早に浜辺をあとにした。だが、花崗岩《かこう》のアーチの下から彼らを見つめる男の存在には気づいていなかった。彼は黒っぽい鹿毛《かげ》の馬にまたがり、黒いマントに身を包んでいたので、ラグーンの闇に溶け入って区別がつかなかったのだ。

エドワードが深夜に入り江まで下りてくるのは珍しいことではなかった。今夜も密輸品が陸揚げされる予定だったため、小型船とおぼしき黒い影が湾に滑り込んでくるのを見て、不安が体の芯《しん》を這《は》い上がったのだ。自分が待っている船ではなかったからだ。

ボートを調達して海へ漕ぎ出し、密輸品を積んだカッター船にここへは荷揚げするなと警告する時間はもうなかった。荷馬はすでにこちらに向かっていた。

そのとき、二つの人影がロズリン・マナーから浜辺へ下りてくるのが見えた。人影はジョン・トレネアとローラだとわかった。だが、船でやってきたのは誰だろう? そして、こんな夜更けに入り江に上陸するとはどういうことだ? 皆目わからない。

だが、それなら確かめるとしよう。

小さな集団が浜を離れ、謎の小型船が闇の中へ幽霊さながらに姿を消したとき、エドワードは反射的に空を見上げた。月と星は厚い雲の後ろに隠れ、奇跡の夜を生み出していた――荷揚げにはもってこいだ。すべて予定どおりだ。彼はふたたびぎらぎらした目で沖を見つめた。密輸品をのせたカッター船が、午前一時すぎに湾に入ってくるその瞬間を待って。

6

玄関広間はルーカスたちを温かく出迎えた。ろうそくと暖炉の赤い輝きが広間から闇《やみ》を追い出し、暖炉の前に寝そべる八本の脚と四つの柔らかなブラウンの目――二頭の猟犬がなごやかな雰囲気を与えている。だがキャロラインはそれには目もくれず、赤ん坊を抱いて突っ立ったまま、周囲にふらふらと視線をさまよわせていた。どちらへ進んだらいいのかわからないという様子だ。

外套《がいとう》を脱ぎ捨てたルーカスはローラを脇《わき》へ連れていき、心配そうな顔で言った。「ごらんのとおり、キャロラインは無気力と鬱《うつ》状態に陥っている。長く険しい旅がこたえたんだろう。彼女は疲れきっているし、赤ん坊は腹をすかせている。ぼくの指示どおり部屋を準備してくれたか？」

「ええ。でも……」ジョンのほうを向いて言う。「子ども部屋からベビーベッドを持ってきてもらえるかしら、ジョン」

「さっそくそのように」

「キャロラインの身元を知られないようにすることがきわめて重要だ、ローラ。使用人たちにすべてを明かす必要はない――つまり、ジョン以外には。彼女はきみの親友で、ロンドンから来たミセス・ウィルトンということにしよう」

「彼女の本当の名は？」

「ムルニエ伯爵夫人だ。夫のアントンのことはきみも覚えているだろう。彼とぼくは親友だった」

ローラはムルニエ伯爵を思い出した。あのすこぶる魅力的で気立てのいい若者を忘れることなどできないだろう。「ええ、覚えているわ。でも、あなたは今、親友だった、と言ったわね、ルーカス。彼の身に何か不幸が？」

ルーカスの瞳が曇った。「アントンもほかの貴族たちと同じ運命をたどった――断頭台の露と消えたのだ。今、フランスでは貴族の命はろうそくほどの価値もない」

「なんてこと！」ぞっとしてローラは囁《ささや》いた。刑に処せられる者に不必要な苦痛を与えないよう、医者のギロチンが発明したという断頭機の話はイギリスでも知らない者はなかったが、ギロチンは結果的に、非常に厄介な状況を生み出していた。新共和国政府はその斬新《ざんしん》な装置をこれぞ社会の進歩――民主主義の稼働とみなしているが、その効率のよさゆえ、毎週数十人から数百人の罪なき人々の首が切り落とされることになったのだ。

「残念だわ、ルーカス」彼のいたたまれない気持ちが伝わってきて、ローラはつぶやいた。

　そして、ローラを見下ろすルーカスの胸にも、彼女の哀れみの気持ちが伝わってきた。「この件はまたあとで話そう。今は、キャロラインと赤ん坊のルイスを落ち着かせるのが先だ」

　ローラはキャロラインに歩み寄り、腕に抱かれた毛布の包みに目をやった。赤ん坊の顔が見えるようそっと毛布を引っ張る。きれいな男の赤ちゃんで、上品な目鼻立ちは母親似、すばらしく形の整った頭を覆う柔らかな髪の色は父親似だ。つぶらな青い瞳をぱっちり開けて、ローラを真剣な目で見つめながら、ひもじそうに、丸めた小さな拳《こぶし》を吸っていた。

「まあ、かわいらしい——すごくちっちゃいわ。生まれてどれくらいたつの？」

「三週間だ」ルーカスは答えた。「キャロラインを部屋へ連れていってくれ、ローラ。ぼくが簡単な食事を階上《うえ》へ運ばせるようにするから。ディエップから何も口にしていない。そのときだって、赤ん坊のために体力を保たないとだめだと言って、やっと食べさせたんだ。彼女も赤ん坊もほとんど着のみ着のままだが、きみならきっと面倒をみてくれるね」

「もちろんよ。何か探してみるわ」

「話の続きはまたあとで」彼が言った。「キャロラインが部屋に落ち着いたら」

　ローラは彼女に向き直り、腕に手をかけた。「疲れた顔をしているわ、キャロライン。さあ、お部屋へ行きましょう」

　あなたも一緒に行ってくれないの、という目でキャロラインが彼をさっと見た。「ルーカス？」それは彼女がイギリスの土を踏んで以来、初めて口にした言葉だった。

　ルーカスはその顔を優しく見つめ、ほほ笑んだ。

「大丈夫だよ、キャロライン。旅は終わった。身の安全は守られている、安心して休むといい。ローラについていきなさい。きみとルイスの世話は彼女がちゃんとしてくれる」

命令に従うことには慣れているらしく、キャロラインは従順な態度でローラと一緒に長い石の階段を上り、自分と赤ん坊のために用意された部屋へ向かった。

ジョンがベビーベッドを部屋に運び入れるのを見て、キャロラインの目からようやく怯《おび》えが消えた。彼女はルイスをベッドに下ろすと、マントを脱いでドレスの前ボタンをはずした。ローラは彼女にそっと声をかけ、その腰に腕をまわして椅子まで導いた。おなかがすいたと火がついたように泣き叫んでいる赤ん坊にお乳をやれるように。

食べ物と飲み物が出されると、キャロラインはありがとうとだけ言って黙って口に運んだ。それから顔と体を洗い、ローラの清潔な寝間着に着替えると傍らのベビーベッドで眠りについた息子にちらりと目をやってから、自分もシーツのあいだに滑り込んだ。

「ルイスとわたしのためにこんなにしてくださって感謝のしようもないわ」キャロラインがつぶやいた。

彼女がやっと自分に心を開こうとしていると気づき、ローラはベッドに腰掛け、相手の暗い瞳に宿る悲しみを見た。「ルーカスとわたしがお役に立ててよかった。アントンのことは残念だったけれど」静かに言う。「何があったかルーカスから聞いたわ」

「ええ。彼はわたしを修道院へ行かせたの。お産が近かったから。そして、二度と彼に会うことはなかった」声は低く、込み上げる感情にかすれている。キャロラインは涙に曇った目をそむけ、窓のほうを見た。「アントンの身に起こった事実――ルイスが父親の顔を見ることはないという事実をなかなか受け入れられなかったわ」

キャロラインが唇を震わせ、深い悲しみに沈んだ目でローラの目を見た。ローラは哀れみに胸がつまった。キャロラインは涙をこらえ、自分の両手を見下ろした。「恋愛結婚ではなかったの」彼女は小さな声でそう打ち明け、ぎくりとしたローラを見て、かすかに笑みを浮かべた。「でも、いやな結婚ではなかったし、アントンには深い親愛の情を寄せていたわ。彼は善良な人――とても立派な人だった」

キャロラインは静かにむせび泣き、その頬を涙がぽろぽろとこぼれ落ちた。

「赤ちゃんができたと伝えたとき、彼の目に浮かんだあの表情はけっして忘れないわ。とても誇らしげで、すごく幸せそうだった」

ローラは喉が締めつけられた。慰めの言葉一つ見つからない。キャロラインの顔立ちは上品で繊細で、瞳は雌鹿《めじか》のように大きく、カールした黒いまつげに縁取られている。こんなに愛らしく心そそられる女性を前にしたら、ルーカスだって、慰めてやりたいと思うに決まっている。彼女の美しさに心を動かされない者などいない。

ローラの心はずきずき痛んだ。ルーカスとキャロラインが寄り添う姿など思い浮かべたくもないし、そういう気持ちになる自分が恥ずかしい。キャロラインは夫を失って、悲しみに暮れているというのに、そんなことばかり考えるなんて。それでもローラは、哀れむようにキャロラインの手に触れた。

「生きているのが不思議なくらいよ。こんなに心が引き裂かれながら」キャロラインは声をつまらせ、妙に思いつめた表情を浮かべた。「ルーカスが修道院まで迎えに来てくれたあの日から今日まで、わたしは生きているのがやっとだった。彼はわたしとルイスのことを本当に気遣ってくれて――とても頼りになる人よ。わたしが夫以外の男性とフランスから旅をしてきたと知ったら、もちろん母はぞっとするでしょうけれど、ルーカスとわたしは昔からの知り合いですもの。形式にこだわる必要はないわ」

ローラはキャロラインの顔から片時も目を離さず、自分の夫をほめちぎる彼女の話に耳を傾けていた。彼女は明らかに、ルーカスのことを〝鎧《よろい》きらびやかな騎士〟とみなしている。白っぽいブロンドの巻き毛を指でいじるキャロラインの顔に笑みが浮かび、それが火明かりのようにふっと消えた瞬間、ローラは気づいた。その姿はもの静かで無防備に見えるけれど、その下には激しく決然とした何か――無視できない、危険な何かが隠れていると。

キャロラインが彼女を見据えて言った。「ルーカスのことは、妹のデイジーもわたしもロンドンにいたときからよく知っていて、親友と思っていたのよ。あなたのこともお友達だと思いたいわ、ローラ」

キャロラインの口調はよどみなく、もっともらしくて、とりわけデイジーの名前を会話の中に織り交ぜるなど、実に言葉巧みだった。その目つきにも態度にも、ローラへの嘲《あざけ》りやライバル意識はいっさいにじませていない。それでもやはり、あなたとお友達にはなれそうにないとローラは答えたかったが、それではこの先、気まずいことになると悟った。

「賢明なご提案ね」彼女は小声で答えた。「よかったわ。あなたもわたしも、結婚したころは隔世の感があるもの、ローラ。二年もたってルーカスがまだ生きていたと知ったときは、さぞ衝撃を受けたでしょう」

「その話は彼から？」

「ええ。思い出すわ、彼があなたと――とくに知り合いでもなさそうだったあなたと結婚したと聞いて、みんなどれほど驚いたか。あなたはいつもすごくはにかみ屋で、おとなしくて、そしてルーカスはとても世慣れた人だった。彼は一生身を固めるつもりはない、と世間は思っていたのよ。だから当時は、噂《うわさ》話でもちきりだったわ」

ルーカスが義務感から結婚したという経緯はキャ

ロラインも知っているに違いない、と思うとローラは苦々しかった。結局、あのときルーカスが別の女性をさらうという間違いを犯さなければ、今ごろキャロラインがロズリン・マナーの女主人になっていたかもしれないのだ。自分が欲しくてたまらなかったものを取られてしまったキャロラインの憤りは察して余りある。ローラはふいに、自分がむき出しにされた気がして、屈辱にのみ込まれた。

「言うまでもなく、ルーカスがわたしと結婚したのは道義のためで、彼自身のためではなかったのよ、キャロライン。でも、わたしはいい妻になってみせようと最初から心に決めたの。その決意は今も何一つ変わっていないわ」

ローラは立ち上がり、キャロラインを見下ろした。相手が困ったように顔をしかめる。未来の盟友であれ、敵であれ、キャロラインは夫の屋敷に招かれた客であり、コーンウォール式に温かくもてなされなければならない。そして、わたしはこの状況を受け入れなければならない。でも、いくらキャロラインが善良そのものであろうと、この如才なくふるまう女性を自分は好きになれないし、信用もできない。

「心配無用よ」ローラは言った。「万事うまくいくようになるから。それにあなたには、あんなにかわいらしい息子がいるんだもの」

キャロラインは眠っている息子を見下ろし、いとおしげにせつない微笑を浮かべた。「ええ、かわいらしいでしょう? ルイスはわたしの人生の喜びよ」

ローラは彼女の視線を追った。「わたしにも息子が生まれたらいいのに」と思わずつぶやいた。「あなたはとても幸運よ」

キャロラインが彼女と目を合わせ、涙ぐんだ瞳でほほ笑んだ。「ええ。ええ、そうね」

そう言って疲れ果てたように目を閉じた。彼女が眠りにつくのを見届けてからローラは部屋を出て、夫を捜しに行った。海岸でキャロラインを目にした瞬間からずっと心を騒がせている不安を打ち砕きたかったが、それは至難の業だと悟りつつあった。

キャロラインは、自分がルーカスを知るずっと前から彼を知っていて、おまけに親しい間柄だ。アントンが亡くなり、ルーカスと二人きりで過ごす時間が与えられて、彼女の熱い願望が息を吹き返したのかしら？　知りたいけれども真実を知るのは怖い。

神経過敏になっているだけよ、と自分に言い聞かせても、胸をじわじわと蝕《むしば》む不安を打ち消すことはできなかった。それでも、ローラは石の階段を下りながら、今は平静を装ってこの状況に対処しようと心に誓った。

ルーカスはまだ玄関広間におり、暖炉の前に立ってブーツの脚を片方、炉格子にのせたまま考えにふけっていた。すでに上着を脱いで幅広のネクタイ《クラバット》をはずし、シャツの袖《そで》をまくり上げ、筋骨たくましい両腕をのぞかせている。

ローラはその長身のほっそり引き締まった体に視線を走らせ、彼の心の緊張を感じ取った。彼のそばへ行きたい。その腕でぎゅっとわたしを抱きしめてほしい、キスでわたしの不安を全部拭《ぬぐ》い取ってほしい。すべてはわたしの嫉妬《しっと》が生み出す妄想にすぎない、と請け合ってほしい！

しかし彼はすっかり自分の世界に入り込み、近寄りがたい雰囲気を漂わせていた。彼女が近づいたのを感じたらしく、ルーカスが振り向いた。ふさふさした黒い前髪が額にかかり、すらりとした顔がろうそくの光を浴びている。表情はよく読み取れないが、心に何か苦しみを抱えたように、引きつっている。

「キャロラインの様子は？」彼が尋ねた。

「眠っているわ。朝までわたしが付き添います。彼女や赤ん坊が目を覚ました場合に備えて。彼女は……本当に美しい人ね」ローラはためらいがちに言った。

「そうだね」彼は愛想よく答えた。「キャロラインのほうも、〝あなたこそ〟と言うだろうよ。気分が回復したら」

どう話を進めていいのか、ローラは迷った。

「何がどうなっているのかわからないという顔だね。それはそうだろう。ぼくだってときどきわけがわからなくなる」

「ええ。混乱しているし、何がどうなっているか知りたいわ。フランスで何があったのか、なぜキャロラインが一緒に帰ってきたのか、詳しく教えてもらえないかしら、ルーカス？　それに、どうして彼女のことも秘密にする必要があるの？　あなたが人目を避けていればすむ話ではないのかしら？」

「キャロラインとルイスを無事にフランスから連れ戻した今、ぼくが帰国した事実はもう誰に知られてもかまわない。この任務が終了する前にぼくの所在が知れ渡ると、フランスから戻れなくなる事態に陥らないとも限らず、それで身を隠していたにすぎないんだ。だが、キャロラインとルイスがこの家にいることはしばらく伏せておかなければ」

「わかったわ――多少なりとも。キャロラインはどのくらいの期間、修道院にいたの？」

「六週間だ。ぼくがラ・フォルスから釈放される直前、ムルニエ城が革命支持の暴徒に襲撃され、アントンも捕らえられて投獄された。裁きの場に連れ出されたら最後、貴族の彼が処刑を逃れる見込みなどなかった。だが幸い、アントンはそういう事態を予想し、臨月の彼女をトゥーレーヌの修道院へ行かせるだけの冷静さは持ち合わせていたんだ」

「でも、イギリス人のキャロラインまで彼らは処刑するの？」

「イギリスの法はフランスにいる彼女を救えないだ

ろう。革命家たちにはどうでもいい話だ。貴族階級に仕えていたというだけで、それがどんな立場であれ、ギロチンへ送り込まれる理由になる。ムルニエ伯爵夫人であるキャロラインも例外ではないよ。それで、アントンはぼくと別れる前に約束を取りつけた。つまり、ぼくがもし自由の身になったら、修道院へキャロラインと赤ん坊を迎えに行き、イギリスまで無事に連れ帰るという約束を」

「だからあなたはフランスへ舞い戻ったのね」

ルーカスはうなずいた。「だから当面、ぼくが生きていることは誰にも知られたくなかった。暴徒があちこちの監獄に押し寄せ、九月初めに釈放されたとき、ぼくには臨月の女性を連れてフランスを放浪するだけの体力はなかった――キャロラインの出産予定は九月半ばだったからね。それに、ぼくは産婆はやりたくなかったし、その資格もなかった」

「だけど……まだよくわからないわ。キャロラインは無事に帰国したのよ。なぜ秘密にする必要があるの？　ロンドンの実家へ戻ることはできないのかしら？」

「ああ。しばらくは無理だ」彼ははっきりと言った。「今、ぼくが心配しているのはルイスだよ。彼はすでにアントンの爵位を継いだからね。ルイスを消すまでは安心できない者がフランスにはいる。彼は、たとえイギリスにいても安全とは言えない」

「でも、ルイスを亡き者にしてどうなるというの？　王政は廃止され、旧体制《アンシャン・レジーム》は終わりを告げたのよ。ムルニエの領地は共和国に没収されるでしょう。あなたが言う〝安心できない者〟とは誰なの？　その人の憎悪がすさまじくて、小さな赤ん坊までやっつけないと気がすまないとでも？」

「妬《そね》みで人を殺すのはよくある話だが、欲が絡むとなおさら始末が悪い。アントンのいとこのジャン・ド・ムルニエを殺人に駆り立てる動機はいくつかある。彼は狂信的な革命思想に取りつかれている男で、忠実な共和主義者であり、それゆえムルニエ一族から足蹴《あしげ》にされた。ルイスが死ねばジャンが相続人となり、そうなれば、フランスの騒乱が鎮まるのを待って彼は正当な権利として領地の所有権を求め、おそらくそれを獲得するだろう。領地から入る収益を同郷の市民と分け合うという約束のもとに」

「あなたはそのアントンのいとこと知り合いなの?」

「ああ——不幸にも。革命が起こる前、彼はよくロンドンに遊びに来ていたからね。だが、ぼくが何より心配なのは、彼がエドワード・カーライルと一緒にいるところをたびたび目撃されていたということで、そこでぼくも自分の帰国を伏せておくのが賢明だと考えたわけだ。フランスへ戻るのに、邪魔されたくなかったからね。キャロラインがロズリンにいて、ぼくも生きているとカーライルが知ったら、さっそくジャン・ド・ムルニエに情報を提供するに違いない。カーライル家とモーガン家は昔から諍《いさか》いが絶えず、おまけにきみとの結婚で手に入るはずだったものを彼はすべて取り上げられたのだから、その恨みを晴らしたいだろう」

ローラは蒼白《そうはく》になって彼を見つめた。「危険な海を泳いでいるわ、ルーカス。だって、今の口ぶりだと、あなたが相手にしているのはかなり冷酷な人物二人よ。でも、エドワードがわたしにジャン・ド・ムルニエの話をしたことはないわ。彼がルイスを捜しにイギリスまでやってくると考えているの?」

ルーカスは唇を引き結び、うなずいた。「間違いなく。修道院へキャロラインを迎えに行ったとき、ジャンの人相にぴったり当てはまる人物がやってきて、あれこれ質問をしていったという話を聞いた。彼女とルイスがフランスに戻れる日がくるまで、二人の身の安全を守ってやらなければ」

「だけど、亡命貴族が帰国できるのは何年先になるかわからないわ。それに、キャロラインはフランスに戻りたがらないかもしれない」

「その可能性もあるが、ムルニエ城の所有権はルイスにあるという事実は変わらないよ。ぼくはアントンとの約束を守り、ルイスが住んで然《しか》るべき家に戻るのを見届けるつもりだ」

「つまり、あなたはキャロラインとその子どもに、厄介な親族から避難するのにもってこいの場所を提供するわけね。そして彼女たちは、フランスの問題が解決して帰国できる状況になるまで、ここに滞在するということね？」

「さしあたっては」ルーカスは用心深くいかめしい表情でぐっと目を細め、彼女を見つめた。「だが、今の言葉にはとげがあったような気がするが？」

「そう思いたいならどうぞ」ローラは瞳に反抗するような光をきらりと光らせ、彼の目を見返した。しかし同時に、それが自分のわがままで、こんな態度に出るのはまずいこともわかっていた。そして、これほど激しい嫉妬に胸をよじられるのは、彼を愛しているせいであることも。

張りつめた沈黙が流れ、ローラはため息をついて心の葛藤《かっとう》を抑え込むと、憂いを帯びた微笑を浮かべた。「ごめんなさい。疲れているせいね。言いたいことがあなたにうまく伝わらなかったみたい」

「だったら、ちゃんと伝えるべきだろう」ルーカスが冷ややかに告げた。こわばった顎の筋肉に、怒りがはっきりと表れている。

「ルーカス――ごめんなさい。すべてがわたしにはショックで」

「それはわかるが、わからないのはきみの苛立《いらだ》ちだ」むしゃくしゃしたように彼は髪をかき上げた。「不服を唱えるのはお門違いだぞ。きみはキャロラインが負った心の傷を理解していないと思うよ。彼女は家庭を、夫を失い、さらに子どもを失うかもしれない恐怖を抱えている。彼女の面倒をみるとぼくはアントンに約束し、それについてはきみもぼくの妻として手助けする義務があるはずだ」

ローラの体がこわばった。「義務？　あなたはそんなふうに考えているの？」彼女の目がさらに光り、顎がぐっと引き締まった。

「夫婦とはそういうものだろう。きみには全面的に協力してもらいたい。ぼくのためでなくても、キャロラインのために」

「もちろんよ、喜んで彼女にお仕えするわ」

「仕える？　ローラ、きみは召使いじゃない」

「ええ、そうよ。この先もあなたがそのことを忘れないでいてくれるといいのだけど」

彼女はルーカスをにらんだ。男性は自分のしたいようにできると、彼は信じて疑いもしないのだろう

――わたしがそれをどんなに苦痛に感じようとも。

彼は、わたしがロズリン・マナーの女主人でいた時間が長すぎたと考えていて、自分が戻ってきたからには、わたしの気持ちなど二の次だというわけだ。

「キャロラインとルイスはここに滞在する、二人が安心してロンドンの実家へ戻れる日がくるまで。だから、しばらくは我々の客人となり、それにふさわしい扱いを受けることになるだろう」

「わたしにいろいろ至らない点はあるかもしれませんけれど、無礼は働きませんから」彼の横柄な物言いにローラはかっとなった。

ルーカスが眉根を寄せて目に怒りをたぎらせた。「そう願いたい。今はキャロラインとルイスの保護が何より大事だ。フランスは先行きのわからない混迷に陥っている。ルイスのような子どもたちこそ、あの国の救いとなるはずで、その身の安全を守ることが肝要だ。ルイスは、フランスの栄光の歴史の中で大きな役割を果たしてきた一族の末裔《まつえい》であり、一

族にはフランスの歴史と伝統がしみ込んでいる」

ルーカスは大股で三歩進み、それまで五、六メートル離れていた彼女との距離を縮めた。自分自身を抑え込むかのように体をこわばらせている。そのとき初めて、彼のひどく張りつめた表情にローラは気づいた。この六日間は、彼にとっても大変な試練だったということかしら。

「フランスは二度ともとには戻らない」ルーカスは続けた。「それはぼくも承知しているし、然るべきときがきたらフランスの法廷でルイスの身元を明らかにして、彼の権利をあらためて主張する必要が生じるだろう。だが、どんなに時間がかかろうとも、ぼくはアントンとの約束を放棄するつもりはない。彼の息子が受け継ぐべきものを守ってみせる——一生かかっても。だから、きみが毎日少しでも時間をさいてキャロラインと過ごそうという気持ちになってくれたら、彼女も大いに感謝するはずだ」

彼はそう言うとローラに背を向け、階段のほうへ歩き出したが、彼女の声に足を止めて振り返った。

「誤解しないで、ルーカス。あなたの気持ちはわかっているわ。キャロラインにここにいてほしくないとわたしが思っているように聞こえたとしたら、それは心外よ。アントンとの約束をあなたから取り上げるつもりはさらさらないし、あなたの力になれるようできるかぎりのことはするわ」

ローラの態度から対決の姿勢が消えたことにルーカスは気づいたが、刃向かうような表情は相変わらずだった。だが、その反抗的な暗い瞳の奥に隠れた苦悩を目にして、彼の怒りは引いていった。ルーカスはありがとうと堅苦しくうなずき、ふたたび彼女に背を向けた。

ローラはぐったりしたままキャロラインと赤ん坊のところへ戻り、二人がまだ目を覚ましていないのを見てほっとした。彼女はルイスを眺めた。なんてちっちゃいの！　ルイスは丸めた小さな手に頬をのせ、自分のまわりで巻き起こっている争いには気づくことなくすやすや眠っている。彼女は胸騒ぎを覚え、窓辺に近づいた。カーテンをめくり、入り江をじっと見下ろす。闇夜で、月は厚い雲の後ろに隠れているが、小さな幽霊のような人影がいくつも動きまわっているのがわかった。そこで行われていることを思うと胸苦しさと恐怖が込み上げ、彼女は本能の命ずるままカーテンを閉めて、後ずさった。

ローラのほかにも入り江の様子をこっそり観察している二つの目があった。ルーカスは塔の部屋の闇の中から眼下を眺めていた。入り江に浮かぶ一艘《そう》の船、波打ち際ですばやく動きまわるいくつもの黒い人影――夜の作業に精を出しているのはロズリン村やあちこちの村からやってきた男たちだ。錫《すず》鉱夫をまとめる親玉に負けず劣らず乱暴で無法者、という評判の鉱夫たちのほか、卑しい職業についている者たちで構成されている。大半は貧困者で、密輸品からもたらされる恩恵を当てにして生きている。

この仕事をしないと彼らは飢え死にしかねない。だが、こういう夜がくるたび、彼らの食卓には裕福な貴族しか口にできない、密輸品のフランス産ブランデーのボトルが誇らしげに置かれるのだ。

荷馬や荷馬車への積み込み作業が終わるまで、ルーカスは顔をそむけなかった。その表情はいかめしく、灰色の目はぎらぎら光っている。これほど大規模な密輸をこの先も続けていけるとカーライルが考えているなら、それは大間違いだ。エドワード・カーライルは一度はぼくに勝ったかもしれないが、もう二度と、そうはさせるものか。やつがロープで吊《つ》るし首になる姿を必ず見届けてやる。

7

ローラは眠れぬ夜を過ごし、どうしても一人になり頬に風を感じたくて、キャロラインとルイスをメイド頭のミセス・トレネアの有能な手に預けると、マントを羽織って入り江まで下りていった。風がびゅうびゅうと吹きすさび、波音は耳を聾《ろう》するほどで、大きくうねり立つ波が湾内の尖《とが》った岩や湾曲部に激突して白い泡を次々と砕けさせていた。

引き潮がすべてさらっていったのだろう、夜の荷揚げ作業の痕跡《こんせき》は何一つ見当たらなかった。ローラは冷気を胸いっぱいに何度も吸い込み、風の感触を楽しんだ。風が彼女の髪を捉《とら》え、顔に激しく叩《たた》きつける。騒々しい鳴き声をあげて断崖《だんがい》の上を滑空するかもめたちをローラは見つめた。空を厚く覆う恐ろしげな黒雲が海のほうから流れてくる。

自分の心がたまらなく惨めで孤独で途方に暮れているのを感じながら、彼女は屋敷の状況に思いを馳《は》せた。わたしは今初めて、ルーカスとの結婚を後悔しはじめている。アントンを愛していなかったというなら、なぜキャロラインは彼の妻となったのだろう？ルーカスがわたしと結婚してしまったから？ルーカスは望んでわたしと結婚したわけではない。それは事実だけれど、あのときはどうしようもなかったのだ。しょんぼりとため息をついて、ローラは濡《ぬ》れた砂と小石を蹴飛《けと》ばした。

彼女はあれこれ考えながら、波打ち際を歩き続けた。四方八方から風が叩きつけてくる。一瞬、足を止め、荒れ狂う海をぼんやりと見つめて自分に言い聞かせた。二年前に何があったにせよ、それはもう過去の話で、今さらほじくり返すのは賢明ではないわ。そんなことをして、焼けぼっくいに火がついたらどうするの。慎重に行動しないと、ルーカスはさっさとキャロラインの腕の中へ戻ってしまうわよ。

風の音に耳をふさがれ、近づいてくるエドワードに気づかなかったローラは、彼の声を聞いて飛び上がった。そして、振り向きざまに悲鳴をあげた。

「ここで何をしているの?」

「ここでお目にかかれるとはまことに光栄至極だな」彼は気取ったものうい声で答えた。「屋敷では門前払いを食らったので、それ以外の場所できみに会うしかないと思ってね」

「なんのご用?」ローラはそっけなく尋ねたが、いくら顔が真っ赤で髪が風に逆巻いていても、その姿がいかに美しいかに自分では気づいていなかった。エドワードは地味な装いに、黒い帽子を目深にかぶり、風をさえぎるように上着の襟を立てている。堪忍袋の緒が切れかかっているのは、引きつった白っぽい唇を見ればわかった。

「きみと話がしたくてね」うなる風に負けまいとエドワードは声を張り上げた。

実を言えば、昨夜船で到着した男女の正体が気になってしかたがなかったのだ。迫害を逃れるためフランスから渡ってきた亡命者だろうか。ローラとジョン・トレネアが浜に現れたということは、彼らの到着は予期されていたに違いないが、それにしても闇《やみ》に紛れてロズリン入り江をめざすとは怪しい。

「きみがよく早朝に入り江へ下りてくるのは知っていたから、会えないかと思って待っていたんだ」

「あなたと話すことは何もないわ、エドワード。だからお引き取りになって」唇にねじれた微笑を浮かべる彼に嫌悪を覚え、ローラは言葉を絞り出した。

「ぼくのほうには話したいことがあるんだ。あれからぼくたちのことを考える時間があったわけだから、きみも少しは道理をわきまえる気になったかと思うんだが」自分と結婚する意志がローラにないとは思えないし、一時の気の迷いからそのうち覚めるだろう、とエドワードは考えていた。

「道理？　あなたって驚くほど厚かましい人だわ」ローラはあえぎながら言い返した。彼のもったいぶった物言いが怒りを煽《あお》り立てた。「ぼくたちなんて言葉、もう口にしないでちょうだい」

「ぼくと結婚したくないとまたしても言うつもりなら、言わなくていい。聞きたくないよ。ぼくは、きみを義務から解放するつもりはないからな」

「お願いだからしつこくしないで、エドワード」

「それは、ぼくに好かれてうれしいという意味だろう」

ローラは彼をにらみつけた。大嫌いよ――その唇に浮かぶ微笑も、目のきらめきも。「好かれてですって？　それはまた、大層な告白ですこと。あなたがわたしの財産を狙《ねら》っている以上、二人が世界一強い愛情の絆《きずな》で結ばれることはあり得ないのよ」

ローラは見下すように彼を凝視した。たしかに誰もが認めるハンサムな男性かもしれないが、その容姿を動かす魂は、欺瞞《ぎまん》と邪悪に満ちた冷たいぬかるみで、利己主義と欲にまみれた救いようのない沼地だ。今、それがわかった。その魂を、彼はいつだってためらうことなく、ひとつかみの金貨と引き換えに売り渡すだろう。そして、あろうことか、わたしはその彼の妻になると約束したなんて！

背を向けて歩き出そうとするローラの腕をエドワードがすかさず鷲《わし》づかみにして、自分のほうを向かせた。恐怖に、彼女の心臓が止まりそうになった。

「エドワード！　放して！」ローラはわめきちらし、彼の手から自分の腕をもぎ取った。「わたしの言葉は本心よ。あなたとわたしは終わったの。わたしがあなたを思うことはもういっさいない――つまり、結婚してもいいと思えるほど、あなたへの気持ちは強くなかったということよ。それに、潮の満ち干に合わせて法を弄《もてあそ》ぶ人の妻にはなれないわ。あなたのことがだんだんわかってきたの、婚約したときにあなたは知らなかった事実がね。そうでなければ、あなたをけっして寄せつけなかったし、ましてや、結婚を考えるなんて。あなたがしているのは遊びじゃない。立派なビジネスよ。そういう違法行為にわたしはいっさいかかわりたくないの」

エドワードが威嚇するように目を細めた。この仕事に手を染めたのは、それが彼の人生の目的に適《かな》っているからだ。羽振りのいい、誰にも恐れられる密輸人として、山師として生きるのは、彼の虚栄心を満たすのにぴったりだった。若くして成功の味をしめたエドワードはますます夢中になった。フランス人を相手にどうまく取り引きをするか、自分の支配下にある者をどんなふうに脅しつけて言いなりにさせるかも、彼は心得ていた。

自分の商売にローラからけちをつけられて彼の頬の筋肉が引きつり、手袋をした手が、持っていた乗馬鞭《むち》を握りしめた。次に口を開いたとき、声は悪意に満ちていた。「きみがうまい言葉で表現してくれたところの〝法を弄ぶ〟のは、鉱山では生計が立てられず、そして貧乏には耐えられないからだ。ごらんのとおり、すばらしく儲《もう》かって、快適な金持ち暮らしができる仕事があるというのに、それをあきらめる手はない。富と権力こそ幸福の源だ。ぼくがけちけち生活を切りつめて、みすぼらしい姿になり果てているところを、きみは想像できるかい？」

「いいえ」ローラは軽蔑《けいべつ》しきった目で、冷ややかに答えた。「できないわ」

エドワードが、何事か考えついた様子で険しい表情を浮かべた。「二人の資産を合わせれば、ぼくたちはロンドンじゅうの貴族の羨望《せんぼう》の的となるだろう。だから、きみはぼくの言うとおりにすればいいいんだ！」彼は怒りを込めて囁《ささや》いた。「きみが愚かなままでいるか、賢くなるかで、すべて大違いだ」

「すっかり道を踏みはずしてしまったのね、エドワード？　このわたしも、あなたやそのお仲間と同類と考えているなら、それは思い違いよ」叫ばないと突風にかき消されてしまいそうだ。「そんな人だとは思わなかったわ。端整な外見の下に、自己中心的で傲慢《ごうまん》で冷酷なご都合主義の人間が隠れていたなんて。わたしに熱心に求婚したときの、あのすばらしく魅力的な男性はどこへ行ってしまったの？　わたしをさぞ愚かな女と思ったでしょうね。でも、心の奥ではずっと、あなたが欲しいのはわたしではなく、わたしの財産だとわかっていたのよ」

「それでも、ぼくの妻になることを承諾した以上、その約束からきみを解放するつもりはない」

「わたしのことなどなんとも思っていないくせに」激しく言い返しながら、怒りで頬が熱くなるのをローラは感じた。「どうしろと言うの？　あなたが欲しいものをわたしが渡さなかったら、ただではおかないとでも？　見下げ果てた人ね。侮辱だわ、エドワード、わたしをあなたのゲームの的にするなんて。あなたが欲しいのはわたしの財産――いえ、夫の財産よ。それを享受できないと知ったら、さぞおかんむりでしょう。万事うまくいくはずだった、そうよね？　だけど、あなたにまだ話していなかったことがあるのよ。たとえわたしが望んだとしても、あなたとは結婚できないわ。だって、重婚罪で監獄送りになるもの」ローラはかっとなってそう口走り、ぞっとした。言わなければよかった。エドワードの目が彼女に釘《くぎ》づけになった。

「いったいどういう意味だ？」

ふいに、エドワードの背後の砂地に長身の人影が現れた。ローラはぎょっとして目をぱちくりさせた。夫はどこからやってきたの？　わたしは海に背を向けて立っていたのに、なぜ気づかなかったの？

ルーカスは塔の部屋の窓から、浜辺をそぞろ歩くローラを目にした。それで、昨夜投げつけた無情な言葉を急に取り消したくなり、彼とジョンしか知らない、屋敷と洞穴をつなぐ秘密の通路を使って浜まで下りてきたのだ。誰かに出し抜かれたと知ったときはおもしろくなかったが、それが誰かわかったとたん、気の短い雄馬のように怒りがわき上がった。

妻の腕をつかむエドワードの姿が遠くから見えた瞬間、ルーカスの頭の中をありとあらゆる罵声《ばせい》が駆け巡った。カーライルは凶暴な男、危険な男だ。これからは、妻を自分から遠く離れた場所へ行かせないようにしなくては。

「こっちを見ろ、エドワード・カーライル！」彼は冷ややかに告げた。「この悪党、盗人《ぬすっと》、人殺しめ」

その声に、刺し貫かれたようにエドワードは凍りついた。ルーカス・モーガンの声だった。

亡霊の声だ。

振り返ると同時に、彼は冷たい銀色の目をじっと見上げた。そして、ローラの言葉の意味をやっと完全に理解した。ルーカス・モーガンのすばらしく整った浅黒い顔は、周囲の花崗岩《かこう》のように険しく、危険を漂わせている。

「貴様！」エドワードはあえいだ。血の気を失った顔がぴくぴく痙攣《けいれん》し、度肝を抜かれて目の玉が飛び出しそうだった。ルーカス・モーガンを、苦労の末に始末したと思ったのに、まだ生きていたとは！

「驚いたか、カーライル？　怖いか？　そうだろうな」ルーカスは恐ろしく残忍な表情を浮かべ、歯ぎしりしながら言った。「今度、妻に手を触れてみろ、後悔するはめになるぞ。ぼくは平然と人を殺した経験は一度もないが、今はこれまでになくそうしたい気分でね」顎にぐっと力を入れた拍子に、頬の片側の筋肉がぴくりと動いた。そして、冷たい声でローラに告げた。「きみはここにいるべきじゃない。屋敷へ戻れ」

言うことを聞かない子どものようにあしらわれ、彼女の目に反抗の炎が燃え上がった。「でも……」

「ぼくの忍耐を試そうというのか」ルーカスは滑らかな、不気味な声で警告した。「行け」

彼の命令口調に苛立《いらだ》ち、ローラは両の拳《こぶし》を握りしめた。静かなにらみ合いが続いたが、先に目を伏せたのはローラのほうで、そのまま黙って屋敷へ引き返した。

その姿を見送りながら、エドワードは心の狂乱を必死で抑えようとしていた。モーガンという男を前にすると、なぜか自分は弱い立場に追いやられる気がする。いつも周囲から無条件の服従と追随を受けることに慣れているぼくにとっては、珍しいことだ。

一メートルと離れず、二人の男は二匹のテリアさながらに相手の力を推し量った。そして二人の声が届かないところまでローラが遠ざかったとき、冷静さを取り戻したエドワードが初めて口を開いた。

「盗人で人殺し、と呼んだな。重犯罪でぼくを訴えたところで、証拠がなければ判決は下りないぞ、モーガン」

「必要な証拠はそろっているよ、カーライル。ぼくが判決を下すさ。いつどうやるかはぼくが決める。あの夜、きみとその殺人集団は乗船していた男たちのみならず、ご婦人二人も殺したんだ。きみは死をもって償うしかない。きみらのふるまいは、野蛮人そのものだった。今、殺してやりたいくらいだ」

「では殺せ、そうしたいなら」エドワードは嘲笑《あざわら》い、恐ろしく残忍な目つきで彼をねめつけた。「だが、きみも吊《つ》るし首になることを忘れるな。そうなったら、未亡人となったきみの妻はどうなる」

カーライルをじわじわと絞め殺せたらどんなに愉快だろう、とルーカスは思った。ぼくは二年も首を絞められていたようなものだ。だが、やつを懲らしめる方法はほかにもある。ぼくが最終的に果たすだろう復讐《ふくしゅう》は、カーライルがぼくに対して犯した罪の大きさに比べれば小さなものだが、それでも、それは法に触れることなくぼくに満足をもたらしてくれる。

ルーカスの心にあの夜の情景がぱっと甦《よみがえ》った。彼のほか五、六人の亡命者とイギリスへの輸送品を積んだ船は、ルアーヴルから数キロ沖でエドワードとその手下たちに襲撃され、貨物を奪われた。乗り込んできたコーンウォールの隣人を目にして仰天したのはルーカスだった。エドワードはピストルを振りまわしながら、自分が獲得する戦利品を前にすっかり高揚した様子で、狂喜の笑みを浮かべていた。乗船者は一人残らず殺害され、ルーカス自身は殴られて意識を失い、海に投げ落とされた。貨物を運び出してから船を沈めたエドワードたちは、まさか生きのびる者がいるとは思わなかっただろう。

「あのラガー船を沈めたとき、きみがふたたび浮かび上がってこないか確認すべきだった。〝死人に口なし〟という諺《ことわざ》があるだろう？」

「たしかに、あれは失敗だったな。事実、三人が生き残った」鋭い目を向けたエドワードに、彼はうっすら笑ってみせた。「そうとも、カーライル。きみとその手下どもを有罪にできる者が三人いるのだ」

ほかの二人がすでにこの世にいないことは承知していた。一人はルーカスがフランスの船に救出されたとき一緒に拾い上げられた男、そしてもう一人はロンドンまでたどりついて事件を報告した男だが、数カ月前に酒場のけんか騒ぎに巻き込まれて致命傷を負ったのだ。だが、カーライルがそれを知ることはない。もう少し冷や汗をかかせてやれ。

「罰を逃れようとしたってだめだ」ルーカスは続けた。「それにどうせなら、ぼくの手で懲らしめるほうが楽しいだろう。しかし、邪魔者を片づけるときのきみのやり方はどうかと思うし、だからといって、きみを立派に殺す術《すべ》がぼくにはないから、きみを生かしておくしかない――とりあえずは。ぼくは何よりも王のしもべでありたい。きみが法廷に立ち、絞首刑の執行人を欺くことなく罪を償う姿を見届けたい。だが、きみを裁く者たちが死刑を宣告しない場合はぼくの手で殺すと誓おう。それによって、ぼくが死ぬことになっても。きみはそのときになって自分に問いかけるはずだ。命と引き換えにしてまでやる価値があったのだろうか、と」

「ああ、でもあったのだ。船荷でたっぷり稼いだだろう。ところで気になるのだが、モーガン、この二年どこに雲隠れしていた？」

ルーカスは彼に顔をぐっと近づけた。「ラ・フォルスさ、カーライル」

エドワードの目が見開かれた。驚くと同時にいくらかおもしろがっているように見えなくもない。

「たまげたな！　それで生きのびたとは」ふいに、昨夜この場所で目撃した一部始終を思い出し、彼は眉をひそめて、疑《うたぐ》るような目でルーカスを見た。

「ロズリンへはいつ戻った？」

「それはきみの知ったことではないが、二週間前だよ。正確には」

嘘《うそ》をつけと言いそうになったそのとき、エドワードの頭の中に何かが万華鏡のように映し出された――彼の胸にピストルを向けた長身の男、ハンカチに半分隠れた顔、きらめく灰色の目。映像がくるくるぶつかり合う五秒のあいだに、体が憤激にこわばった。「あれは貴様だったのか！　あのいまいましい追いはぎはおまえだった！」

ルーカスの唇が嘲《あざけ》るようにねじ曲がる。「いつになったらわかってくれるのか、と思っていたよ」

「きみがあんなばかげたまねをする理由がわからな

いね。ここそ動きまわって平和をかき乱し、人の持ち物を盗むとは」

「理由は考えないほうがいい」ルーカスはそっけなく答えた。「ぼくとしては、作戦がうまくいって望みどおりの成果が得られたわけだ」

エドワードは突如すべてを悟った。モーガンは猫が鼠《ねずみ》を弄ぶようにぼくをいたぶり、そして木立の中へローラを連れ込んだときに彼自身の正体を明かしたのだ。彼女があんなにあわてて婚約を破棄したのも不思議はない。ぼくは、あの二人にまんまと一杯食わされたわけか。そう気づいて、エドワードはそれまでの怒りの表情がゆがむほど正真正銘の憤激に押しつぶされ、プライドが復讐を求めてうずきはじめた。

「あの女。人を欺く雌犬め。彼女も知っていたんだろう？」

「ぼくの妻の話をするときは言葉を慎んでくれ」ルーカスは冷ややかに告げた。「ローラは知っていたが、知ったのはあの夜だ。二年前、ぼくが死んだという知らせはきみにチャンスをもたらし、そしてぼくの土地財産を手に入れるためにきみは妻を口説きにかかった。当時のきみは小規模に密輸を行っていたが、ぼくを始末したことでますます野心を募らせ、そして今や大金持ちとなり、ロンドンでは一目置かれる存在だというじゃないか」

「ぼくの財政問題はぼくだけの問題だよ、モーガン。ロズリンに戻ったとすぐに公表しなかったのはなぜだ？　どうしてこんなばかげた茶番を演じる？」

「茶番？　茶番などではないさ。ぼくなりの理由があってのことだ。きみは人に好印象を植えつけるのがうまいな、カーライル——きみがひどいろくでなしだと知らない人たちに取り入るのがうまい。みんなわかっていないんだ。その立派な装いと見かけの美しさの下には、なんだってやりかねない冷酷無情な顔が隠れていて、きみが寛容に欠けた精神と、嫉《しっ》妬《と》に腐りきった心の持ち主であることを。そして、きみを動かすのは何かを所有したい、あるいは所有できないものを破壊したいという感情であることも。要するに、きみは悪党で、腐敗を利用して権力を手にし、その権力もまた腐敗していくというわけだ。だが忘れるな、きみは法の手が届くところにいることを」

「くたばれ、モーガン」エドワードは食ってかかった。「テイマー川のこちら側でこの商売にかかわっていない者など無きに等しい。買うか、売るか、飲むか――ご立派な聖職者や医者、弁護士、ああそうだ、治安判事や収税吏まで誰もが手を染めている。上等のブランデー一杯、ご婦人に贈る絹やレース一反のためなら、みんな素知らぬ顔をするさ」彼はそこで、細めた目をきらりとさせた。「きみも一杯やりたいだろう。ぼくと手を結んではどうだ」

ルーカスの灰色の目に嫌悪が浮かんで冷たく光り、歯を食いしばった拍子に顎の筋肉がぴくぴくした。

「よしてくれ。違法な取り引きに平気で目をつぶるこの辺のお偉方同様に、ぼくも簡単に丸め込めると思うな。ぼくは密輸された高級ブランデーで買収される人間ではない。入り江ももう使わせない。ぼくの土地をもう一度横切ったら、不法侵入で訴えてやる。ぼくの屋敷の敷居を二度とまたぐな」

エドワードは青ざめた。これでは、すべての苦労が水の泡だ。だが、すでに彼の頭にはある計画が浮かんでいた。この厄介な隣人はさっさと始末するに限る。今度はしくじるものか。

「喜ぶのはまだ早いぞ」エドワードは告げた。「きみにも隙《すき》はあるからな、用心しろよ。ぼくをみくびらないほうが身のためだ」

「殺す気でいるなら、あきらめろ、カーライル」ルーカスは鼻であしらった。「ぼくは死んでも死なない男だ、ご承知のとおり。言ったことに嘘偽りはない。妻に近づいてみろ、おまえを殺す」

「きみの脅しなど怖くない」

「脅しではない、これは約束だ」

エドワードが落ち着き払って両の眉をつり上げた。

「妻を取り戻すのにそれほどやっきになるとは驚いたな。もちろん、きみはぼくたちの関係が許容範囲をはるかに超えたものだったと思うだろう。そして、いささか当惑を覚えるかもしれない。ぼくときみの妻とは親しかった——非常に親しかった。はっきり言えばね」一人悦に入った目つきで言う。

ルーカスの表情が険しくなり、心の中で何かがぷつりと切れて感情を抑えることができなくなった。はらわたが煮えくり返っている。腹立たしいのはローラがエドワードと婚約したことではなく、彼らの間柄が非常に親密なものだったという事実だ。エドワードの言葉に嘘偽りがないとすれば、二人はキス以上の関係を持っていたことになる。二人の関係がどんなものだったのかという疑いが、ふたたびいっきにわき上がった。

「なんだって?」ルーカスは険悪な口調になった。

それを聞いて、エドワードはまさに邪《よこしま》な微笑を浮かべた。ルーカスがこちらの思惑どおりに言葉を解釈してくれて、しめしめだ。「ローラはきみが結婚したときのあの慎み深く厳格な娘ではない、と言ったのだ。きみの訃報《ふほう》がもたらされたあと、彼女はすぐに元気を取り戻し、あちこちの紳士の腕にすがりつきながら社交行事に片っ端から顔を出していたよ。実際、コーンウォールの噂《うわさ》の的だった。そして、まもなく結婚の申し込みを受けるようになり、たしか三つあった。ぼくのは別にしても」

「きみとぼくの妻は恋人同士だったと言いたいのか?」

エドワードは肩をすくめた。「それを今確かめてなんになる。彼女はきみが死んだと思ったんだ。我々全員がそう思った」

ルーカスは容赦しないぞという目で、エドワードに近づいた。「ぼくの妻を中傷しようという魂胆はわかっている。きみの言うことには信憑《しんぴょう》性がない。言い換えれば、きみは嘘つきだ、カーライル」

「ぼくが嘘つき？　なるほど。だが、きみの留守中にかわいい妻がどれだけ不貞を働いていたか、きみは知らない。そうだろう？　問いただしたところで、彼女が今さら白状するとも思えない。違うか？　そして、彼女が否定したら、きみはその言葉を疑ってしまう――いくら信じたくても。そら、彼女がぼくと一緒にいるところを思い浮かべてみろ、気が狂いそうになるだろう」

エドワードは侮蔑と嘲るような残酷さに満ちた独特の笑い声をあげ、ついで目をぎらつかせてわずかに身を乗り出し、興奮に引きつった喉から声を低く絞り出した。「ごきげんよう、モーガン。奥さんと仲よくやれるといいがね」

エドワードは大股で砂地を横切り、馬のところへ引き返していった。ルーカスはそれを見送ってから、彼とは反対の方角へどんどん歩き出し、屋敷へ向かった。エドワードに巣くう悪の権力、彼が自分に対して抱く強烈な憎悪。その憎悪は、自分が生きていることを知った今、確実に膨らんでいくだろう。

しかし、ルーカスはあいにく、その場を早く離れすぎた。というのも、ロズリン・マナーの主人がどうやって誰にも気づかれずに浜辺にひょっこり現れたのか、それを知りたくなったエドワードは、入り江からすぐには立ち去らなかったからだ。彼はあんぐり口を開けた洞穴のほうへ目をやり、眉をひそめた。密輸品を保管する便利な場所として何度も利用してきた洞穴で、崖《がけ》の奥深くにできたいくつもの空洞、曲がり角や割れ目の一つ一つはすべて頭に入っている――いや、そのつもりだった。

洞穴とロズリン・マナーをつなぐトンネルが存在するという土地の噂は子どものころから知ってはいたが、あまり気にも留めていなかった。やはり噂は本当だったのか？　国王と議会の内乱でイギリスが二つに引き裂かれた十七世紀半ばに、岩をくりぬいてトンネルが造られたという話だ。モーガン家は国王チャールズ一世に変わらぬ忠誠を誓っていたが、国王が処刑されて王政が廃止されると、トンネルと洞穴は迫害から逃れようとする王党派を匿《かくま》うのに使われ、王党員たちはそこで船を待ってイギリス海峡を渡り、フランスへ向かったそうだ。それより何世紀も前からトンネルはあったという話もあるが、エドワードの知るかぎり、その存在を確認した者はいない。

もっとよく調べてみよう。彼は静かにその入り口まで歩いていき、洞穴の中へ姿を消した。

耳をふさぎたくなるエドワードのほのめかしとローラの私生活の影の部分を思い、ルーカスは自分でも認めたくないほど懸念を募らせていた。自分が屋敷にいなかったあいだのことは何もわからないし、その時間は闇の中だ。エドワードの腕の中に横たわる彼女の姿が目に浮かんで、胸がよじれそうになる。

ルーカスは、自分を苦しめるその空想から心をそらし、楽しいことだけを考えようとした。ローラに自分の正体を明かしたあの夜、青いベルベットのドレスを着た彼女がどんなに魅惑的だったか、鉱山まで自分を捜しに来た彼女を腕に抱いたとき、その肌がどんなに柔らかくしなやかだったか。自分は彼女の誘惑的な柔らかな唇にキスをし、そして彼女を草の上に押し倒してその場で愛を交わしたい衝動と闘ったのだ。

ローラは生まれつきの妖婦《ようふ》で、その天使の微笑で男を誘惑する。彼女を思うたびに、その汚れのない魅力がぼくをほほ笑ませる。ローラは熱く刺激的で、男の心をそそる女だ。これまでたくさんの女性とベッドをともにしてきたが、心まで盗まれそうになったことは一度もない。しかし、その長年の経験から、過去にこれまで多くの友が犠牲となった心の苦しみに自分も屈しかけているのがわかった。

首をうなだれ、崖を登りながら、ルーカスは思った。せっかくローラとのあいだに親密な関係を築こうとしているときに、カーライルの言葉に邪魔されてなるものか。だが、無視するのは容易ではない。疑いの種はすでに蒔《ま》かれてしまったのだから。

崖を登りきって平らな場所へ出ると、ルーカスは顔を上げ、そこにローラがいるのを見て驚いた。

「ローラ！　ここで何をしている？　屋敷に戻るよう言ったはずだ」そんなつもりはなかったのに、口調がやけに荒っぽくなった。

「そうね、でもあなたを待とうと思ったの」ローラは夫の冷たいまなざしを見た。厳しい表情が硬く引き結んだ唇を際立たせている。エドワードに何か言われたのだろうか。「どうしたの、ルーカス？」と彼に近づきながら言う。

かすかに肩をすくめただけで、ルーカスは歩き続け、屋敷から目を離さなかった。肉のそぎ落とされたその顔を今ますますいかめしくして、その目に考え込むような暗い表情をもたらしている目下の問題の答えが、そこにあるとでもいうように。

ローラには彼の沈黙が耐えがたく、侮辱されている気がした。ひどく腹が立ったが、大股で歩く彼に遅れまいと急ぎ足で傍らを歩いた。「なぜそんなに怒っているの？　エドワードとなんの話をしたの？」

ルーカスが急に立ち止まり、射抜くように彼女を見据えた。「いろいろ話したが、とくにきみのことを話したよ。隣人たちにぼくの再登場を告げる前に、留守中のきみの暮らしぶりについて正確に把握しておきたい」

ぶっきらぼうな声にローラの胸は締めつけられた。

「想像もつかないわ、あなたが何を知りたいのか」すっかりうろたえ、ためらいがちに言う。

「そうか？　では、きみの記憶を甦らせよう。きみはぼくの訃報を聞いてロズリンに戻ったのち、コーンウォールの噂の的になった――このカーライルの話が本当だとすれば、当時のきみの行動は非難されて然《しか》るべきもので、きみは分別や礼節のかけらも持ち合わせておらず、ぼくが当惑するようなふるまいに出たと考えざるを得ない」激しい嫉妬に、ぐっと細めた目が危険なほどぎらぎらと光った。「モーガンの名を与えた以上、きみはそのお返しに少なくともその名に恥じない生き方をしてくれるものと思ったのだが」

一方的に責め立てられ、ローラの唇からあえぎがもれた。「わたしはモーガンの名に恥じない生き方をしてきましたとも。でも、もしわたしが道徳的に罪を犯したとしたら、わたしが背負っているその名は、わたしを懲らしめずにおかないのでしょうね」彼の無情な物言いに、かっとなってやり返す。

ルーカスが冷酷に彼女の目を見据えた。「そのとおり。懲らしめずにはおかない。カーライルはきみと恋人だったともほのめかしたが、それは事実か？」

ローラは唖然《あぜん》として彼を凝視した。ふいに怒りが込み上げ、真っ赤だった顔が真っ青になり、目から火花が散った。夫とエドワードが殴り合いでもしないかと心配でたまらず、ここで待っていたというのに、夫の口から出たのは妻とエドワードとの関係を問いただす言葉だけ。彼はエドワードの言葉を信じているのかもしれないと頭に閃《ひらめ》いた瞬間、屈辱にめまいがしそうになった。「あなたはそう思っているの？」必死で平静を保ち、ローラは身がまえるように顎を上げた。「わたしにきくまでもないでしょう？　彼があなたになんと言ったにせよ、エドワードは恋人などではなかったわ！　安否の知れないあなたをポーツマスで何週間も待ちわびたあげく、訃報を聞かされたわたしの気持ちなどあなたにわかるわけがない」彼女は黙り込み、当時を思い出すたびに今も胸に甦る恐怖が通りすぎるのを待った。そして、勇気を振り絞って続けた。「ロズリンに戻ったわたしはどうしていいかまるでわからなかった。長い喪に服し――」

「そのあいだきみは悲しみの涙に暮れ、旅立ったぼくの魂に祈りを捧《ささ》げたわけだ」ルーカスはひどく皮肉っぽい調子でさえぎった。

「ええ……ええ、そうですとも」ローラは静かに事実を伝えた。「そして喪が明けて初めて、男性に付き添われて人前に出ることを自分に許したのよ。彼はとても立派な紳士だと思ったから」

「きみは紳士の定義をきちんと学ぶ必要があるな」ルーカスは蔑《さげす》むように言った。

「そのようね。でも、人生の大きな困難に直面したわたしに、エドワードは親切にしてくれたの。その彼に恩義を感じないわけにいかなかったわ」

ルーカスの唇がせせら笑うようにねじ曲がる。「親切？　どうやらぼくはカーライルを見そこなっていたらしい」

彼のあからさまな皮肉をローラは無視した。嘲りを浮かべて陰気ににやりと笑うその顔に、平手打ちを食らわせてやりたい。わたしの言葉を信じようとせず、勝手にねじ曲げて自己流に解釈してばかりいる人が相手では、らちが明かない。それでも彼女は続けた。

「エドワードはわたしを保護してくれたの。そして、結婚したいと口にするようになったの」

「そしてきみは一も二もなく飛びついた」

「いいえ——少なくとも最初はそんな気になれなかったわ。だけど、あなたが死んだと聞かされ、十八歳で未亡人となったわたしは、一生孤独に過ごしたいとは思わなかった。ほかに、わたしの保護者や助言者になってくれる人は誰もいなかったし。求婚されたときはエドワードの本性にまったく気づいていなかったから、彼との結婚になんの支障も見当たらない以上、申し込みを受けようと思ったの」

「実に感動的な話だ」ルーカスが苦々しげに言った。「あくまでもエドワードをかばい、すかさず自分の弁護にまわるところなどあっぱれだ。だがローラ、彼のベッドには誘われなかったのか？」

「ええ、誘われなかったわ」ローラは猛《たけ》り狂う怒りを静められずに大声を出した。「そして誓ってもいいけれど、あなたがロズリンに戻る以前に、わたしも彼が違法行為に手を染めていることを知ったの。自分にどんな未来が待っているかと思うと急にいやになってしまって、婚約をどうやって破棄しようかすでに考えはじめていたところだったのよ」

「それを信じろと？」ルーカスがそっけなく言う。

ローラは顎を上げ、彼の謎《なぞ》めいた瞳をまっすぐのぞき込んだ。「信じたくなければけっこうよ！　すべてエドワードが言ったとおりだとわたしが認めれば、あなたは気分がいいのでしょうけれど、彼の言葉に真実はみじんも含まれていませんから」

「ばかを言うな」

「ばか？　ばかを言っているのはあなたよ、ルーカス。けんか腰にわたしを問いつめるあなたの態度は分別を欠いていて、聞くに堪えないわ。そんなふうにひどく辛辣《しんらつ》な口をきいたり、うんと傷ついたプライドをあらわにしたりするのはやめて。エドワードの言葉ではなくわたしの——妻の言葉にも耳を傾けて」

「ためになる助言をどうも」彼が早口で言った。

「どういたしまして」彼女は言い返した。

風に引っ張られるように舞い上がる黒髪と宝石のように閃く瞳、抑え込んだ怒りに波打つ胸。その姿を前にして、ルーカスは憤慨しながらも彼女の勇気と正直さに賞賛の気持ちを禁じ得なかった。

ローラは大きくあえぐように息を吸い、体の両脇《りょうわき》で拳を握りしめ、悲しみにあふれた胸から込み上げてくる涙を必死でこらえた。あまりに心が深く傷ついていて、彼の言葉が激しい嫉妬から飛び出したという事実にまでは考えが及ばなかった。

「あなたがこんなふるまいを続けるなら——エドワードの名前が出るたびに昔の恨みつらみを口にするつもりなら、わたしたちの関係はひどいものになるわ。あなたが結婚したときの従順でうぶな情けない女性はもうどこにもいないのだから、ルーカス。わたしを信用できないなら、わたしの言葉が信じられないなら、二人の未来はまさに悲惨よ」

ローラは踵《きびす》を返し、大股でさっさと歩き出したが、心は苦しみに打ちのめされていた。こんなことが起きるなんて信じられない。わたしを悪く言うエドワードの言葉を真に受けるなんて、ルーカスはどうかしている。

彼女はとうとうこらえきれず、涙にむせびながら、いっそ死んでしまいたいと思った。わたしを汚れた女と決めつけ、自分の妻にはふさわしくないとみなしている男との結婚生活に縛りつけられるより、よっぽどましだわ。そしてその男は、おそらく、わたしと離婚するためにあらゆる手を尽くすに違いない。屋敷に匿ったあの女性と結婚するために。

8

ローラの後ろ姿を見送るルーカスの銀色の目から険しさがいくらか引いていった。彼は黒い眉根をぐっと寄せた。ローラの言うとおりだ。彼女はぼくが監房の中でよく思い起こした、従順でうぶな女性ではない。対立すれば、手ごわい相手となるだろう。

一緒にいるとき、彼女がぼくの中に目覚めさせる感情は驚くべきものだ。これは、ほかの女性には一度も感じなかった種類の愛だ。こんな気持ちは昔からあったのだろうか？　最高に熱く、最高に親密なこの感情は前からあったのに、ぼくが気づかなかっただけなのだろうか？

事情があっての結婚とはいえ、それ以前からローラに魅力を感じてはいたのだ。だが、それがどの程度の気持ちか自分でもわかっていなかった。今すぐ彼女を追いかけていって抱きしめたい。もう一度キスをして、彼女も同じようにキスを返してくれたら！　しかし、ローラの怒りが静まるまで待つのが賢明だろう。苛立《いらだ》たしげに、彼は海に顔を向けた。

いったいぼくはどうしてしまったんだ？　あんなふうに冷淡に意地悪くローラを尋問するとは？　ジョンから聞いたではないか。ぼくがいないあいだ、彼女が領地を非常にうまく管理してくれたこと、そしてそのふるまいには非の打ちどころがなかったことを。心の奥底ではジョンの言葉を信じていたが、嫉妬《しっと》に駆られ、ローラを激しく非難せずにいられなかった。彼女を傷つけたに違いない下劣なひと言ひと言が心に甦《よみがえ》る。自分はカーライルの、あんなどうしようもない悪党の話を盾に取り、ローラを糾弾したわけだ。

あんな男の話など信じられるものか。それに、彼女は堂々と否定していた。嘘《うそ》をついてはいないはずだ。ぼくから不当に非難されたときのあの軽蔑《けいべつ》のまなざしが、何よりの証拠だ。身に覚えのある人間なら、あんな唖然《あぜん》とした憤激の表情は装いたくても装えないだろう。ほかのことはともかく、彼女はカーライルとの関係においてぼくを裏切ってはいない。

ぼくはこれからどうするべきか？　ローラを傷つけた自分に腹が立つ。彼女に許しを乞《こ》わなければ。

ルーカスは物思いに沈みながら、崖《がけ》っ縁《ぷち》の弾力のある芝地の上に腰を下ろした。パイプとたばこを取り出し、火をつけてから、遠くに見えるステナックの崩れかけたエンジン・ハウスをじっと眺めた。彼の思考は妻から離れ、別の問題へと移っていった。

キャロラインとルイスを無事にフランスから連れ戻し、自分がまだ生きていることをエドワード・カーライルに知らせた今、キャロラインの身元がばれないようにということさえ十二分に気をつければ、ぼくが生き返ったことを隣人たちに知らせてはいけない理由はもう何もない。ぼくとしては、一刻も早くステナックに新たな縦坑を掘りたい。そう考えたとき、ルーカスは自分に課せられた、例の楽しくない仕事のことを思い出した。エドワードにふたたび接触し、地図を見せて、ホイール・ローズに新しい坑《あな》を掘り始めるのは危険だと伝えなければならない。

それでエドワードが思いとどまるかどうか、それはまったく別の問題だが。

サー・ルーカス・モーガンが生きていたという話は野火のように広がり、ロズリン・マナーにも続々と人が訪れるようになった。一週間のうちに過去二年の訪問者数を超える数の人間がやってきた。その中には、宿屋の主人を伴ったロズリン村の鍛冶屋《かじ》までいて、ローラがこの二年暮らしてきたちっぽけな世界はがらりと様変わりした。

ルーカスは心からの温かい帰還の歓迎を受け、炉辺の椅子に深々と身を沈めて満足げにパイプをくゆらせながら、司祭や隣人たちと昔話に花を咲かせる姿がよく見られるようになった。

夫は有力者で、周囲から服従される状況に慣れている。それはローラにもすでにわかっていた。だが、シャツ姿で濡《ぬ》れ羽《ば》色の髪を額に垂らし、よく手入れされたブーツの両脚を自分の前に投げ出して、目をきらきらさせながら人々とすっかりくつろいで談笑する姿は、ほんの数日前に彼女を手厳しく非難した男とは別人のようだった。

ルーカスを見つめるローラを彼が見つめ返すこともたびたびあり、彼はくっきりとした眉をかすかに上げて、彼女をじっと観察した。相手を見透かすような、探るような、その挑戦的な視線にさらされると気分が落ち着かなくなり、ローラはきまって目をそらした。彼を求める気持ちは否定のしようがない
——強く求めているからわたしはこんなにもつらいのだ。関係を修復したいと願ってやまないけれど、あのとき浴びせられた残酷な言葉が胸に残っていて、あんな複雑怪奇な侮りがたい夫に自分の本当の気持ちを伝えたところで傷つくだけだと思ってしまう。そういう自分を彼に見せてはならない。

事態がいくらか落ち着きを取り戻すと同時に、ローラは、考える暇もないほど忙しく過ごそうと心に決めた。そして、メイドをもう二人雇い、ルーカスが屋敷を離れてから開かずの間となっていた部屋の掃除に精を出した。壁の塵《ちり》を払い、床をごしごしとこすり、家具を磨いてカーテンを洗濯し、窓がぴかぴかになるまで汚れを洗い落とすと、たちまち見違えるほどきれいになった。掃除が完了するころにはすべてが光り輝き、石鹸《せっけん》と蜜蝋《みつろう》に薪《まき》の燃える匂《にお》いが混じり合ういい香りが立ち込めた。

ロズリンで暮らしはじめたころが思い出された。ローラは身も心も憔悴《しょうすい》しきっていたが、周囲からの無言の要求に屈して、この屋敷に生計を頼っている人々を取り仕切るという仕事に、おろおろしながら取りかかった。やり方を何一つ知らなかった彼女は、自分が押し流されないよう夫の思い出にしがみつきながら、直面することになった無数の仕事をなんとか合理化して無駄を省こうと必死だった……。

二人の再会がこれほど尋常でないものになろうとは、そしてローラにこんなふうにつっぱねられようとは、ルーカスは想像していなかった。彼女はまだ怒り冷めやらぬ様子だが、この状況はルーカスが自ら招いたものであり、それは彼も承知していた。やすやすとは自分を曲げない誇り高き女性だというのは日々思い知らされていたし、そのうえ、ローラには彼を執拗《しつよう》になぶる特別な才能があった。彼女の許しを乞わねばとルーカスに思わせる〝こつ〟を心得ており、彼のほうは、そのなかなか得られない許しが少しでも得られたような気がするとき、ものすごいことでもやり遂げたような勝利に酔いしれるというわけだった。

これまで二年間の禁欲生活を送り、夫としての権利を一刻も早く主張したいが、あの新婚初夜の二の舞は踏むまいとルーカスは心に誓っていた。どんな娘でも、不安と期待を胸にどきどきしながら初夜を迎えるというのに、自分はローラのその気持ちを汲《く》もうともしなかった。だから、今度は彼女を口説くところから始めるつもりだった。これまで、自分から積極的に女性を口説くはめに陥ったことなど一度もないし、骨の折れる話には違いないが、そこに希望があるかぎり、どんな目に遭おうと気にしない。

その一方で、ルーカスは仕事に没頭し、妻と二十四時間顔を合わせないこともあった。ステナックで毎日の大半を過ごし、新しい蒸気機関の設置に力を注いだ。急いで雇い入れた少人数の男たちを使って新しい縦坑を掘り、すぐにも鉱山を稼働させたい。この地域の雇用を促すのが不可欠とわかっているからだ。仕事はほかにもあり、鉱山にいないときは領地の借地人や小作人たちと会い、またそうでないときは、書斎にこもって自分の投資の状況に丹念に目を通しては、さらなる投資先を探した。

ルーカスと妻の冷ややかな関係がロズリン・マナーに緊張を生んだが、ほとんど自室から出ないキャロラインだけが、その空気に気づいていない様子だった。彼女は息子に心の慰めを求めながら、深い悲しみのカーテンの後ろへ引っ込んでおり、ローラは自分の務めとしてたびたび彼女の部屋を訪れては何か欲しいものがないか尋ね、世話をした。キャロラインの心の中はローラにはわからなかった。二人がすっかり打ち解け合う日はけっしてこないかもしれないとも思ったが、それでも、キャロラインがロズリンにいるあいだは不和を引き起こしたくなかった。

ルーカスが帰国して二週間近くが過ぎたころ、スクワイア・ウォルター・エインズワース夫妻が銀婚式を祝うことになり、ルーカスとローラもその祝宴に招待された。そこには友人や隣人も集い、楽しい宴《うたげ》が催されるはずだというのはローラにもわかっていた。だが、ルーカスと一緒に人前へ出る初めての機会とあって、パーティーの夜を迎えるころには、不吉な予感にすっかり胸が締めつけられていた。エドワードも招かれていたらどうしよう！　招待客の多くはエドワードと自分の婚約パーティーにも来ていただろうし、わたしはきっと、みんなからじろじろ見られることになるだろう。

彼女はたっぷり時間をかけて身支度を整え、淡いブルーのサテンのドレスに身を包んだ。肘までの長さの袖《そで》を縁取るレース飾りが、高価なサファイアとパールのネックレスにぴったり合っている。そのネックレスはまだ化粧テーブルの上に置いてあった。ドレスの襟ぐりは深く大きく開いていて、ほっそりしたウエストを背中で縛る濃い色の帯が、短く後ろに引いたドレスの裾《すそ》のところまで垂れ下がっている。

侍女のスーザンがローラのつややかな黒髪を複雑にカールさせ、手の込んだスタイルに仕上げてくれた。ローラは鏡のほうへ身を乗り出し、自分の顔をつくづくと眺めた。なんて顔色が悪いのかしら。口唇用の赤い軟膏《なんこう》を少し唇につけようとしたとき、ドアが開いてルーカスがずかずかと部屋に入ってきた。

上背のある強靭《きようじん》な体躯《たいく》は、完璧《かんぺき》にあつらえられた赤葡萄《ぶどう》酒色の上着と雌鹿《めじか》色の膝丈《ブリーチズ》のズボンにぴったりと包まれ、まばゆいばかりに光り輝いている。筋肉質のふくらはぎをしわ一つなく覆っている白い絹のストッキングと、黒い靴にきらめく銀のバックル。黒い髪と対照的に、目がくらくらしそうに真っ白な、胸元に束ねられたレース。

そのときルーカスは、化粧テーブルの前に座るローラの姿を目にして息が止まりそうになった。美しい。あの女性がぼくの妻なのだ。こんなふうに彼女に引かれるとは、結婚したときには思いもよらなかった。誇らしい気持ちが胸いっぱいに痛いくらいに広がった。ローラが赤い軟膏を手にしているのを見て彼は顔をしかめ、取り上げてテーブルに置いた。

「〝過ぎたるはなお及ばざるがごとし〟だ。若いきみにそのようなごまかしは必要ない」賞賛のまなざしで、彼女のつややかな巻き毛にそっと触れる。

「この髪型はきみによく似合っている。きれいな髪だ。こんな美しい髪の女性は見たことがないよ」

「そうおっしゃるからには、比べる相手をたくさんご存じなのね」

「多少は。だが、それも昔の話さ。きみは今ぼくの妻であり、結婚は神聖なものだ。今夜のパーティーが楽しみかい？」

「ええ、キャロラインも一緒に行けたらよかったのに。ご親切に、ミセス・エインズワースは彼女も招待してくださったのよ。でも、キャロラインは人に会いたくないと言って」

「そのほうがいいとぼくからも助言した」ルーカスはぶっきらぼうに答えた。

残念なことに、ロズリン・マナーにキャロラインがいるという情報がすでにもれ出していた。馬番のジョージの息子でおしゃべりなジョスが、村でうっかり口を滑らせた可能性はある。人々の結びつきが強く、みんながみんなのことを知っているという小さな村で、ロズリン・マナーに滞在しているミセス・ウィルトンという名のご婦人とその赤ん坊の話が巷《ちまた》の噂《うわさ》にならないわけがない。

「人前に出るのはまだ危険かもしれないと伝えたんだ」

「あなたが？」ローラは怪訝《けげん》そうに鏡の中の彼を見つめたが、灰色の目はちらりとも揺らがなかった。

「顔を知られている可能性もあるだろう――このロズリンでも」

「彼女の身の安全をそこまで案ずるなら、屋敷に彼女を一人残していくのはどうかしら」思わず声がとげとげしくなった。

「一人にはさせないよ。ぼくたちが戻るまでジョージに護衛を頼んだから。お呼びでない訪問者がやってきたら、ジョージが門前払いを食わす」

「なるほど。ジョージは仕事を終えたのに、なぜ村へ帰らないのかと思っていたのよ」

ルーカスが化粧テーブルの上に置かれたサファイアのネックレスに目を留め、さっとすくい上げた。そして、瞬時にローラの首にかけ、彼女の肩に両手を置いて下を向くと、ふっくらとした胸の谷間に恥ずかしそうに埋もれている宝石に視線を落とした。心ゆくまで眺めてから、鏡の中の彼女と目を合わせる。ルーカスが何を考えているのかぴんときて、ローラは彼のまっすぐなまなざしの下で頬を赤く染めた。肌に触れたルーカスの指が、彼女の中に興奮と緊張を巻き起こす。

「きみは実に魅惑的だ。ぼくのよき友、ウォルター・エインズワースが今夜きみを目にしたら、きっと動悸《どうき》がして困るだろう」

ローラの唇に柔らかな笑みが浮かんだ。「からかわないで、ルーカス。ロズリンに来てから、こういう姿でウォルター・エインズワースにお目にかかる機会は何度もあったのだから」

それを聞いた瞬間、ルーカスの両手がすかさず、懲らしめるように彼女の両肩を締めつけた。「カーライルと、連れ立ってか」口調が荒々しくなる。

鏡の中で、ローラの目を見つめる彼の瞳が氷のかけらのようにきらめいた。彼女は自分が口にした言葉の意味に気づき、必死で謝ろうとしたが、喉が引きつって声が出ない。「ルーカス。本当にごめんなさい……わたしは……」

彼は手を下ろすといきなり背を向け、ドアへ向かった。「階下《した》で待っている。ぐずぐずするな」

星がきらきらまたたく、冷たく澄みきった夜だった。ベルベットのケープに身を包み、馬車に乗り込んだローラはふかふかの座席に腰を落ち着け、ルーカスも彼女と向かい合わせに座った。彼は外套《がいとう》の襟を立てただけだったが、妻が寒くないかと気遣い、彼女の膝に毛皮をかけて、あんかを足元に寄せてくれた。日が暮れてから街道を旅する者なら誰でもそうするように、ジョンもしっかりと武装して前の座席に陣取った。

馬車が屋敷を出ると同時に、ローラは夫にちらりと目をやった。馬車のランプが弱く温かな光を放ち、彼の顔を照らし出す。美しい面立ちがその魅力を増した次の瞬間、内側に潜む企《たくら》みをほのめかすように顔が暗い陰を帯びた。ローラはつんとした態度を崩すまいとしたが、ルーカスがこれほど近くにいるのではそうはいかなかった。あまりに近すぎる、あまりに雄々しすぎる。彼の鋭いまなざしを避けたくて、ローラはカーテンを引き開け、しだいに濃くなっていく外の闇《やみ》を見つめた。それでも、ルーカスのコロンが放つ爽《さわ》やかな香りは消えなかった。

「キャロラインとは仲よくやれそうか?」彼がようやく口を開いた。さっきの怒りはすでに引いていた。

夜が終わる前に、自分はこの美しい妻と愛を交わすと心はすでに決まっていた。そのときを思い、すでに胸が高鳴りはじめていた。

「大丈夫だと思うわ。屋敷に戻ったら必ず部屋へ来てと言われたの。パーティーがどんなだったか、わたしが誰と踊ったか、聞きたいそうよ」エドワードも招待されているかもしれない、と思いあたってローラは急に不愉快になり、彼が来ないことを願った。

彼女の目がふいに曇り、顔が憂いに沈んだのを見てルーカスは言った。「心配事でもあるのかい? ぼくに話してくれないか?」

ローラは彼をまっすぐに見て、大きくため息をついた。「言わなくてもわかるでしょう」

彼は片方の眉をつり上げた。「ぼくに?」

「あなたの頭にも浮かんだはずよ、エドワードがパーティーに来ている可能性が。顔を合わせるのは気まずいわ」

「頭には浮かんだが、あまり心配していない」

「みんなにじろじろ見られることになっても?」

「気にしないよ。いや、それより、もし彼が招待されていなくても、がっかりしないでほしいね」ローラが答えないのを見てルーカスは身を乗り出し、そのからかうような目を、彼女の大きなきらめく青い瞳にぐっと近づけた。

「ローラ、きみはカーライルに惚《ほ》れているのか？　どうなんだ？」

「それもおわかりだと思うけれど」彼女は静かに答えた。「エドワードに恋したことなど一度もないわ、ルーカス。わたしの言葉を信じないかぎり、あなたの心の中で疑いが膿《う》みただれて、わたしたちの関係や、将来をだめにしてしまうわ。永遠に」

彼の目が邪《よこしま》にきらりと光った。「信じるよ、ローラ。でもきみが証明してくれると、ぼくとしては非常にうれしいのだが」

彼女は目をぱちくりさせた。「証明？　どういう意味かしら？」

ルーカスはものうげににやりと笑い、腕組みした。

「つまり、ぼくをきみの好きなようにしていいってことだよ。ぼくにキスをするなら……並んで座ったほうが楽じゃないかな」

「キ、キス？」

しかし運よく、ローラに猶予の時間が与えられた。その瞬間、馬車が大きく揺れてエルムツリー・ハウスの私道に入ったのだ。ロズリン村のはずれの森を背にして立つエインズワース夫妻の屋敷に馬車が到着し、玄関の短い階段の前に停止すると同時に、ローラは膝にかけていた毛皮をはねのけ、逃げ出す姿勢になった。だが、ルーカスの手がさっと彼女の腕をつかんだ。

黒い眉根を寄せ、穏やかでいながら明らかに有無を言わさぬ口調で言う。「あの日ステナックでぼくがきみにキスをしたときより、きみは今、ぼくとキスするのを不安に思っているように見えるが、その理由を説明してくれないか？」

「わ、わからないわ」彼女は囁《ささや》くような声で答え、ルーカスに顔を向けた。「でも不安なの」

彼は唇にゆっくりと笑みを浮かべ、うなずいた。

「いったいどうした？　きみを守りにまわらせるのはプライドと愚かさか？　それとも、ぼくがきみと愛を交わすときほとばしる感情をせき止められず、その感情に自分が支配されてしまうという恐怖か？　いずれにしろ、ぼくはもうまもなく実行に移すつもりだし、キスだけで満足する気も毛頭ないがね。ぼくの欲求、ぼくの意志に疑いを持つな、ローラ。何かするといったん決めたら、人がなんと言おうと、ぼくは簡単には思いとどまらない男だ」

そのときジョンが馬車のドアを開け、ルーカスの熱情を冷まし、ローラの理性を回復させてくれた。馬車を降り、夫の手に我が物顔に肘を取られて屋敷へ足を踏み入れるローラの頭の中は、その燦然《さんぜん》と輝く事実でいっぱいになった――わたしはもうまもなく、これまでわたしの手を巧みにすり抜けてきた結婚の重要な一部を経験することになる！

がやがやと響く人声と、小さなオーケストラが奏でる音楽に満たされた屋敷の中で、すでに到着した招待客たちは今夜の祝宴を楽しみはじめていた。ルーカスは玄関広間でローラの肩からケープを取ってメイドに渡し、二人は舞踏会場となる広々とした部屋へ連れ立って入っていった。

そこは華麗そのもので、美しい庭に面した長い窓と窓のあいだに置かれた台座には、花を活《い》けた壺《つぼ》がいくつも飾ってあった。そして、輝きを放つ魅力的な人々がおしゃべりに興じ、旧友と挨拶《あいさつ》を交わし、情報を交換し合っている。会場をざわめかせる陽気な人声に混じって、扇がぱたぱたと打ち振られる音、そしてダンスのパートナーにくるくるまわされているレディたちのドレスの衣《きぬ》ずれの音がときどき聞こえてくる。

コーンウォールに多くの友人知人がいるルーカスとローラは室内をさっと眺め渡し、そこに知った顔が大勢いるのを見てうれしくなった。二人はさっそくウォルター・エインズワースの歓迎を受けた。彼は恰幅《かつぷく》のいい、温かい笑顔の快活な男で、地元の治安判事という特権的地位が生むおおらかさと自信に満ちていた。

二十五年の幸福な結婚生活を送り、今なお妻に首ったけという彼がローラに魅了されているのは明らかだった。その証拠に、エチケットを無視して彼女の頬に思う存分キスをしてから、二人がおいでくださってまことにうれしいと高らかに告げた。彼の妻は気さくであけっぴろげな、きりっとした目鼻立ちの女性で、二人の姿を目にするなり、そばにいた招待客たちに断って部屋の反対側から女王然とした足取りで颯爽《さつそう》とやってきた。

込み合う室内に、ふいに静けさが舞い降りた。人々が、自分たちの好奇心を満たそうと、二人にじっと顔を向けたからだ。ルーカスが生き返ってからというもの、二人のことはずっとみんなの話題の中心になっていたが、彼らが今知りたくてたまらないのは、サー・エドワード・カーライルがまだロズリン・マナーへの出入りを許されているのかどうかということだった。

「あら、まあ、ローラ！　お目にかかれて本当にうれしいわ。それに今日のあなた、とってもすてきよ」ミセス・エインズワースが感激の声をあげた。「でも、あなたはいつだってすてきよね。趣味がいいし、エレガントだし、そのドレスの青が本当によくお似合いだわ。夫から聞きましたけれど、ロンドンからお友達が――ミセス・ウィルトンという方がいらしてて、お屋敷に滞在されているとか。彼女も来ていただけたらとご招待したのだけれど、ご一緒ではないようね」

「ええ、残念ながら、ミセス・エインズワース」ローラは答えた。「あいにく気分がすぐれないそうで、お詫《わ》びを伝えてほしいとことづかりました」

「それはどうも。そういうことならしかたないですものね。お子様連れとも聞きましたけれど」

「ええ、男の赤ちゃんが」

「では、お元気になられたら、あなたが彼女を連れてここへお茶にいらしてくださいな。さあ、みなさんと歓談なさってね。今夜はお二人おそろいですもの、どなたもお目にかかりたがっているわ」

ルーカスに肘を取られて人込みのほうへ向かいながら、ローラは自分たちを待ちかまえている顔、顔、顔の海へ不安げにそっと目をやった。

ルーカスが彼女の耳元に顔を寄せ、茶化すように目をきらめかせて言った。「心配無用だ」

「そうかしら？」

「これはたしかな情報だが、カーライルは招待されていない。だから、我がいとしき妻よ、肩の力を抜いてこの祝宴を心ゆくまで楽しむといい」

ローラはふうっと長いため息をついた。

エドワードのことなどもういっさい考えずにパーティーを楽しもう、と思ったそのとき、彼女にダンスを申し込もうと若い紳士たちが数人押し寄せてきた。その中でとくに彼女の注意を引いたのは、ウォルター・エインズワースの長男のニコラスだった。明るいブラウンの髪に青い目、いたずらっぽくにっこりすると口元から輝くばかりの白い歯がこぼれる。瞳に道楽者のきらめきを宿したニコラス・エインズワースは人を引きつけずにおかない若者だった。

そう昔の話ではないが、ローラの気を引こうと彼が執拗に言い寄ってきたことがあった。あなたとは友達以上にはなれないと彼女がはっきり断ると、ニコラスは潔く、そして腹も立てずに引き下がり、次の女性を口説きにロンドンへ向かった。

「まあ、ニコラス！」そのハンサムな顔を見てにっこりするローラの手を彼が持ち上げ、慇懃《いんぎん》にキスをする。「本当に久しぶりね。あなたがいつコーンウォールに戻るのか、この前お父様にお尋ねしたら、まだロンドンを離れられそうにないとおっしゃっていたけれど」彼女が横目でちらりとニコラスを見ると、彼の瞳がいたずらっぽくきらめいた。「もしや、ミス・スミートンが、ついにあなたの口からプロポーズの言葉を引き出したということかしら？」

「この人ならとぼくが思ったコーンウォールの女性にはすでにお相手がいる以上、マーガレットを口説くしかありませんでしたよ」ニコラスは笑い声をあげ、彼女の夫をちらりと見て、軽く一礼した。「春に結婚する予定です」

「それはおめでたいこと。わたしの夫はご存じでしょう、ニコラス？」

彼はにっこりと歯を見せて笑った。「もちろん。こうしてまたお目にかかれてよかった」

ルーカス・モーガンより十歳年下のニコラスは昔から、この非常に有力な隣人に畏敬《いけい》の念を抱いていた。ルーカスは相手をこてんぱんにやり込め、歯に衣着せぬ物言いをすると恐れられている男であり、彼の反感を買いやしないかとびくびくしながら暮らしている者も多い。だが、ニコラスの父は常にルーカスをかばい、彼が公明正大な人間であること、そして本人がその気になれば誰もそれ以上望みようもないほどの忠実な友になってくれる男であることを力説した。

そして、サー・ルーカスほど精妙に人を殺せる人物をニコラスは知らなかった。彼はひと太刀で、もしくはひと言で、あるいは一瞥《いちべつ》でそれをやってのける。ローラの夫である彼の承諾を得ずに彼女にダンスを申し込んで、それで早死にしたくはないとニコラスは思った。

「奥方と踊ることを許していただけるでしょうか？」

ルーカスは彼を上から下までじろじろと眺めたが、反対はしなかった。そして肩で柱にもたれかかり、静々とダンスフロアへ進み出たローラを若きエインズワースが腕に引き寄せる様子を見つめた。ローラは音楽に合わせて軽やかにその体を沈めたり揺らしたりしながら、優雅に、流れるように床を滑っていった。ドレスの淡い青色がくるくると舞い、足がステップを踏むたびに、銀の線条細工のバックル飾りがついたドレスと同色のサテンの靴が見え隠れした。

「これは嘘じゃないが、ルーカス。きみは今夜、ここでいちばんの果報者だ」話したいことがあって彼のところへやってきたウォルターが言った。

「あなたの言葉を信じよう、ウォルター――そして、今夜ここでいちばん鼻が高いのもぼくだ。ぼくの留守中に妻がロズリン・マナーで目覚ましい働きをしてくれたことはわかっている」

「いや、その活躍は領地全体に及んでいる。彼女のような身分の女性は、ふつう自分の手を汚してまで働こうとはしないが、彼女は違う。ああ、ロズリンの住人たちも最初は疑わしげにローラを見ていたよ。だが、彼女はみんなに出会えば必ずにこやかな笑顔で親切に言葉をかけ、彼らのことをもっとよく知ろうと家庭や仕事について尋ね、家の中に病人がいると聞けば心から案じ、回復を願ってできるだけのことをしてやる。だから、みんなも警戒心を解いて彼女を快く受け入れ、尊敬するようになったんだ」

「おっしゃるとおり」ルーカスは相槌《あいづち》を打った。「ローラはロズリンにとって真の宝、あれほど立派な女性をぼくは知らない。これからは、彼女に精いっぱい楽な生活をさせてやりたい」

ウォルターはかすかに眉をひそめた。穏やかで、ほとんど遠慮深いと言ってもいいこの紳士と、自分がかつて知っていたあの傲慢《ごうまん》な男が同一人物とは思えない。

例の訃報《ふほう》が伝わる前、ルーカスがイギリス外務省に所属していた事実はウォルターも知っていた。ルーカスは謎《なぞ》の、それも危険の多い使命を帯びて何週間も続けて姿を消すことが頻繁にあり、それが自ら独身を貫いてきた理由でもあった。だが、だからといって、女性を寄せつけなかったわけではない——事実、その正反対だ。

ルーカスは一緒にいて楽しい女性を常に選んでいた。つまり、彼の愛人は情熱的で経験豊かで知的で洗練されていなければならず、しかも何も要求しない、約束を期待しない女性でなければならなかった。今、ニコラスと踊っている自分の妻を眺めるルーカスの顔には物思わしげな表情が、その瞳の奥には賞賛と妙な優しさが浮かんでいる。こんなふうに女性を見つめるルーカスの姿を、これまで目にしたことなどなかった。ルーカスのような男がここまで変われるものか、とウォルターは小さく含み笑いした。

ルーカスが視線を動かさずに言った。「何がそんなにおもしろい、ウォルター？」

「きかれたから答えるが、きみだよ。わたしが昔知っていたあの暴れん坊はどこへいってしまったのかと思ってね。結婚願望のなかったきみは、世の母親と嫁入り前の娘たちには疫病神でしかなかった。きみはどこへ行っても、娘たちの心を引き裂いて立ち去るだけだったから」

ルーカスはウォルターを見て、皮肉っぽく片方の眉を上げた。「人は変わるものだ」彼は冷静に答えた。「ぼくは二年間を地獄で、フランスの監獄で過ごし、そして戻ってきた。これからはロズリン・マナーで妻と静かに暮らせればそれでいい」彼の目が優しくなり、それは踊りの列を縫うように跳ねるように移動する楽しげなローラの姿を追いかけた。「あの彼女を見たら、誰もぼくを責められないだろう？」

ウォルターは友の肩をばんと叩《たた》いて、うなずいた。

「ああ、誰もな。だがごらんのとおり争奪戦だ——驚くには当たらないがね。きみの奥方は大変な人気者で、引く手あまただ。ニコラスはすかさずダンスを申し込んだようだな——なんと美しい似合いのペアではないか」彼はそう言って、くっくと笑った。

「息子はローラに熱を上げていた。それもそう昔の話ではないのだが、カーライルにしてやられてね」

ウォルターはふいに顔を曇らせ、ホイール・ローズ鉱山の所有者のことを考えた。

「言わせてもらえば、わたしは彼女とカーライルの結婚が不安でならなかった。しかし邪魔するわけにもいかなかったんだ。初めのうちは、彼の慇懃なふるまいには用心したほうがいいとローラにも警告したが、結局、婚約まで話が進んでしまった。きみが帰ってきてやれやれだよ」彼は静かに、意味ありげに言ったが、その意味はルーカスにも充分に伝わった。「ところで、ステナックに新しいポンプの蒸気機関を設置するそうだが、はかどっているかね？」

「まずまずというところだ。実際、思ったよりうまくいっている。鉱山の再開までもうすぐだ」

「それはよかった。早いに越したことはない。ここに住む多くの者にとっては、天からの賜物《たまもの》だろう。密輸の仕事にかかわらずにすむようになるからな。海や畑から生活の糧を得られない者が、このあたりで雇ってもらえる場所といったらホイール・ローズしかないが、カーライルが男たちに払う賃金は雀《すずめ》の涙だし、彼らの安全に対する配慮もない」

ルーカスはうなずいた。「カーライルは新たに坑を掘ろうとしているが、海の下で発破をかけたら大惨事を引き起こす可能性がある。隣接するステナックの南側の採掘場が水没した状態で、薄い岩壁が裂けたらどうなることか。その危険を示す証拠の地図と一緒に、マーク・トリメインを何度もカーライルのところへ行かせたが、彼は警告に耳を貸そうとしない」

「では、手遅れになる前に、彼が正気づくことを祈るとしよう」

ルーカスは相変わらず傍観者のように妻の姿を眺め、通りかかった女性たちから投げかけられる、誘うような微笑や目くばせを冷ややかに無視し続けた。しかし、四人組で方陣を作ってカドリールを踊っている妻が自分のパートナーに輝くばかりの笑顔を向けるのを見たときは、平然とした態度を保つのが大変だった。

まわりにちらりと目をやると、自分と同様、大半の男たちがローラを食い入るように見つめていた。不愉快ながらもルーカスは、少なからぬ悔しさとともに悟った。自分が長くローラの人生から遠ざかっていたこと、彼女が男性から引く手あまたであること、そして自分がたくさんのものを取り逃がしてきたことを。音楽が鳴りやみ、ウォルターが自分に話しかけているのに気づいた。

「すまない、ウォルター、ちょっと集中していなかったもので。今なんと言った？」

「戻ってきてから、ロズリンの現状を把握する時間があったかどうかと思ってね、ルーカス。カーライルだが、実はこの付近で暗躍する非常に組織だった密輸団の親玉だという、聞き捨てならない噂が囁かれているのだ。それが本当なら、彼の懐具合が急によくなったのもうなずける。イギリス海峡の向こうの人間たちと企んでいるさまざまな計略が外部にもれることはない、と彼は考えているだろうが、それは違う。ロズリン入り江に密輸品が荷揚げされている事実はわたしも前からつかんでいるものの、連中がいつも巧みにわたしの手を逃れてしまうのだ」

それを聞いて、ルーカスもさすがにじっとしていられなくなり、もたれかかっていた柱から勢いよく体を離した。ウォルターの話を聞きもらすまいと耳をそばだて、目を光らせる。「わかっている。ぼくも見たのでね」

「見たのか？　なるほど。きみに見張られていたのでは、連中も今までのようには入り江を使えなくなるな。何か手を打つのか？」

ルーカスは肩をすくめた。「収税吏にできなくて、ぼくにできることがあるとでも？　ぼくの領地への出入りを禁ずると密輸団に申し渡そうか？　入り江までたどりつけないように」

「入り江の洞穴を調べてみたか？」

「ああ、密輸品の保管に利用されている形跡があった」ルーカスは答えた。「だが、連中はずる賢い。密輸品を置きっぱなしにして収税吏に発見されるような素人くさいまねはしないさ。とりわけ、カーライルは鰻《うなぎ》みたいな男でなかなか捕まらないし、その冷酷さにかけては悪名高い。だがいくらずる賢い密輸人でもミスは犯すし、そうなったときに彼を待っているのは、逮捕か死だ」

ウォルターがルーカスを見た。その表情は穏やかだが、目には険しい好戦的なきらめきが浮かび、口調はまるで警告を発しているようだ。ウォルターにはその理由がわからず、急に不安になった。

「それはそうだ。いや、コーンウォールのこのあたりに住む人間にとって密輸が生活の手段であることはわたしも承知しているし、その事実には目をつぶらざるを得ない――それが暴力を伴わないかぎり。だがカーライルは、ありふれた密輸人の範疇《はんちゅう》には収まらない男で、実に厄介だ。げすな手を使って、この地域のまともな男たちを大勢、犯罪者に仕立て上げ、住民たちを恐怖に陥れた。わたしは治安判事であり、言わせてもらえば、あの男にわたしはばかにされたのだよ、ルーカス」

「というと？」

「収税吏たちからなんとかしろと言われてね。二カ月前に収税吏の一人が海岸で、後頭部を吹き飛ばされた状態で発見されて以来、彼らはこの密輸団を叩きつぶそうとやっきになっているのだが、これがひと筋縄ではいかないんだ」

ルーカスは顔をしかめ、ゆっくりとうなずいた。

「事件のことは聞いた。ひどい話だ」

「殺された男はトリスリン出身のジェド・ワトキンズで、彼の弟がホイール・ローズのエンジン・ハウスで働いている。噂ではその弟が事件を目撃し、責めを負うべきはカーライルであるとも承知しているらしいが、怖がって表へ出てこない。カーライルがわたしの目と鼻の先で何をしているかわかってはいるが、きみの言うとおり、彼はずる賢い――玄人だ。すばやくこっそりと動きまわり、そして非常に危険だ。証拠を手に入れたいが、カーライルの批判を口にする者など一人もいないよ。彼が密告者の手足を切り落とし、最後には殺してしまうという話を聞けば、誰だって口を閉じておきたくなるだろう。彼は裏切り者をじわじわと死に至らしめる方法を心得ている」

「だが、その残虐な行為も政府はたいしてとがめ立てない。収税吏の中には密輸船と通じている者もいて、おまけにフランスの状況が密輸人どもに有利に働いている。敵の情報を得る目的で政府が彼らを利用するケースもあるから、それで彼らの罪も大目に見ようというわけだ」

「では、どうすればいい？　密輸人どもは野放しにされ、なんのおとがめもなしか？」

「大部分の連中は痛い目を見ずにすむだろう。しかし、カーライルはそこまで運のいい男ではない。約束しよう、ウォルター、やつは罰を逃れられない。このぼくが許さない」

エドワード・カーライルがルーカスに積年の恨み

を抱いていること、そしてルーカスも彼を軽蔑しきっていることは周知の事実だが、それだけではなさそうだ、とウォルターは気づいた。

「何かわたしが知っておくべき点があるのか、ルーカス？」

ルーカスは彼に険しい目を向け、うなずいた。

「カーライルは手ごわい人間を敵にまわしたということだ。ここでも、官庁街《ホワイトホール》でも。ぼくは真相究明にかけては長年経験を積んでいるからな。だからこそ、この海岸での密輸行為を一掃するよう指名されたわけだが、それはここだけの話にしておいてくれ、ウォルター、わかったか？　この件に関しては、一日二日のうちに二人だけで話そう。だが、今は妻と踊ることしか考えられそうにない」

ウォルターはうなずき、彼の視線を追った。「きみを責めるわけにはいかないな」

9

その夜は延々と続いた。ルーカスの目に映るローラは、ダンス・パートナーたちを相手に笑い声をあげ、彼らが口にする賛辞にすっかり気をよくして、夫のルーカスにとってはたいてい退屈でしかないこの手のパーティーを存分に楽しんでいた。

カドリールを踊るためにふたたびニコラスと姿を消そうとする妻の腕を、ルーカスは表情一つ変えずにがっちりとつかみ、傍らに引き寄せると、細いウエストに自分の腕をするりとまわして、そのまま知人たちと会話を続けた。そうすることで、さりげなくニコラスやここにいる男たち全員に、彼女はもうダンスの申し込みを受けないと悟らせるつもりだった。ローラが彼の正統な、合法的な妻だという事実を知らしめ、今夜は誰もぼくに取って代わることはまかりならぬと示さなければ。そんな古風な情熱に駆り立てられる自分に驚くばかりだが、ローラは今はぼくのもので、これからもそうなのだ。

「エインズワースの息子とはもう充分踊ったと思うがね」フロア越しにニコラスにほほ笑んでみせる妻を見て、ルーカスは言った。「一度はいい、二度は認めがたい——三度は耐えがたい。きみが大変な人気者だとわかって、ぼくはずいぶん長くこの地を離れていたのだと気づいたよ。そして、群がる紳士たちときみが大変親しい間柄であると知るのは非常に不愉快でもある」

ローラは小首を傾《かし》げ、つやのある黒の長いまつげの下から彼を見上げた。彼のまなざしは冷ややかで、彼女には夫の気分が手に取るようにわかった。「あら、ルーカス！　それを聞いた人は、あなたがやきもちを焼いていると思うわよ」

彼がまじまじとローラを見た。「焼くべきなのか？」

「ニコラスに？」彼女は笑い声をあげた。「ええ、これが一年前ならね。でも、彼はすでにリッチモンドのマーガレット・スミートンというレディに愛を誓ったそうだから」

「知っているよ。だがきみは気づいているかな、今夜まだ自分の夫と踊っていないことに？」

「その夫は気づいているのかしら、妻にまだダンスを申し込んでいないのを？」ローラはやんわりと言い返した。彼が顔をしかめるのを見て、無理に笑い声をあげる。「あなたはみなさんと久しぶりに会ったんですもの、積もる話があって当然だし、わたしはほったらかしにされたとは思っていないわ」

「きみにじゃれついていたダンス相手の数を考えれば、それはそうだろう」ルーカスは真面目《まじめ》な顔で皮肉を口にした。そのとき楽団が次の曲を演奏しはじめ、彼はローラの手を取った。「ぼくたちの出番だ」そう言うと、驚いた顔の彼女を見下ろした。「自分でも思い出したくないほど長いあいだ、ぼくは活動停止状態にあったかもしれないが、ダンスにかけてはエインズワースの息子やほかのパートナーたちにまだ負けないと思う」

ぼくを見くびるな、と言われた気がしてローラは顔を赤らめた。「もちろんよ、ダンスはきっとあなたがいちばんよ」そう相槌《あいづち》を打つ彼女を、ルーカスが腕に引き寄せ、くるくると踊り出した。

ルーカスは期待を裏切らず、ローラは抱き寄せられるまま、まわされた腕に背を預けた。その腕は岩のようにしっかりとしていて揺らがない。彼はすばらしい踊り手で、ステップは自信にあふれ、軽やかでしなやかで優雅で、それまで踊った男性たちとは比べものにならなかった。フロアを旋回しながら、音楽に合わせて舞い上がっていきそうだ。まるで一つになったように、二人の動きはぴったり調和した。

ローラはルーカスの腕の中で緊張を解きながら、銀色の力強い視線に目を合わせた。「わたしはちゃんと踊れているかしら、旦那《だんな》様？」

「ああ、だが二人きりになったら、もっと別のダンスを踊ることになるだろう」

彼の熱いまなざしが自分は本気だと告げている。ローラはどきりとして、どうかすべてがうまくいきますようにと願った。彼女のウエストにまわした腕にルーカスがぐっと力を入れ、引き寄せた。「この話の続きは、もっと人目につかない場所でしよう」

「どこがいいかしら？」ローラは挑発的な笑みを浮かべた。

「きみの寝室はどうだろう。賛成してもらえるかい？　だめなら、ぼくの寝室に誘い込む方法を考えなければ」

「では、最初の提案を認めるとしましょう」彼の手が了解とばかりにウエストをぎゅっと締めつけるのを感じて、彼女は目を輝かせた。「では、あなたとわたしには未来があるということね、ルーカス？」

「ないと思ったのか？」

「ええ、しばらくのあいだ——正確には二年。そして、悲惨に思えた未来が、すばらしい何かに変わった気がするわ」

髪にブラシをかけ、流れるような青いウールの部屋着をまとったローラは、約束どおりキャロラインの部屋へ向かった。ルーカスと過ごす夜のことを思うと、体がぞくぞくする。彼は玄関広間に入るなり、そこで待ちかまえていたジョンから、お出かけになっていたあいだに郵便物が届きましたと告げられた。鉱山に関するある重要文書を受け取る予定だったルーカスは、ちょっと失礼と言ってそのまま書斎へ姿を消したのだ。

ローラはキャロラインの部屋の前まで来ると、ドアを叩《たた》いて中をのぞいた。「お邪魔かしら？」

寝支度をして、授乳を終えたばかりのキャロラインがルイスをベビーベッドに寝かせていた。彼女は顔を上げてほほ笑んだ。「いいえ、ちっとも」

「床につく前におやすみなさいを言おうと思って」

「お心遣いありがとう。パーティーはどうだった？楽しかったかしら？」

「それはもう。あなたが行けなくて残念だったけれど、そのほうがいいとルーカスも言うものだから」

ローラはベビーベッドに歩み寄り、満腹になってすやすや眠っている赤ん坊を見下ろした。「満ち足りた顔をしているわね」彼女は囁《ささや》いた。

「おなかいっぱいですもの」キャロラインが小声で答える。息子への愛とプライドにあふれたその柔らかなまなざしに、ローラは深く心を打たれた。「この子の父親が生きていたら、さぞ誇りに思ったでしょう。本当にいい子だもの。お乳を飲んでいるとき以外、ほとんどおとなしく眠っているのよ」

「あなたが床につく前に、何か必要なものがあったら、わたしが持ってくるけれど」

「ローラ、ちょっとここに座って。いやでなければ」

「いやなわけがないわ。時間は遅いけれど、べつに疲れてもいないし」ローラはそう言って、暖炉のそばの椅子に腰を下ろした。

キャロラインは彼女と向かい合って座ると、暖炉のほうへ片手を伸ばした。「一日の中で、この時間は本当に心地よくて落ち着くわ、そう思わない？　カーテンが引かれて夜の闇《やみ》を閉め出し、部屋は暖かく安全で、外の世界に潜むどんな邪悪なものも寄せつけない。デイジーとわたしは、よくどちらかの寝室の暖炉の前に座っては、おしゃべりしたものよ―ママに寝なさいと言われるまで」妹のこと、自分の慣れ親しんだものを懐かしく思い出して、キャロラインが饒舌《じょうぜつ》になる。「あなたの親切と思いやりに感謝したいの、ローラ。楽ではないでしょう、ルイスとわたしを抱え込むのは。その重荷を減らせるよう、わたしも何かできたらいいのだけど」

「あなたとルイスを重荷とは思っていないわ、キャロライン。そんなふうに考えないで」

「ロンドンの母のところへ戻ればいいのに、とあなただって思うでしょう」

「そんなことは夢にも考えていないわ」

「でも、わたしたちがここにいると……あなたを危険な目に遭わせやしないか心配だわ」

「危険は覚悟のうえよ」ローラは優しくほほ笑んでみせた。「ロズリンにいたほうがあなたは安全よ、わかるでしょう。ルーカスの目的はただ一つ。よからぬものから、あなたとルイスを守ることよ」

「ええ。アントンのいとこがルイスを狙《ねら》っていると、ルーカスが教えてくれたわ。ジャンには一度しか会っていないけれど、彼の頭の中は壮大な革命思想でいっぱいで、陰険な、たちの悪い男に見えたわ。アントンを激しく恨み、共和制を打ち立てようとする人たちと手を結んでいた。ルイスの身に何か起きたらわたしは耐えられない。ジャンに見つかったらと思うと怖くてたまらない。わたしたちがフランスへ戻れる日がくるまで身の安全は守るとルーカスは言うけれど、わたしは戻りたくないの。絶対に。フランスは憎むべき国よ。大嫌いよ」

ローラは向かい側に座る女性を静かに眺めた。キャロラインは今、悲しみに沈み、恐怖と孤独をひしひしと感じているに違いない。ローラは無慈悲な考えを頭からいっさい追い出して答えた。「すぐには戻らなくてすむかもしれないわ。フランスが落ち着くのは何年先になるかわからないし」

「ええ、そのとおりね。でも、自分がばかなことを言っているのもわかっているの。もちろん、ルイスはムルニエ伯爵としての相続権を申し立てる必要があるのだから、然《しか》るべきときがくれば、わたしたちはフランスへ戻らないわけにいかないでしょう」

「なぜアントンと結婚したの、キャロライン？　この前、わたしに話してくれたように、彼を愛していなかったのだとしたら？」

ローラを見つめる率直な黒い瞳が陰を帯びた。

「母の支配から逃れるためと言ったら、あなたは信じてくれるかしら？　愚かで無知だったわたしは、イギリス海峡を渡れば母から離れられると思ったのよ。母がどんな人か覚えているでしょう。上流社会とそのうわべの華やかさが母にとってはすべてだった。そして、二人の娘に最高の結婚相手を見つけようとしていて、貴族以外とは結婚させないとよく言ったわ。もううんざりだったの。母には娘たちの気持ちなどどうでもいいのだから。デイジーもかわいそうね。今ごろどうしているかしら、母の目に適《かな》った最高の紳士とでも結婚したかしら？」キャロラインは苦々しげに言った。

彼女の母親はすでに未亡人で、海軍省とつながりのあった夫のサー・ジョシュア・ウェストンの遺産は莫大《ばくだい》なものだったという。ローラは偉大なそのレディとめったに顔を合わせることはなかったが、恐ろしい話は数々耳にしており、夫人にはみなひどい目に遭わされると聞いてぞっとしたものだった。

夫人は自分より下の者に対しては、身分の違いを意識させるようにふるまい、尊大な態度で、常に威張った物言いをする。どんな話題であれ、断定的な意見を口にして、相手に反論を許さない。

夫人にとって大事なのは富と地位で、夫としてふさわしいと自分が認めたイギリスの独身男性でなければ、娘たちに言い寄ってはならないのだ。もし、あのときルーカスがキャロラインをさらっていたら、夫人は彼を大事な娘の花婿候補にふさわしい人物とみなしたかしら。いや、ほかの取るに足らない求婚者たち同様、さっさと追い払われただろう。

「上流社会の頂点に上りつめたいと血眼だった母には、ひどく手を焼かされたわ」キャロラインは静かに続け、悲しそうに沈んだ目で、暖炉に燃えさかる炎をぼんやりと見つめた。「いえ、さらに言うなら、母は残酷で、自滅的で、最後にはデイジーやわたしだけでなく母自身まで滅ぼしかねないところがあった。だからわたしはアントンと駆《か》け落ちして、フランスで暮らすことにしたの――たとえ母がフランス人を軽蔑《けいべつ》していようとも」

ローラは驚きの目で彼女を見つめた。駆け落ちの話は初耳だった。「あなたとアントンが？」

「ええ。知らなかったの？　わたしは母に手紙を送ってすべてを説明したけれど、母からの返事には、わたしを絶対に許さない、わたしの顔は二度と見たくないと書いてあったわ」

「お母様は、なぜそれほどフランス人を嫌っているの？」

「八〇年代のアメリカとの戦いの最中に、父が指揮をとっていたイギリスの軍艦が、アメリカ独立を支持して参戦したフランスの船に攻撃されて、それで父が命を落としたからよ。あれ以来、母はフランス人に恨みを抱き、あの国の男性が――たとえ国王ルイであっても、自分の娘たちに求婚するなど許さないと考えるようになったの」ふいに、キャロラインの表情が憂いに沈んだ。「でもアントンと結婚はしたものの、一難去ってまた一難だったわ」

「どういう意味かしら？」

「アントンの母よ」それだけ言えばわかるでしょう、という口ぶりだ。

「まあ、どんな方だったの？」

「肥満した体に、太い脚に、大きな胸……」キャロラインが笑い声をあげた。「自分の母もひどいと思ったけれど、アントンの母親もそれに負けず劣らずだった。ムルニエ城に入ったとたん、わたしは役立たずのただのお飾りにされてしまったの。アントンは母親に頭が上がらず、よくしつけられた犬のように逆らわなかった。そう、彼女はいつだって礼儀正しかったけれど、でも、それだけだった。たまにわたしに話しかけることがあっても、口にする台詞《せりふ》はいつも決まっていたわ。わたしのちょっとした粗相を責めるか、あるいはわたしの体の具合を尋ねるか。男の跡継ぎが誕生してほしいと、そればかり考えていたんでしょう。城の召使いたちですら、わたしを一家の女主人として扱おうとはせず、わたしはお情けで城に置いてもらっているような、いつもそんな気分だったわ。そういう中で、侍女のルシールだけがわたしに思いやりを示してくれて、わたしは心から彼女のことが好きになったの」

母親の支配から逃れたい一心でキャロラインはアントンと結婚し、自分自身の愚かさの犠牲となった。そこまではローラにもはっきりわかったが、彼女の苦しみに無関心ではいられなかった。

「アントンのお母様はどうなったのか、ご存じ？」

キャロラインはうなずいた。次に口を開いたとき、その声は引きつっていた。「城を襲撃した暴徒に捕らえられ、アントンが処刑された翌日、ギロチンにかけられたわ。ルシールや、ムルニエ家に尽くしてくれた者たちも全員。ルシールの死を知らされたときはとりわけつらかった。ほんの十六だったのよ」

彼女の話は続き、ローラが立ち上がったのはそれからしばらくしてからだった。

キャロラインはローラにほほ笑んだ。「来てくれてありがとう。わたしがフランスにいたときの話を聞いてもらえてうれしかったわ。よかったら、もう少しここにいて。わたしは疲れていないから」

「そうね、でもわたしは疲れが出たみたい。あなたはそのままくつろいでいらして。わたしはこれで失礼するから」

キャロラインはその言葉に反して、彼女と一緒にドアまで来た。「ローラ、待って。あなたにききたいことがあるの」

「いいわよ」

「わたし……気づかないわけにいかなくて。あなたとルーカスのあいだがぴりぴりしていること」

不意を衝《つ》かれ、ローラは完全にうろたえたが、答えないわけにはいかなかった。「このところ、すごくうまくいっていたとは言えないけれど大丈夫よ」

「わたしが……口を出すべきでないのはわかっているの。ただ……つまり……わたしがロズリンにいることと何か関係があったらどうしようかと」

ローラはため息をつき、かぶりを振った。「いいえ。あなたとはなんの関係もないと請け合うわ、キャロライン。どうか心配しないで。これはそのうちきっと、独りでに解決するから」

「そう願うわ。ときに、男性というのは女性に苦しみしかもたらさないことがあるもの――その男を愚かにも愛してしまった女性にね。わたしは身をもってそれを知った。男性は女性の胸に、ひどくせつなく訴えかけるけれど、同時に危険で破壊的で、女性が夢中になりすぎると……」彼女は最後まで言わずに顔をしかめた。

ローラはまじまじとキャロラインを見た。「あなたもルーカスを愛していた、違うかしら？」

「そう思ったときもあったわ――ロンドンの未婚女性が一人残らずそう思ったように。でも、わたしが言ったのは殿方全般のことで、ルーカスのことではないのよ。男性に関してわたしはたくさん失敗をしてきたし、誰にだって失敗はつきものよ。あいにく、わたしが自分の失敗から何かを学ぶことは、永久になさそうだけれど」彼女はそう言ってほほ笑んだ。

「アントンと駈け落ちしたのは失敗だったと？」

「いいえ。だってアントンと結婚しなければ、ルイスは授からなかったもの」

自室に戻る途中、ローラは入り江を見下ろす長い廊下の窓際で足を止めた。カーテンのひだのあいだに立って、外に目を凝らしたが、真っ暗で何も見えなかった。キャロラインと交わした会話がまだ心を離れず、自分はなんの根拠もなく彼女を疑っていたような、そんな気がしはじめていた。人間というのはなんと不可思議で、なんて複雑なものだろう。そして、どれほど簡単に相手を誤解してしまうものか。

窓から離れようとしたそのとき、廊下に響く足音を耳にして、彼女はカーテンから出るのを躊躇《ちゅうちょ》した。驚いたことに、暗がりからルーカスが現れ、うつむいたままローラの前を通りすぎていった。その姿を目で追いながら、彼女は自分の見ているものが信じられなかった。ルーカスはキャロラインの部屋のドアをそっと叩くと、どうぞという声も待たずに中へ入っていったのだ。

廊下を駆け戻り、キャロラインの寝室のドアを押し開け、何をしているのかと彼を問いただそうか。だが、ローラはそうはせずに、静かにドアに歩み寄った。見るのが怖くても、見なくてはいけない。

ドアはわずかに開いたままになっていた。ローラがほんの少し押すと、隙間《すきま》が広がって、ベッドのそばに立つ二人の姿が見えた。ルーカスがキャロラインの頭のてっぺんに頬をのせ、両腕に彼女を包み込んでいる。ローラはその場にじっと立ちすくんだ。ほとばしる血の涙に目がかすんだが、ドアから後ずさったとき、涙はすでにすさまじい怒りに取って代わられ、その怒りが彼女を焼き尽くしていた。

ひしと抱き合っていた二人はローラに気づかなかった。嫉妬《しっと》と苦しみがじりじりと彼女の魂を蝕《むしば》み、自分を抑えるのが恐ろしく大変だった。ぎゅっと握りしめた両手の爪がてのひらに食い込む。ローラは猛然と歩き出した。

好色な男！　と心の中で夫を呪《のろ》う。夫はこれまで幾晩、こっそりとキャロラインの部屋を訪ねたのだろう？　だが、ローラの軽蔑はキャロラインには向けられなかった。なぜなら、キャロラインはルーカスの訪問を知らなかったのだから。それは間違いない。知っていたら、もう少しここにいてとローラを引き止めはしなかっただろう。それとも、キャロラインは何かゆがんだ動機から、ルーカスがやってきたとき、そこにわたしがいることを望んだのかしら。だとしたら、あまりにひどい話だし、屈辱的すぎる。さっき彼女の心に信頼を植えつけたキャロラインが、そんなあくどいまねをするとは思えない。

ローラは足早に自室へ戻り、中へ入った。ルーカスが今キャロラインに何をしているのかと思うと、胸が引き裂かれそうで、冷たい木のドアにもたれかかりながら激情が静まるのを待った。屋敷は静まり返っていた。その不吉な、垂れ込めるような静寂が闇夜の洞穴を思わせた。その洞穴の中で、密輸人とその手下どもは息を潜めながら、海峡を渡ってくる密輸品を今か今かと待っているのだ。

夫に対して抱いた夢は一瞬にして打ち砕かれた。よくもこんな仕打ちを！　夫はわたしがいるこの家でわたしを裏切り、面目を失わせたのだ。部屋着を脱いでベッドに投げ捨てたローラは、いても立ってもいられず、化粧テーブルの前まで歩いていくと、ものすごい勢いで髪にブラシをかけた。ブラシを滑らせるたびに、皮膚がひりひりした。心は怒りと屈辱にまみれていた。大声で叫びたい、なぜこんなに打ちのめされた気分なのか知りたい。しかし、わかったのは自分の孤独と無力さ、それだけだった。

次の瞬間、ローラは飛び上がった。いきなりドアが開いて夫が入ってきたのだ。体の中を突き抜ける激情を抑え込むのは並大抵ではなかったが、すぐに、心だけでなく体にも力強さが戻ってきた。

部屋の奥へと進んでくるルーカスは、何か思うところがあるような雰囲気を漂わせている。それは、キャロラインを訪ねたことと大いに関係がありそうだとローラは感じた。シャツに膝丈《ブリーチズ》のズボンというくつろいだ装いと、洞察力に満ちた輝く瞳。彼の雄々しい姿にローラはひるむまいとしたが、その決意をはぎ取るように、ルーカスがじっと目を合わせた。キャロラインの部屋からここへやってきたくせに、こんなふうに落ち着き払って涼しい顔でいられるなんてどういう人だろう、とローラは思った。

口を開いたとき、彼女の明瞭《めいりょう》な声は険しさを帯び、目は燃える短剣のようにぎらついていた。「あなたが勝手にわたしの部屋へ入ってきたのはこれで二度目よ。ノックの音も聞こえなかったわ」

彼は笑みの浮かんだ唇をむっとしたように引き結んだ——ローラが彼から距離を置いてしまったのがわかったのだ。ダンスをしたときにともに感じたあの親密さ、優しさなどまるで存在しなかったように。

「それはたぶん、ぼくがノックしなかったからだ」

「ノックすべきだったわ。訪ねてこられても困るもの。今、ベッドに入ろうとしていたのよ」

「入るなとぼくに言わせないでくれ」ルーカスは顔をしかめ、ぶっきらぼうに答えた。彼女の目にぎらぎら輝く不可解な光、そして百八十度変わったその態度に首を傾げながら。ぼくと一緒にいるのが突然いやになるとは、いったい何があったのだ？

「言わせないわ。でも、あなたがわたしの部屋にいるあいだはベッドに入りません。どうぞ、お引き取りになって」

「そんなつもりはいっさいない」彼は突っ立ったままのローラに歩み寄り、その長いまつげに縁取られた青い瞳と不屈の意志を感じさせる顎に、激しい反抗を見て取った。

二人がひどく接近しているのに気づき、ローラはこんな怒りの中にあっても自分の五感に訴えかけてくるその荒々しい魅力を懸命に無視した。「どうしてここへ、ルーカス？　もしや良心の呵責《かしゃく》に耐えかねて、かしら？」

彼は神妙な顔つきで、ローラの目を鋭く見つめた。そして、二週間前にカーライルの件で言い争ったときのことを彼女は蒸し返しているのだと考えた。

「あの日、崖《がけ》の上できみに言ったこと、きみを非難したことを思うと、ぼくは今も自分がいやになる。ぼくのふるまいについては申し訳が立たない。きみが腹を立てるのも無理はないが、きみの心のどこかにぼくを許そうという気持ちはないだろうか？」

一時間前なら、ローラは迷わず、ええと答えただろう。「謝っているつもり？」

「そうだとも」彼はもどかしげにため息をついた。

「ローラ、なぜこんなことを？　どうして、今蒸し返す？　もうすんだ話ではないのか。心変わりの理由はなんだ？」

「心変わりはエドワードとは関係ないわ。でも、あなたがそう言うから言わせてもらうけれど、わたしはすんだ話とは思っていないの。ふしだらな女だとわたしを責めたのは間違っていたと認めるの？」

「話を大げさにするな。そんなふうにきみを呼んだ覚えはない」

「呼んだも同然よ。さあ、出ていってくださる？」

「いや、ローラ、出ていくつもりはない。ぼくたちが夫婦だという事実にそっぽを向き続けるわけにはいかないぞ」

「ええ、それは忘れられそうにないわ」彼女はつれなく言い返した。

「ぼくたちの出会いについて言っているなら、それは忘れてくれ。もう過去の話だ」

「そう？」どうして忘れることなどできるだろう？　彼があのとき駈け落ちしようとした女性が、一つ屋根の下に暮らしているというのに。

「ぼくにとってはそうだ」

「どうやら、わたしの記憶力のほうが優《まさ》っているようね。わたしはあなたほど簡単に忘れられそうにないし、忘れられない理由もちゃんとあるのよ。だから、話はまた明日の朝にして」

「ここへは話をしに来たわけじゃない、ローラ」

「では、何がお望みかしら？」

「きみだ」ルーカスは引き下がらなかった。「そして、きみがあのベッドに入るまで、ぼくはこの部屋を出ていかない。心変わりの理由はなんだ？」

ローラは彼を見つめた。ルーカスの言葉が一瞬、彼女から声を奪い、胸に弾丸を撃ち込んだ。わたしを裏切った彼を殺してやりたい、でもそれ以上に、彼の腕に飛び込みたい。わたしを抱きしめて、愛してほしい。今夜だけでも。だけどわたしにはできない。あなたとキャロラインが寄り添う姿を頭から消し去ることができないから。一瞬たりとも。

彼女の香水の匂《にお》いがルーカスの鼻にも届き、それは純粋な女性の香りと混じり合って、媚薬《びやく》のように血の中を駆け巡った。

「ローラ、きみが欲しい。今、今夜、ぼくのベッドで——どうしても。二年もお預けになっていた夫としての権利を今主張したいんだ」

冷淡だった彼の視線は、ローラの体に注がれると同時に熱くなり、彼女の顔が柔らかなクリーム色の輝きを放った。絹の光沢を帯びるまでブラシをかけた見事な黒髪が、黒いケープのように両肩にこぼれ落ちている。ろうそくの明かりを背にして立つ彼女の脚が、薄いナイトドレスの奥に透けて見えた。ドレスがまとわりつく成熟した体の曲線は自分の体の輪郭とぴったり重なるだろう、と早くもルーカスの想像ははばたいていた。

ローラはすばらしく美しい。実際、あまりの美しさに、ここ数日、彼女がぼくに対してとった冷ややかな態度も許してしまいそうだ。そして、もしも今夜、彼女が自ら進んでぼくのところへ来るならば、ここまでぼくを待たせたこともきっと許してしまうだろう。だが、ぼくはもう待たない。彼女はぼくの妻だ。もう二年以上、飢えを満たされたことがないこの体の傍らに、彼女を押し倒すのが待ちきれない。

ベッドに手を伸ばし、部屋着を拾い上げるローラの手首をルーカスはつかんだ。「部屋着は必要ないだろう」

彼女は手を振りほどいて後ずさった。唇を固く引き結び、相変わらずぎらぎらした反抗的な目を彼に向けている。「疲れたわ、ルーカス。お願いだから、わたしを静かに休ませてほしいの」

崖の上で言い争ったあの日以来、ルーカスは自分に繰り返し言い聞かせてきた。ローラはぼくの言葉に傷つき、屈辱を味わった。だから、こうして事あるごとにぼくを挑発し、怒りをあらわにしてぼくに刃向かうのだ、と。そして、この部屋に来る前にも、ぼくはあらためて心に誓った。彼女が何を言っても、辛抱強く理解を示すことを。だが、いきなり正面切って怒りをぶちまけられ、ルーカスは平静を保つのが精いっぱいだった。

両手を腰に当て、彼は冷ややかに彼女を見た。

「ローラ、いい加減にしろ。ぼくがロズリンに戻ってもう二週間になる。これまでひたすら我慢してきたが、もうたくさんだ。きみの不機嫌に耐えようとは思わない。きみとカーライルについてぼくが口にした非難に、きみはこだわり続けている、まるで大事のように。彼を愛していないというきみの言葉をぼくは信じた。彼が問題になることはもうないし、彼を巡って口論をしても意味がない。だから、いとしい人よ、ベッドに入ってくれ。今度はきみをがっかりさせないと約束するよ」

そのそらぞらしい言葉にローラの顔がかっと燃え上がった。「わたしはあなたのいとしい人ではないし、ベッドにも入らないわ」彼女は憤りながらも、あのたった一度ベッドをともにした夜のようにふいに無防備な気分に陥り、自分を守るように胸の前で腕を組むと、ルーカスの手が届かない場所までそわそわと移動した。「お忘れではないでしょうね――わたしに時間をくれるという約束を？　約束は守っていただきたいわ。言ったでしょう、二年前の新婚初夜、この身を委《ゆだ》ねることをわたしに強いた男は、恥ずべきやり方でわたしを奪ったのよ」

「申し訳なかった」ルーカスは茶化すような笑みを浮かべ、目をぎらりと光らせた。「今度はうまくやると約束しよう。だが、慎み深くするのもここまでだ。きみは気乗りのしない処女をどこまでも演じるつもりらしいが、そうしなければならない理由がもうどこにもないのはきみもわかっているはずだ。ぼくと同じベッドに入るのがいやなのか？」

「いやなのは、ベッドの中で起こることよ」ローラはつんと顎を高く上げ、言い返した。

ルーカスは彼女をじっと見つめながら、うなずいた。「では、教えてくれ。ダンスの最中にきみはぼくを寝室に招待したのか、しなかったのか？」

ローラは彼をにらみつけた。「あのときなんと言ったにせよ、心変わりしたのよ」

ルーカスは苛立《いらだ》たしげに髪をかき上げ、声を出さずに悪態をついた。だが、いくら彼女が勇ましく刃向かおうが、巧妙にぼくをかわそうが、ぼくは撃退されないし、くじけもしない。それどころか、この状況はかえって刺激的でおもしろい。忍び寄る豹《ひょう》のような優雅な身ごなしで、彼はローラに近づいた。

ローラは一歩も動かなかった。

ルーカスはのしかかるように彼女の前に立ちはだかり、滑らかな声で言った。「きみを傷つけはしないよ、ローラ。それは約束する」

「初めてのときもそう言って、わたしを傷つけたわ」彼女が反撃した。

ローラがその大きな瞳の奥にあのときの痛みを甦《よみがえ》らせているのを見て、彼は身をこわばらせた。ああ、ぼくはあの夜、彼女になんてひどいことをしてしまったのか。ローラの緊張を解いてやらないかぎり、何をしても結局また傷つけてしまうだろう。

彼はローラの二の腕にそっと両手を置き、彼女を引き寄せた。「ぼくは怪物ではない、ローラ。きみがどうしてそんなにぼくに当たるのかわからない」

「わからない？　そうされて当然だとわたしは思うけれど。もう一度言うわ。出ていって、ルーカス。

これ以上、あなたに言うことは何もないから」ローラは冷ややかにそう告げると、体をねじって彼の手から離れた。だが次の瞬間、ふたたび捕まってくるりとまわされ、気がつくと彼の硬い胸板に激しく押しつけられていた。

「よく聞け、ローラ」ルーカスはいきりたった。「ぼくをばか者扱いするな。頭が空っぽの子どもみたいに追い払うな。さっきのような口のきき方をされる筋合いはない。そうとも、きみには時間を与えた。二人が一つになる避けられない瞬間に向き合うための時間を。ぼくの堪忍袋の緒は切れかかっている。もう限界まできている。これで、ぼくの言いたいことが、すっかりわかったか？」

「わかりましたとも」彼女は自分を容赦なく締めつける腕から、体をぐいと引き離した。「すっかりね」そして堂々と刃向かうように、つややかな黒髪をひと振りして、彼に視線を投げた。あなたに反抗するのをやめる気はさらさらありませんから、とその目が告げている。「言っておきますけれど、今も、これからも、わたしを支配して言いなりにさせようとする男はごめんだわ。自分を慕う従順な女と結婚したと思ったのに実はそうではなかったと知って、あなたはがっかりでしょうね」

「きみはそのうちぼくに従うようになる」

ルーカスの傲慢《ごうまん》さに、ローラは彼の向こうずねを蹴《け》飛《と》ばしたくなった。「話はそれで全部かしら？」

「いや、もう一つ」銀色の目が彼女の瞳をかっとねめつける。「ぼくは修道士の生活を続けるつもりはないし、さらに言うなら、夫婦が寝室を別にするのをよしとしない。だから、主寝室の準備を整えておくように。塔の部屋からぼくの物を運び入れるのは、ジョンがやってくれるだろう」

ローラの瞳が燃え上がった。完全に言葉を失ったらしい。やがて口を開こうとした彼女の唇に、ルーカスは人差し指を押しあて、氷のような声で言った。

「きみに分別があるなら、反論はなしだ」

そう言うと彼は後ずさり、ローラの体に隈《くま》なく視線を這《は》わせた。彼女は裸にされた気分だった。

「がっかりしたのではなくて？」ローラはぴしゃりと言った。

「とんでもない。きみには賛辞を贈りたい。ぼくの狂おしくも激しい期待……。今、自分がどんなに美しいか、きみはわかっているのか？」

「キャロラインと同じくらいかしら？」彼女は歯ぎしりして言った。ルーカスの冷笑、そのしゃくにさわる自惚《うぬぼ》れが、ついにローラの脆《もろ》い自制心を打ち砕き、頬がかっと熱くなった。「それとも、まだどちらとも決めかねるということかしら？　だから、彼女の部屋からわたしの部屋へ来たの？　二人を見比べるために？」

10

気でも狂ったのか、という目でルーカスが彼女を見つめ、全身をこわばらせた。呆気《あっけ》に取られた顔が抑えがたい憤激の表情に変わる。事態がようやくのみ込めたのだ。「きみはいったい何を言っている？　まさか、ぼくがキャロラインと関係を持ったと言って責めようとでもいうのか？」

ローラは彼の正面に近づき、新たに一戦交える構えで銀色の目を見据えた。波打つ胸には彼に負けない憤激がたぎっている。「ええ、そうですとも！　わたしとエドワードのことを非難しておきながら、そんなふるまいに及ぶなんて、偽善者もいいところよ、そうじゃなくて？　慎み深く行動するだけの礼儀はわきまえていただきたいわ」

「口を閉じたほうが身のためだぞ」ルーカスは低く荒々しい声を出した。

「ええ、閉じるわ、ルーカス。ただし、妻のいる家であなたがモラルを守るならば。わたしの前に二年ぶりに姿を現したあの夜、あなたは厚かましくもモラルとたしなみについて説教したじゃないの――わたしが誰かれ相手かまわず、田園地帯を遊びまわっていると非難して！」ローラは猛然と嘲《あざけ》り、ウエストのくびれに両手をばんと置いて、彼のほうへ顔を近づけた。「傑作だと思わない？　あなたこそ、イギリス一の放蕩《ほうとう》者でしょうに！」

「なんて言いぐさだ！　口に気をつけろ」ぐっと細めた目に憤激が燃え上がっている。「ぼくが品行方正でないと責める気なら、きみはぼくのことがわかっていない」

「今夜、わたしはこの目で見たのよ――塔へ続く二階の廊下にあなたが現れ、あなたのお客様の寝室へ忍び足で入って、彼女を腕に抱きしめるのを。この期に及んで、あなたのことなど知りたくもないわ。絶対に」夫の顔をねめつけたままローラは叫んだ。

ルーカスの顔は目鼻立ちの整った仮面に似て、石のように無表情だったが、その下にぐっと抑え込まれた激情が伝わってきた――ローラの肌に。それは熱波となって彼女に向かってくる。

長く恐ろしい沈黙が流れ、ルーカスがようやく口を開いた。「それでぼくがキャロラインと深い関係にあると決めつけるのは、おそまつすぎるだろう。あきれたな、ローラ！」彼は嘲った。「きみは不必要な苦しみに自分を投じている。ありもしないものを見て、わざわざ自分を笑い物にしている」

「笑い物だなんて言わないで」ローラの頭に血が上った。証拠といってもたしかなものではなく、自分が疑いを募らせ、屈辱に駆られて、彼を責め立てているのはわかっているが、もう自分を止められなかった。「そう言うと思ったわ。あきれるのはこっちよ。なのに、あなたは恥じ入るどころか、わたしをひどく苦しめておきながら後悔の表情一つ見せない。わたしの気持ちを少しでも考えたら、あんなまねはできなかったはずよ」

「きみの気持ちは考えている」彼はうなるように言った。「それはすでにはっきり伝えたつもりだ」

「男というのは大事に思う女性を――自分の妻を、こんな残酷な目に遭わせるの？　妻がいるその家で？　もしそうなら、大事になんか思ってもらわなくてけっこうよ」

「生意気な口をきくな！」

「あなたこそ――この好色漢、けだもの！」

浴びせられた罵《のの》り《し》は聞き流し、ルーカスはさっと眉間《みけん》にしわを寄せた。「ぼくを非難する理由について、きみはよく考えたほうがいい」

「なぜ？　わたしは信じていたのよ。あなたは名誉を重んずる人で、モーガンの名を汚すようなまねはけっしてしないと。そして、アントンの親友だったと。でも、彼が亡くなってまだいくらもたっていないのに、その妻を誘惑するなんて、親友のすることかしら？」

彼女につかみかかろうとした勢いがうせ、ルーカスは後ずさった。「ああ、ローラ。それは言いすぎだ。きみはいろいろな意味でまだ若く、うぶなのかもしれないが、そこまで愚かだとは思わなかった」

「おっしゃるとおり。わたしはひどくうぶで愚かだったわ。わたしは自分で何を言っているのかわかっているし、何を見たのかもわかっているの。わたしが絶対にあなたとベッドをともにしたくない理由が、これでおわかりでしょう」

ルーカスは理性をかなぐり捨て、怒りをぶちまける寸前だったが、ふいに肩をすくめ、ローラに背を向けてさっさとドアへ向かった。「勝手にしろ、ローラ――ぼくをどうしても悪者にしたいなら」

彼はドアを開け、立ち止まってローラを振り返った。もうこっちも黙ってはいられない。自分は痛めつけられ傷ついたが、それをそっくりお返ししよう。美しい彫像のように青ざめ、微動だにしない彼女の荒れ狂うダークブルーの瞳が、今ぐらりとよろめく瞬間を見ずにはいられない。「さっきキャロラインの寝室へ行ったことは認める。そして、きみがもしもう少しそこにいたなら、三分後にぼくが部屋から出てくるところも目にしたはずだ。ぼくの目的はただ一つ、届いたばかりの悲しい知らせを彼女に伝えることだった――母親の死を」

ルーカスが出ていったあと、ローラは閉じられたドアを見つめた。わたしはなんというへまをしてしまったのだろう。夫を信用せず、夫が差し出してくれた愛をつっぱねたのだ。早とちりしてキャロラインとの関係を非難するなど、どれほど愚かなの。

ベッドにどさりと座る彼女の頬を涙が止めどなく流れ、ほっそりした体がぶるぶる震えた。ひとしきり泣いたあと、ローラは夫のところへ行かなくてはと思った。昔、お父様が言ったでしょう、けんかしたときはすぐに仲直りしておかないと、あとで余計つらい思いをすることになるよ、と。

だけど今夜、わたしはそのルールを破った。

ローラは立ち上がると部屋着をまとい、母を亡くしたキャロラインを慰めようと寝室を出た。

ローラとの口論が頭の中を駆け巡り、ルーカスはそれ以外何も考えられなかった。ロズリンに戻って二週間、自分は妻に触れることもままならず、そして入り江でカーライルにでくわしたあの日以来、二人のあいだには一触即発の緊張した空気が流れ続けた。今夜、ゴージャスな青いドレス姿の妻を目にして、その美しさに息をのみ、気が狂いそうになった。

だから、もう何も考えずに情熱の一夜を過ごそうと、ローラの寝室を訪れたのだ。だが、待ちに待った歓喜の夜は一転して、修羅場へと変わった。

パーティーから戻ったとき、外出中にロンドンから届いた何通かの手紙に目を通さずにいられなかった。その中にレディ・ウェストンの訃報《ふほう》も含まれていたのだが、それを伝えるためにキャロラインの部屋まで行こうなどと考えなければ、今ごろ自分は妻とベッドの中にいたはずだ。

夫がキャロラインと関係を持ったと思い込むローラはどうかしている。とはいえ、彼女にしてみれば、こんな遅い時刻に一人でキャロラインの寝室へ入っていく夫を目にすれば、そう勘ぐりたくもなるというわけだ。確かめもせずにいきなり非難しなくてもいいだろうとは思うが、それを言うなら、自分もあのとき同じことをしたのではないのか？　カーライルとの関係について残酷なまでにローラを問いただし、カーライルとベッドをともにしたことはないと彼女が答えたにもかかわらず、そんな言葉など信じられないという顔をしたのではなかったか？

すさまじい飢えと暴れまわる怒りが彼の中で激しく闘い、塔の部屋でまた悶々《もんもん》と孤独な夜を過ごす気にはとうていなれなかった。体を動かし、頭をはっきりさせたいと、ルーカスは屋敷を出て馬屋に向かった。そして、愛馬のブラッケンに八つ当たりするように必要以上に拍車をかけて入り江へ駆け下り、ふたたび崖《がけ》を駆け上がって、さらに内陸部へ進んだ。

雲間から見え隠れする月が固い大地の上に浮かんで、緩やかにうねる風景に、気まぐれに変化する光を投げかけていた。力強くたくましい愛馬を異常な速さで走らせている孤独な男の姿を目にする者も、月の光を浴びて水銀のように閃《ひらめ》く蹄《ひづめ》の轟《とどろ》きを耳にする者もいなかった。そして、馬の大きく開いた鼻孔を、男の汗に濡《ぬ》れてきらめく上着を、拳《こぶし》のように盛り上がった筋肉を見る者もいなかった。

ついにルーカスはスピードを緩め、屋敷へ戻ろうと川にかかる板橋へ向かった。川は深く急流で、そこから四百メートル先でロズリン入り江の砂浜へとあふれ出している。

ルーカスの荒れ狂う感情はまだ静まっていなかったので、ブラッケンの耳が警戒するようにさっと後ろへ動いたのに気づかなかった。そして、板をがたがたと踏み鳴らす蹄の音が聞こえたとき、初めて橋の反対側にいるもう一頭の馬と乗り手が目に入った。

ルーカスは鞍《くら》の上でぞっとして、自分に近づいてくる黒い魔物を見つめた。月光が葉の落ちた木々の枝のあいだから差し込み、橋の上に不吉な影を落とす。ルーカスがまず思ったのは、自分がなんの武器も持っていないということだった。警報のように背筋がちりちりして、みぞおちが凍りつく。彼はそろりそろりと慎重に馬を橋から後退させ、木の茂みに入ったが、そこは崖っ縁で、一歩間違えば落下するしかない危険な場所だった。そしてブラッケンの蹄の下で、崩れやすくなった石と土が押し出され、それが川に向かって転がり落ちていくのを見て、ルーカスは自分の危機的状況を悟った。

突然、耳を聾《ろう》するほどの大きな銃声が鳴り響いた。閃光《せんこう》とともに、何かが彼の肩にものすごい勢いでぶつかった。いきなり襲いかかってきた恐怖に、ブラッケンは後ろ脚で立ち上がっていななき、ルーカスは必死で鞍にしがみついた。馬は崖っ縁から後ろ向きにずるずると滑り、ついで前脚でゆっくりと空をかいて、背中に彼を乗せたままひっくり返った。

ルーカスは岩に頭を叩《たた》きつけられ、脳に白い閃光と痛みが走るのを感じながら落下していった。最後に何か柔らかな物の上に体がのった瞬間、頭の中で闇《やみ》が爆発し、厚いカーテンのように彼を包み込んだ。

キャロラインは、母の死より妹の行く末が心配でならないようだった。ロンドンへ駆けつけ、妹のそばにいてやりたい気持ちでいっぱいらしいが、ルイスのことを考えるなら身を隠しておくしかなかった。

ローラは真夜中すぎまで彼女のところにいて、それから自分のベッドへ戻った。だが、いっこうに寝つけなかった。目を閉じるたびにルーカスの姿がちらつき、どれほど彼を怒らせてしまったかと思うと、胸が痛んだ。夜が明けたときは、ほっとした。さっそく起き出して身支度を整え、一刻も早くルーカスに謝りたいと塔の部屋へ上がった。ドアを叩き、彼が応《こた》えてくれるのを待った。だが返事はなく、彼女は用心深くそっとドアを押し開けた。室内は昨日メイドがきちんと片づけたときのまま、ベッドは使われた形跡がなかった。ローラは彼を捜して階下へ急ぎ、玄関広間でジョンにでくわした。

「ジョン、ルーカスがどこにいるか心あたりがあるかしら？」

「いいえ、奥様。きっと朝早くお出かけになったのでしょう。ジョージが知っているかもしれません」

「そうね。彼にきいてみるわ」

「わたしもお供します。ご主人様が朝食をとらずに出かけられるのは珍しいことなので」

ローラは気もそぞろに、馬屋へ急いだ。囲い《パドック》に馬は数頭いるが、ルーカスの栗毛《くりげ》の姿がない。空の馬房の奥から口笛が聞こえた。低い扉越しに顔を突っ込むと、ジョージが藁《わら》や馬糞《ばふん》をくまでぐわで手押し車に移しているのが見えた。

「ジョージ、夫を見なかったかしら？」

「見てねえです、旦那《だんな》さんが昨日ステナックから戻ってきてからは」

「あなたは今朝何時にここへ、ジョージ？」

「六時です。そのときもうブラッケンはいなかった」

ローラは顔をしかめて周囲の田園地帯を眺め渡し、崖の上に何かちらりとでも動くものがないか探した。ついで、谷間とそこに埋もれたロズリン村に目をやったが、その風景のどこにも人影はなかった。すでに風が立ち、白目色の空からこぬか雨が降り出している。暗くどんよりした空気に包まれ、彼女は身震いした。恐怖がじわじわと心に入り込んでくる。

「何か変だわ、ジョン。わたしにはわかるの。彼のベッドが使われた形跡はなかった。ということは、ひと晩じゅう出かけていたのかもしれないわ」

ジョンが振り向いてローラを見た。そのまなざしは鋭く、気味が悪いくらい洞察力に満ちている。

「さぞご心配でしょう、お察しします」

二人は黙って目と目を見交わした。ローラはうなずいた。「彼がどこにいるのか、正直、不安でたまらないの」

彼女は自分の馬に鞍をつけるようジョージに頼んでから、マントを取りに屋敷へ引き返した。馬屋に戻ってみると、ジョンが馬上から彼女の馬の手綱を握っていた。ローラは問いかけるように彼を見た。

「奥様が一人で馬に乗って外出されるのをご主人様がお許しにならないのは存じておりますので、わたしがお供します」

ローラはにっこりした。「それはありがたいわ。まずステナックへ行ってみましょう。夫は鉱山で何か気になることがあって、夜中に出かけたのかもしれないわ」

ステナックの敷地に入ると同時に彼女にはわかった。エンジン・ハウスの中から、がらんごろん、ごうごうと音が聞こえてくる日はそう遠くない。新しい蒸気機関の設置が完了したとき、それがステナック鉱山復活のときとなる。銅と錫《すず》の採掘が始まれば、小さい子どもらは地上の小屋で、男と少年たちは地下の坑道で仕事ができるようになるだろう。

ローラは馬を止め、二人の男が垂直の梯子《はしご》を下りていく様子に見入った。梯子は地下深く延びており、明かりは男たちの帽子に粘土でくっつけたろうそくの明かりだけだった。まもなく鉱山の底から水を抜く作業が本格的に始まる。ある程度の深度までは、採掘場へ横坑《よこあな》を掘れば丘の斜面へ自然に排水されるが、今度の新しい蒸気機関なら、横坑が掘れない地の底まで採掘場を広げて安全も確保できるだろう。高い性能を備えたこのポンプは、一度に何トンもの水を汲《く》み出せるのだから。

新しい縦坑がすでに掘り進められていた。というのもルーカスは別の方角へ——海水が流れ込んだ南側から離れて坑道を広げる計画だったのだ。狙《ねら》うのは需要の大きい銅で、錫はもう落ち目だった。

採掘の仕事につきたい者はいくらでもいる。生きのびるのに必死という彼らは、家族を養うため、食卓に食べ物をのせるため、鉱山の地下で働く恐怖に打ち勝つのだ。鉱山の一部が二十人の男と少年たちの永遠の墓場となっていることを知りながら。

エンジン・ハウスからマーク・トリメインが姿を現した。くしゃくしゃのダークブラウンの髪に、四角く張った顔。人好きのするその大柄な男は、ローラたちに気づいて大股でやってきた。

「おはよう、マーク」ジョンが言った。「サー・ルーカスを捜しているのだが。もしや、ここでは？」

マークが首を横に振る。「いや、まだだが、あとで来ると思う。何か力になれることがあるかな？」

「いえ……大丈夫よ、マーク」ローラは言った。「夫にはまたあとで会えばいいから」

マークはうなずき、仕事に戻った。

「次はどこへ？」ジョンが尋ねた。

「どうしましょう」ローラは目に不安をいっぱいためて答えた。「ロズリンの中をまわって、借地人の誰かとでも会っていないか確認しましょう」

「それはないように思います。今日は日曜ですから、ステナックで作業する男たちは別として、ご主人様が安息日に働き手たちを邪魔することはけっしてありません」

「それはそうね。でも一度見まわって、ロズリン村を通って戻ることにしましょう。夫を見かけた人が誰かいるかもしれないわ」

馬を並足で歩かせながら、二人は内陸へ続く小道を進んだ。ローラが何度も馬で通ったことのある道だった。なんの収穫もなく一時間が過ぎたとき、二人はふたたび海へ向かい、丘のてっぺんで馬を止めた。そこには長年、風雪にさらされてねじ曲がり、節くれだった二本のオークの老木が立っていた。霧雨はすでにやみ、太陽が懸命に雲間から顔をのぞかせようとしていた。ローラは周囲をぐるりと見渡した。何も動きはない。二人は馬を駆り立て、板橋のほうへ下りていった。

木の板の上でローラは馬を止め、ジョンが自分に追いつくのを待った。小柄な雌馬が急に落ち着きを失い、尻尾《しっぽ》をぴんと立て、鼻孔を広げ、頭を振っていななき、さらに鼻を鳴らした。橋の高さに怯《おび》えたのかもしれないが、ほかにも原因があるのかもしれないとローラは思った。橋の反対側には、馬を不安に陥れるようなものは見当たらない。

本能に導かれるように、彼女の目が橋の縁に引きつけられ、手すりを越えて、下に流れる川をのぞき込んだ。日差しが雲を突き抜け、岩だらけの川床をさざ波を立てて転がり落ちる急流を照らし、水がきらきらと輝いている。ローラは川底をさっと見てから、両岸の苔《こけ》むした土手に目を走らせた。そして、横を向こうとした瞬間、何か黒い形をしたものが注意を引いた。

ここには場違いなものに思えて、彼女は目を凝らし、それが何かわかったとたんぞっとした。水際に大きな栗毛の馬が倒れている。四肢と首はグロテスクな角度に折れ曲がり、胴体の上には外套《がいとう》を着た、人の形をしたものが覆いかぶさっている。

喉が締めつけられ、かすかに悲鳴のような声がローラの唇からもれた。馬から飛び降り、手すり越しに下をのぞき込む。「ルーカス！」

ジョンがローラの横に馬を止め、すばやく鞍から降りて、彼女の視線をたどった。そして、表情を変えずに冷静に告げた。「屋敷へ戻って、ジョージにここへ来るよう伝えてください。ご主人様をのせて運べるものを持って」

「ルーカスは……落ちたのよ！」ローラは感情を高ぶらせ、手すりから身を乗り出して叫んだ。「下まで行って確かめなければ――」恐怖で喉がつまり、声が出なくなる。彼に駆け寄りたいという胸をかきむしられるような思いをローラは必死で抑え込んだ。体がぶるぶる震えている。ルーカスの生死はまだわからない。もし死んでいたら、と考えるだけで心が引き裂かれそうになった。

「わたしが下ります、奥様。ですが、馬で入り江まで行って、そこから川をさかのぼらないといけません。ほかに道がないのは奥様もよくご存じのはずです。さっきも言いましたとおり、ジョージを呼んできてください」ジョンはいつになく、きっぱりとした声で言った。「これは一刻を争う事態だということをお忘れなく。急いでください」

恐怖にかっと目を見開き、ローラは彼にうなずいた。「ええ、そのとおりね、ジョン」

最初の衝撃は通りすぎたのだからパニックに陥るまいとローラは思った。だが、まるで何かに追いかけられているように馬を走らせ、屋敷の馬屋の庭に駆け込んだ。がっしりした体格のジョージがローラの前に立ち、彼女の目に浮かぶ苦悶《くもん》と、ジョンが一緒でないことにただならぬ事態を予感しながら、馬を降りる彼女を助けようと両手を伸ばした。

ローラはただちに事故があったことを伝え、ジョージとその息子を現場へ急がせると同時に、スーザンにドクター・コルビーを呼びに行かせた。

待つ時間は果てしなく、そしてジョンとジョージが急ごしらえの担架にルーカスを縛りつけてようやく屋敷にたどりついたとき、彼女は込み上げる恐怖に、自分の喉をぎゅっとつかんだ。旦那様は亡くなりましたと告げられるのが怖くて、そちらに目を向けることも尋ねることもできなかった。ジョンが急いで言った。

「息はあります。少なくとも、心臓はまだ動いています。落下の衝撃で気絶したと思われます——失血して意識を失った可能性も。運よく、馬の上に落ちたおかげで命拾いしたのでしょう。どの程度の怪我《けが》かわかりませんが、ひどく出血しています。ドクター・コルビーを呼びましたか？」

「ええ。まもなくいらっしゃるわ」ローラは努めて冷静な声を出したが、極度の緊張状態にあることは、動揺した真っ青な顔と苦しげな目に表れていた。夫の傍らに立ち、額に触れ、熱はないとわかってほっとしたが、その冷えきった体も、同様に危険を示す状態だ。「わたしの部屋へ運んでベッドに寝かせて。わたしが付き添うわ。必要なら夜も昼も、彼の意識が戻るまで——お願い、慎重に。ああ、気をつけて」担架を傾けながら階段を上っていく二人にローラは言った。ジョンとジョージが彼を手荒に扱うはずはないのに、心配のあまりついそう言葉が出た。

二人は寝室にたどりつくと、ミセス・トレネアの手ですでにタオルが敷かれたベッドに担架を下ろした。ルーカスを縛りつけていたロープが解かれ、彼は慎重にベッドに移された。そして、担架を持って退室するジョージと一緒に、ミセス・トレネアが湯と包帯を取りに出ていった。

ローラは怪我の程度を確かめようと、夫の上に屈《かが》み込んだ。どうか、助かる見込みがないほどの致命傷を負っていませんように。

黒い巻き毛が濡れて頭に張りつき、顔は青白く引きつって、頭部に血の固まった深い裂傷が一つと、顔や手にいくつか擦り傷がある。まぶたを持ち上げると、眼球が反転しているのが見えた。大量に失血したせいで脈が弱い。もう一滴も失ってはならない。いつもあれほどたくましく、すべてを取り仕切り、有能で誰の手も必要としないように見えた人が、こんなふうになるなんて！　ローラは胸を——自分でも知らなかった隠れた場所を衝《つ》かれた。

「服を脱がせないと、ジョン」湿った上着に触れながら言う。「重い傷を負っただけでも大変なのに、このうえひどい風邪でもひいたら。それに、脱がせてみないと怪我の状態はわたしたちにはわからないし、すぐに処置しないと失血死するかもしれない」

ジョンはもっともだと思い、夫の上に屈み込んでいる若き女主人をしばし見つめた。賞賛が胸にわき上がった。奥様には驚かされてばかりだ。どんな危機的状況を前にしても逃げることなく、その解決にただひたむきに全力で取り組むのだから。

ジョンは主人の足から乗馬用の長靴を引き抜き、ついで湿った上着を脱がせるローラに手を貸した。下のシャツは血でぐっしょり濡れており、肩のところに焦げた穴が空いているのに二人とも気づかなかった。人間が、こんなに失血してまだ生きていられるとはローラは想像もしていなかった。血でべっとり張りついたシャツを肌からはがし、出血の原因が明らかになった瞬間、二人はあっと息をのんだ。自分の目が信じられず、肩にぱっくり開いた傷口を無言で見つめる。先に口を開いたのはローラだった。

「ああ、ジョン！」この新たな展開にぞっとして、あえぐように言った。「夫を殺そうとした人がいるわ。彼は撃たれたのよ！」

「そのようです。そちらへ体をまわすのを手伝ってください、奥様。弾が貫通したか確かめたいので」

二人は協力してルーカスをそっと横向きにした。

「ああ、弾は体に残らず、きれいに抜けたようです」

「いったい誰が彼を殺そうと？」夫を仰向けに戻したあとでローラは言った。「なんの目的で？」

「それについて考える時間はいくらでもありますよ、奥様。まずはご主人様の体をきれいに拭《ふ》いて、ドクター・コルビーに診てもらいましょう」幸い銃弾を受けたのは肩の上のほうで、心臓が損傷することはなく、唇に血の泡がついていないところを見ると、肺にも穴は空いていないらしい。

ローラは神に感謝した。胸に傷を負って口から赤い泡を噴いたら、助からない場合が多いというのは知っていたからだ。


そのとき、ミセス・トレネアが湯と包帯を持って現れた。あれこれ考えている暇はない。ローラは肩の出血を止めようとリネンを厚く丸めて銃創に押しあて、ミセス・トレネアの手を借りて、あちこち皮膚のすりむけたところを拭きはじめた。崖から落ちたときに体に付着した泥をそっと拭《ぬぐ》い取り、汚れた両手を湯に浸す。最初に思ったほど、傷は深くなさそうだ。銃創を別にすれば、いちばんひどいのは頭の裂傷で、大量に出た血はすでに固まっていた。また出血しないよう気をつけながら、傷口を洗った。

ドクター・コルビーが到着した。ドクターはジョンより年上だが体は頑丈で恰幅《かっぷく》がよく、態度はぶっきらぼうだ。目の色は淡く、顔から船の舳先《へさき》のように鼻が飛び出している。彼はこの四十年、ロズリン村の老若男女の誕生、死、病気のすべてを司《つかさど》ってきた。事実、その医者としての手腕を今緊急に必要としているこの男――ルーカスを取り上げ、世に誕生させたのもドクター・コルビーだった。

医師はただちに取りかかった。ジョンを助手にして、ルーカスの膝丈のズボン《フリーチズ》を手早く脱がせる。見るのは憚《はばか》られる気がしてローラは後ずさった。考えただけで頬が熱くなる。自分のベッドにいる男は自分の夫だというのに。なんとか平静は保ったものの、彼の腰にシーツがかけられるまで、ローラはベッドに近づかなかった。

骨折していないかルーカスの手足に触れたあとでドクター・コルビーは、大丈夫そうですねと言ってローラを安心させた。肋骨《ろっこつ》にひびが入ったかどうかはまた別の問題で、彼の意識が戻るまで断定はできないらしい。銃創に関してはドクターもジョンと同じ所見で、血液を毒する鉛の弾は残っていないし、急所ははずれていると診断した。診察がようやく終わったところで、ルーカスの肩は前も後ろもきれいに拭かれ、白い膏薬《こうやく》が塗られた。そして、新しいリネンが傷口に当てられ、胸を横切るようにして包帯がきっちり巻かれた。

清潔なタオルで手を拭きながら医師がローラを見た。「予断を許さないのは言うまでもありません、レディ・モーガン。銃創は致命傷でないとしても、崖から落ちたときに受けた傷はまったく別問題です。意識を失ったのは頭を強く打ったからでしょう。いつまでこの状態が続くか、様子を見るしかありません。しかしながら」と、顔面蒼白《そうはく》になって目に苦悶を浮かべているローラの腕を、慈愛を込めてそっと叩いた。「ご主人は並はずれて強靭《きょうじん》な男性だ。感染症にかからず、安静にして、あなたに優しく看病してもらえば、きっと回復すると思いますよ」

「ありがとうございます、ドクター・コルビー。わたしもそう願っています」

ドクター・コルビーは眉をひそめ、問いかけるような目で彼女を見た。「何があったのか見当がつきますか？　誰がご主人の命を奪おうとしたのか？」

ローラはかぶりを振った。「いいえ。まったく」

「では、地元の治安判事であるウォルター・エインズワースに、この事件のことを知らせるべきだと思いますよ。誰がやったにせよ、野放しにはしておけません。わたしはこれからロズリンへ戻りますが、ついでに判事のところへ寄りましょうか？」

ルーカス殺害に失敗したと知って、犯人がまた襲ってこないともかぎらない。その悪党を捕まえるのに役立ちそうなことなら、なんでも歓迎だ。「ええ、お願いします、先生。そうしていただけるとありがたいですわ、ご迷惑でなければ」

「おやすい御用です。明日の朝、また様子を見に来ますが、それまでにわたしが必要になることがあったら、遠慮なく呼びつけてくださいよ」

11

昼はいつしか夜に溶け込んでいった。ジョンは暖炉の火が長持ちするよう薪《まき》をかぶせて、ベッドのところへやってきた。

「寝てちょうだい、ジョン」ローラは言った。「待つこと以外にすることはないもの」

「奥様は？」

「ああ、椅子でやすむわ」彼女は座り心地のいい椅子をベッドに引き寄せた。「ルーカスの意識が戻ったときここにいたいから」

わかりましたとジョンはうなずいたが、ローラの乱れた髪と疲れてやつれた顔を見て、しかめっ面をした。「あとで交代しましょうか？　ちゃんと休息をとらないと、体力が持ちません」

「いえ、本当に大丈夫。ありがとう。必要なときはあなたを呼ぶから。約束するわ」

そして夜通しの看病が始まった。そこには、ただひたすら待つだけの、気の遠くなるような時間があった。椅子の背に頭をもたせかけ、目を閉じたローラはうとうとしながらルーカスの夢を見ていたが、真夜中すぎに突然ベッドで音がして、目が覚めた。

椅子の中でぱっと体を起こし、ベッドに横たわる夫を見る。ルーカスはうわごとを言い、小さくうめきながら首を左右に激しく振っていた。赤くなった顔に手を当てると、熱があるのがわかった。ローラは水に布を浸して絞り、そっと額にのせた。その冷たさが彼を落ち着かせたらしく、静かになった。そのとき、ルーカスが熱っぽい目を開け、彼女はどきっとした。目は充血し、うつろで、彼の上に屈《かが》み込んでいるのがローラであることも明らかにわかっていない。彼はとりとめもなく何かつぶやきはじめたが、ローラには理解できなかった。

傷が化膿《かのう》しているに違いない。それは勘だったが、ルーカスがこんな状態になる原因をほかに思いつかなかった。包帯に血はにじんでいなくても、はずして確認してみなければ。もっと明かりが欲しいと、ろうそくを数本ベッドのそばに置いていたとき、ドアが開いてジョンが入ってきた。ローラは感謝のまなざしを向けた。助けが必要になるのはわかっていたからだ。今、ルーカスはふたたび落ち着きを失い、胸の包帯をかきむしり、目をかっと見開いていた。

「熱が出たの」彼女は言った。「傷を見たほうがいいわ。化膿していると思うから」

ジョンに彼の体を支えてもらいながら、ローラは包帯をはさみで切り、その数時間とも思える数分が過ぎたとき、ようやく包帯が取り除かれ、傷口があらわになった。見るも恐ろしげだったが、彼女はひるまなかった。これが別のとき、別の相手だったら戸惑いもしただろうが、今は緊急事態で、びくついている暇はない。傷口には膿《うみ》がたまり、周囲がひどく腫《は》れ上がって、赤く炎症を起こしているのだから。

「湿布を当てて膿を出したほうがいいかもしれないわ、ジョン。あなたはどう思う？」

「それがいいかと。マーサに言って、湿布を作らせます」

「あなたではだめなの？　あなたの奥さんを起こすのは忍びない気がするわ」

「妻も心配で眠れないのです。自分が少しでもご主人様のお役に立てるなら、こんなありがたいことはないと申すでしょう」

　ジョンが出ていったあと、ローラは傷口を清潔なリネンでそっと拭《ぬぐ》い、それが終わったときちょうどジョンとその妻が入ってきた。ローラは飛び上がりそうになった。ルーカスの口から罵詈雑言《ばりぞうごん》が流れ出したのだ。熱でどんよりした目を見開き、ベッドの上でふたたびのたうちまわり、そして最後には力尽きたように枕《まくら》に頭を沈めて、暗く柔らかな忘却の世界へ戻っていった。ぐったりした彼を見てローラは心配になり、ジョンにちらりと目をやった。

「大丈夫かしら？」

「そのようですね」いかめしい笑顔で答える。「この状態で、あれだけ激しく罵《のの》りを吐けるなら。ご主人様は、断固、死と闘われるでしょう」

　ミセス・トレネアが傷口を見て、鼻にしわを寄せた。それから無言で背中の穴に鎮痛剤のバルムを塗り込み、胸の穴に湿布を当てた。包帯が取り替えられ、清潔なシーツがかけられると、あとはただ静かに見守り、祈るしかなかった。

　ふたたび一人になったローラは、疲れ果てた体を椅子に沈めた。ジョンは誰かほかの者に付き添わせましょうと言ったが、そういう気にはなれなかった。

彼女は夫の顔を見つめながら、心の中で繰り返し祈りを捧《ささ》げた。神様、どうか彼の命をお助けください。

それからの二日間、絶え間ない不安と恐怖の中でローラは精神的な麻痺《まひ》状態に陥り、呆然《ぼうぜん》としたまま看病を続けた。思考能力が低下し、何も考えられなかった。ただひたすら、自分が今するべきことだけに集中し、夫はいつ目を覚ますかわからないのだからとベッドのそばを片時も離れなかった。

ドクター・コルビーは毎日様子を見に訪れ、そして屋敷の者たち同様、回復の兆しを目にして安堵《あんど》の表情を浮かべた。落下したときに打撲を負い、全身に青あざが広がっているものの、傷の炎症は徐々に治まっていた。熱も引いて楽になったらしく、彼は深い眠りに落ちていた。手当てや世話で体に触れても、それが眠りを邪魔することはなかった。

ルーカスの傷ついた無防備な姿は、ローラの心に無数の感情を呼び覚ましたが、いちばん強烈なのは〝愛〟だった。それは眠る子羊のように胸の中に気持ちよく横たわり、居場所をしっかり見つけたようだった。

キャロラインはひどく心配して、たびたび部屋を訪れ、彼の容体はどうか、自分に何かできることはないかと尋ねた。彼女が見舞いに来てくれるのが、ローラは不思議とうれしかった。しかしあの夜、ルーカスがなぜ屋敷を飛び出していったのか、キャロラインに話したらなんと言うだろう。わたしが勘違いをして責め立てたせいで彼は殺し屋の手に落ちるはめになったと打ち明けたら？　自分の怒りが見当違いだとわかったとき、すぐに彼を追いかけて仲直りしていたら、こんなことにはならなかったのに――でも、それは後の祭りだ。

罪悪感と良心の呵責《かしやく》が心に食い込んでいた。ルーカスにあんなひどいことを言った自分を許せないが、彼がもし意識を取り戻したら、わたしを許してくれるかしら？　許してもらえないのではないかという恐怖がじわじわと胸を締めつける。

四日目の晩、ローラはまた長い夜に備えて椅子に身を沈め、折り曲げた両脚を体の下に入れた。部屋はぬくぬくとして心地よく、しばらくすると激しい疲労感が忍び寄ってきた。彼女はベッドに頭と両肩を預け、重いまぶたを閉じて眠りについた。

ルーカスはじっとしていた。そばで誰かが寝息をたてている。ということは、自分は目を覚ましたらしい。わずかな光の中をくぐり抜け、意識の底から懸命に浮かび上がり、ゆらゆらと目を開けた。まぶたが重く、視界がかすんでいた。驚いたことに、彼は柔らかなベッドに寝かされ、天蓋《てんがい》からベルベットの布が垂れ下がっていた。どうやら夜らしい。ろうそくが数本灯《とも》され、窓にはカーテンが引かれている。

ルーカスはふたたび目を閉じた。片方の肩に痛みが波のように打ち寄せてきた。頭痛がして、手足がだるく、力が入らなかった。胸がきつく締めつけられているのを感じて、おそるおそる指で探ってみる。そこにきっちり巻かれたものが包帯だと知って、彼は眉をひそめ、何があったのか思い出そうとした。

覚えているのは、真夜中に屋敷を出て、崖《がけ》に沿って馬を走らせ、そこから内陸部へ進み、屋敷へ戻ろうとして板橋へ向かったことだ。不安感、そして落下したときの感覚が甦《よみがえ》ってきたが、そのあとの記憶はぼやけ、ちぐはぐだった。

もう一度目を開けると、さっきよりも視界が鮮明になった。下を向き、自分の横にたっぷりと広がるブルーブラックのつややかな巻き毛に焦点を合わせた。一瞬、夢を見ているのだと思った。ローラがすやすや眠っている。その光景に、ルーカスの心がぐらりと傾いた。ろうそくの輝きを浴びた彼女の姿はしなやかで美しい。横を向いた顔がほんのりと赤らみ、長いまつげが頬に影を落とし、かすかに開いた温かな濡《ぬ》れた唇から吐息がもれている。

激しい喉の渇きを覚えながらも、ルーカスは彼女を起こしたくないと思った。その豊かな巻き毛にそろそろと手を伸ばし、長い指でそっと撫《な》でる。

ローラは自分がどのくらい眠っていたのかわからなかったが、髪が優しく引っ張られるのを感じて、はっと目を覚ました。首を上げると、シルバーグレーの瞳が自分を射抜くように見ているのがわかった。永遠とも思える時間、二人は見つめ合い、ローラはルーカスに自分の魂をのぞき込まれている気がして、胸がどきどきした。

「ルーカス！　目が覚めたのね。みんなとっても心配したのよ」

「水をもらえるか？」彼は干からびた唇のあいだから、しゃがれた声で囁《ささや》くのが精いっぱいだった。

彼女に助けられて、ルーカスは枕から少し体を起こすと、水をがぶがぶ飲んで、焼けるような渇きを静めた。だが、満足してまた仰向けになったとき、額は汗びっしょりで、負傷した肩の痛みに体力の限界を思い知らされた。

「何があった？」

「あなたは撃たれたのよ。覚えてないの？」

「ああ、ぼんやりとしか。頭の中がぐちゃぐちゃで――すべてが混沌《こんとん》としている。怪我《けが》の程度は？」

「重傷よ」負う必要もない傷を負った彼の痛みを思い、ローラは瞳を曇らせた。「あなたは頭をひどく打って、そして銃弾が肩を貫通したの。あいにく銃創が膿《う》んで、容体が悪化したわ。ドクター・コルビーが毎日往診してくださったのよ。先生がおっしゃるには、あんな高さから落ちて助かったのは奇跡だと。気分はどう？　まだかなり痛む？」

「まあね。砲弾にでも当たった気がするよ」ルーカスは動こうとして顔をゆがめた。

「あなたのベッドが使われた形跡がないと知って、ひと晩じゅう屋敷を離れていたに違いないと思ったのよ。ジョンとわたしは心配になって捜しに出かけ、土手に倒れていたあなたを発見したの。撃たれたときに崖から落ちたのね――そんなにあざだらけだということは。馬の上に落ちたのは幸運だったわ。それで命が助かったようなものだもの」彼女は小さな声で言った。「でも不幸にも、ブラッケンはそこまで運がよくなかった」

ローラの頭にあの衝撃的な場面が、忘れられぬ光景が甦った。かつて輝きを放ちながら囲い《パドック》を躍るように歩いていた高貴な姿と、川の土手に首が折れた状態で倒れていた痛ましい姿が目に浮かび、涙で瞳がかすんだ。ルーカスがどんなにあの馬を好いていたか、そして彼の喪失感がどれほどのものか、彼女にもわかっていたからだ。

「本当に残念だわ」ローラは囁くように言った。

「彼は美しい馬だった」

悲しみと自責の念がルーカスのやつれた顔に刻まれた。「あの馬は勇気と忠誠心にあふれていたよ、ぼくが知る大半の人間よりも」彼は静かに言った。「ブラッケンを失って寂しくなるが、ぼくの命を救ってくれた彼に感謝したい」

「もし……こんなことになるとわかっていたら、わたしはあの夜、あなたにあんなひどい言葉を投げつけなかったでしょう。どうか、わたしを許して」

ローラから浴びせられた非難、あのとき自分をのみ込んだ憤怒《ふんぬ》を思い出し、ルーカスの顔が険しくなった。だが、彼女の大きな瞳を覆う後悔を目にして、怒りの記憶は薄れ、唇に小さく笑みが浮かんだ。

「それはきみの本心か？」

「ええ」

「では許そう」

「ありがとう」ローラは囁き、彼の表情がやわらぐのを見てほっとした。

「どういたしまして」ルーカスは考えを巡らせるように彼女をじっと見た。「きみのベッドを使わせてもらったことに感謝しなければならないが、きみはどこで寝ていたのか尋ねてもいいだろうか？」ローラが答えないのを見て、彼はベッドの傍らの椅子へさっと目をやり、また彼女に視線を戻した。「ぼくは何日このベッドに？」

「四日間よ」

ルーカスはローラの目の下の隈《くま》と、美しい顔に浮かぶ緊張の色をまじまじと見つめ、そして理解した。

「光栄だな。きみはもうへとへとだろう。銃創の手当てはきみがやったのか？」

「ジョンとミセス・トレネアが手伝ってくれたわ。切り傷もきれいに洗ったの。体のあちこちがすりむけていたから――」ルーカスの目が自身の裸体にさっと注がれるのを見て、ローラは言葉をのみ込んだ。

幸いにも彼の下半身は上掛けの下に隠れていた。ルーカスは彼女の目に視線を戻すと、興味津々の表情で訝《いぶか》しげに片方の眉を上げ、引き締まった唇にわずかに笑みを浮かべた。ローラは心底動揺した。うわべの冷静沈着さとは裏腹に、思考は混乱状態に陥っている。

「そして、ジョンとその女房に手伝ってもらい、ぼくの服も脱がせたと？」

「わ、わたしは……」彼が考えていることが手に取るようにわかり、ローラは恥ずかしくてたまらず、髪の根元まで真っ赤になった。

ルーカスが腹立たしいほど顔をにんまりさせた。「おや。まさかそんなこととは。ぜひとも見てみたかったな。見逃して残念だ」

「何よりもあなたの体が心配だったのよ」ローラは言い返した。それでもまだルーカスは視線をそらさず、彼女は落ち着かなくなって目を伏せると、ベッドドの上掛けのしわを伸ばした。

「さっき意識が戻ったとき、自分が落下したことを思い出した。地獄に落ちたのかと、一瞬、本気で思ったよ」彼は静かに続けた。「でも、そんなはずがないと自分に言い聞かせた。天使がぼくの隣で眠っていたからね」

ハスキーな声の響きにローラはうっとりとして、今度は彼の目から視線を引き離せなくなった。「ばかを言わないで。あなたは幻覚を見ていたのよ」

「そう？」

「間違いないわ」彼女は落ち着きを保てなくなり、話題を変えたくて、こう尋ねた。「何か……何か食べたらどうかしら？　体力を取り戻すには食べないとだめよ」

「そうしよう」ルーカスは答えた。四日も食事をしていないと、おなかと背中がくっつきそうだった。

ローラは部屋を飛び出し、厨房《ちゅうぼう》でミセス・トレネアがこしらえたスープを器に一杯よそうと、ルーカスが目を覚ましたとみんなに知らせてから部屋に戻った。彼が半ば閉じたまぶたの奥から目をきらめかせ、唇にやや邪《よこしま》な笑みを躍らせて、寝ているマットレスの傍らをぽんぽんと叩《たた》いた。

「ぼくはあまりに弱っていて、自分で食事できそうにない」彼は意味ありげにつぶやいた。「きみに食べさせてもらうしかなさそうだ」

それは嘘《うそ》ではないだろう。しかし、ルーカスが何もできない怪我人に徹する気だと知って、ローラはびくびくしながらベッドに腰掛け、スプーンで彼にスープを飲ませた。目を伏せたまま、口へスプーンを運ぶことに気持ちを集中させたが、そのあいだずっとルーカスの視線が自分に注がれているのを感じていた。食事の介助を終えてベッドから立ち上がるまで、彼女は口をきかなかった。

「元気が出たかしら？」

彼はうなずいた。ひと匙《さじ》ひと匙スープを口にするたび、体に活力が流れ込んでくる気がした。ベッドから離れようとする彼女の手をルーカスはつかんだ。「ローラ、ぼくを見て」ベルベットのような深みのある声に、彼女の脈拍が危険なほど跳ね上がる。振り向いたローラに、彼は静かに重々しく告げた。「ぼくのためにきみがしてくれたことすべてに感謝する。心から」

「どういたしまして」彼女は囁いた。「あなたを撃った人物について、何か覚えているかしら?」

ルーカスは気持ちを落ち着かせるように長く息を吸い込み、つかの間、目を閉じた。口を開いたとき、その声は冷ややかな確信に満ちた無情な響きを帯びていた。「いや、だが見当はついている」彼は苦々しげに言った。「あのとき、カーライルが百万キロ離れた場所にいたとは思えない」

ローラは彼を見つめた。まさかという思いが体の中を走り抜ける。「いいえ」彼女は抗議した。「エドワードはたくさんの罪を犯しているかもしれないけれど……彼が人殺し? ああ、ルーカス、そんなはずがないでしょう」

彼は静かにローラを見た。「カーライルはすでに一度、ぼくを殺そうとしたことがあるから、またやりかねないとぼくは思っている」

ローラは仰天して言葉を失い、知らぬ間にのろのろとベッドに腰を沈めていた。ルーカスのほうを向いて首をゆっくり横に振りながら、どういうことなのか理解しようとした。「エドワードが前にもあなたを殺そうとしたことがある? でも……いつ? どうやって?」

「二年前、ぼくがイギリスへ戻ろうとしたときのことだ。彼とその手下どもが、ぼくが乗っていたペリカン号を襲撃した。そして乗船者全員を殺害した――といっても、ぼくともう二人は生きのびたわけだが、貨物を略奪したあとで船を沈めたのだ」

「なぜもっと早くその話をしてくれなかったの？」

容易には信じられず、ローラはあえぐように言った。

「もう過去の話で、きみをわざわざ苦しめる必要はないと思ったし、きみはすでにぼくのせいでさんざんはらはらさせられていたからね。だが、こうして暗殺まで企てられては、今どんな危険にさらされているのかきみも知っておいたほうがいいかと」

「だけど彼の動機は？」

「遺恨、強欲、嫉妬《しっと》――そのどれか、あるいはその全部だろう。カーライルはぼくを殺すことになんのためらいもないに違いない。ぼくを片づければ、きみと結婚してこの土地を手に入れられるとね」

「彼があなたをひどい目に遭わせ、多くの人を殺した事実を、その筋に報告すべきではないかしら？ほかにも生存者がいるなら、あなたの話を裏づけてくれるでしょう？　まだ間に合うわ。エドワードは取り調べを受け、裁判にかけられるべきよ」

「ぼくと一緒にフランス船に助けられた男は、その後まもなく怪我が原因となって命を落とし、イギリスへ帰りついた男も数カ月前に死んだそうだ。ペリカン号を誰が襲ったのかという謎《なぞ》をついに解明しないまま。しかし、例の遺憾な出来事については、ロンドン滞在中にぼくから関係当局に洗いざらい話をしておいた。大丈夫、カーライルにはもう捜査の手が伸びている」

「当然よ。でも、エドワードがあなたを撃ったという証拠はないし、自分が撃ったなんて彼は認めないでしょうね」

「正義を勝たせてみせるさ。彼の違法行為を逆手に取ってね、嘘じゃない。平気で罪のない人々を殺した全責任を彼に取らせると、約束しよう」

「エドワードの下で働いていた者たちは？　赦免されるとは思えないけれど」

「無罪放免というわけにはいかない。しかし、カーライルに関する情報をもたらした者には減刑が示されるだろう」

「でもその前に、エドワードがあなたを殺しそこねたと知って、また襲おうとしたら？」

「いつでもかかってこいだ」

　ルーカスが枕に頭を戻し、目を閉じるのを見て、ローラは立ち上がった。彼は眠りに入ろうとしている。それは睡眠であって、意識を失うのとは違うのだから心配はない。「さあ、眠って。体を疲れさせてはだめよ」

　彼はぐったりした顔でうなずいた。「そうだな。ジョンにここへ来るよう言ってくれないか、ローラ？　彼とちょっと話がしたい」

　すると、虫が知らせたのかまさにその瞬間、ジョンが部屋に入ってきて、ルーカスを見るなりにっこりした。

　ルーカスが厳しい目をローラに向けた。「さあ、ぼくの言うことを聞いてもらおう」

「え？」

「寝てくれ。きみは疲れきった顔をしている」

「そのとおりです」ジョンが相槌《あいづち》を打った。「旦那《だんな》様はもう大丈夫ですよ。わたしがそばにおります。スーザンにお風呂の用意をさせましたので、お湯に入ってからベッドで寝てください。眠れば朝には元気になられるでしょう」

「でも……本当に大丈夫？」

「寝てくれ、ローラ、口答えせずに」ルーカスの口調はきっぱりとしていたが、目は優しかった。

　その言葉に彼女もとうとう折れて、言われたとおり風呂とベッドへ向かった。

　翌朝、ローラは大きなベッドで目を覚ました。昨夜、スーザンが彼女のために主寝室のベッドを整えてくれたのだ。ローラは早く夫に会いたくて、着替えと食事をすませると、すぐに彼のところへ行った。ルーカスは体を起こして枕にもたれかかり、きれいにひげを剃《そ》った顔と唇に笑みを浮かべて、部屋の中をせわしなく動きまわるミセス・トレネアを見守っていた。

「何かお手伝いしましょうか？」ローラは明るく声をかけた。

ローラが部屋に入ってきたことに初めて気づいたルーカスは、首を巡らせ、温かなほほ笑みが浮かんだその瞳で、サフラン色のドレス姿の妻をほれぼれと眺めた。

サイドテーブルに置かれた朝食の盆を目にして、ローラは喜んだ。食事はちゃんととったらしい。ミセス・トレネアが清潔な包帯をベッドの上に置くと同時にローラは言った。「包帯の取り替えはわたしがやるわ、ミセス・トレネア。あなたが忙しいのはわかっているし、階下《した》でどっさり仕事が待っているでしょうから」

ミセス・トレネアは明らかにほっとした顔をした。「ではお言葉に甘えて。何かありましたら、わたしは厨房におりますので」

ミセス・トレネアが朝食の盆を持って出ていくと、ローラはベッドに腰を下ろし、病人と向き合った。「今朝はすごく元気そうよ。ご気分はいかが？」

「上々だ」ルーカスは彼女が手にしたはさみに疑わしげな視線を投げ、顔をしかめた。「きみはそのはさみで何をするのか本当にわかっているのか？」

「ここ数日、たっぷり練習を積みましたから」ローラの唇にいたずらっぽい微笑が浮かんだ。「できるだけ手が震えないように努力すると約束するわ。でも、あなたが不利な立場にあるという事実は変わらないし、はさみの刃が包帯よりももっと柔らかい何かを突っついたりしないよう、じっとしていることをお勧めするわ。さあ、わたしが包帯をはずすあいだ動かないで。あなたをむやみにどきどきさせないようにするから」

「どきどきしているよ。といっても、はさみのせいではないがね」

その言葉に、彼女は内心うろたえたが、身を乗り出したまま、肩から包帯を取る作業を続けた。その優雅な動作がルーカスを誘惑し、ドレスの前身ごろを押し上げる二つの柔らかな膨らみが、彼にすばらしい眺めを提供しているとも知らず。

ローラの胸の谷間に目が釘《くぎ》づけになった瞬間、ルーカスは息をするのも忘れ、自分に向かって懸命に作業をする彼女の、美しい豊満な胸にうっとり見とれた。「妻にこんなに近づけるのはうれしいが、きみは用心したほうがいい。そんなふうに胸を見せびらかされてじらされたら、善良なるぼくもついによからぬことを考え出し、この鉄のように固い自制心すら歯止めがきかなくなるかもしれない」

ローラはさっと体を引き、夫の大胆不敵な視線に顔を真っ赤にした。「ルーカス！　あきれた人ね！　お行儀よくして」そう彼を戒めながら、速くなる胸の鼓動を無視する。

ルーカスがくっくと笑って彼女の手を取り、自分の唇に引き寄せて軽くキスをした。「努力はしているんだよ。でもここまで接近されたら、ぼくのほうはたまらない」

柔肌に唇で触れられて体に震えが走り、ローラはあわてて指を引っ込めた。「とにかく、処置が終わるまで頑張ってちょうだい」

ローラが根気よく慎重に包帯にはさみを入れているあいだ、ルーカスにはすぐ間近で動きまわる彼女の顔をじっくりと眺める自由が与えられた。美しい輪郭を描く額、誇り高く優美な頬骨。髪は後ろで束ねられ、ほっそりした首筋と丸みを帯びた両肩があらわになっている。その姿は溌剌《はつらつ》として、くらくらするような甘い香水と混じり合う女の香りが彼の頭を満たし、体の血を熱くした。

澄みきった濃いブルーの瞳、それを房飾りのように縁取る絹のまつげ。小さな白い前歯で下唇を噛《か》みながら彼女は作業に集中し、ルーカスはその唇を貪《むさぼ》るように眺め続けた。

じろじろ見られているのに気づいて、ローラはちらりと顔を上げた。目と目が合った瞬間、両手が震え出し、それを必死で抑えながら、傷口から包帯をそっとはがしはじめた。「ルーカス」とやんわりたしなめる。「そんなふうにわたしを見ないでくれると、ありがたいのだけれど」

「おや？」彼の唇に妙な微笑が躍った。「そんなふうにというのは、どんなふうにだい？」

「わかっているくせに。今日はどうしてもわたしに魔法をかける気ね」彼女はつぶやいた。

「きみにはぼくの心が読めるらしい」ルーカスが柔らかな声で答えた。「男が自分の妻を見つめてどこがいけない？　どう考えてもきみはぼくの妻であり、きみに対する欲望はかき立てられるばかりだ」

彼の熱いまなざしがローラの血に火をつけた。彼女は返事をせず、自分の仕事にすばやく注意を戻すと、汚れた包帯を丁寧にそっとはがし、傷口をきれいにして新しい包帯を巻きつけた。背中へ包帯をまわしたとき、彼の体が一瞬、ローラに押しつけられ、興奮がめらめらと全身を駆け抜けて、頬がかっと燃え上がった。

処置が終わるとルーカスは枕にもたれかかり、彼女をからかうように、にやりと笑ってみせた。そして、何も言わずに彼女の顎の下に手を当て、自分のほうへ顔を引き寄せた。銀色の瞳に催眠術をかけられたようにローラは身動きできなくなり、五感すべてを支配されたまま、呆然と彼の引き締まった官能的な唇がじりじり近づいてくるのを見ていた。

彼女が目を閉じ、唇がぴったり重ねられると同時に世界がくるくるまわり出した。ルーカスのゆっくりとしたエロティックな誘惑が始まり、ローラの喉から低いうめきがもれて、体の奥がとろけ出した。熱い唇に執拗《しつよう》に五感を責め立てられ、彼女はあえいだ。口の中の柔らかな場所を探る彼の舌は、まるで生きている炎のようだ。

ルーカスはローラの反応に驚き、その甘い拷問に耐えきれずに唇を離すと、彼女の赤らんで酔いしれた顔を見つめた。「ぼくたちは引かれ合いながら、あまりにも長いことそれを否定されてきた。心のままに一つに結ばれる瞬間がぼくは待ちきれない。自分はそう思わないときみは否定できるかい?」

「できないわ。そしてあなたが病の床を離れたら、それがわたしの本心であることを喜んで証明するわ」

ルーカスはしばらく黙り込んでから、ふたたび口を開いた。「なぜこんなにぼくを待たせた?」

「あなたがキャロラインをどう思っているのかわからなかったからよ」ローラは白状した。

ルーカスは唖然《あぜん》として、一瞬、何をばかなことを言っているのだと彼女を揺さぶりたくなった。それと同時に、彼女はやきもちを焼いているのだと気づいて、優しく含み笑いをもらした。もう一度、ローラの顔を引き寄せ、そっと唇を触れ合わせて言った。

「こんなときにキャロラインの話はしたくない。きみは本当に特別な人だよ、ローラ」

彼女は顔を引いて、ルーカスの唇に人差し指を当てると、真顔で彼を見つめた。彼の言葉を信じたくてたまらないけれど、わたしは知っている。ルーカスがかつてキャロラインを愛していたこと――今も愛しているのかもしれないことを。

「やめて、ルーカス、言わないで。それがあなたの本心でないなら」ローラは彼から視線を引き離して立ち上がると汚れた包帯をかき集め、ボウルに入れた。「しばらくあなたを一人にして休ませないと。わたしはキャロラインの様子を見に行ってくるわ。ここ数日は彼女をほったらかしにしたし、彼女も屋敷に閉じ込められてストレスがたまっているようよ。今日はいいお天気だから散歩に出かけようかしら」

ルーカスはまた枕にもたれかかり、疲れた顔で言った。「それはいいが、用心しろよ。あまり遠くへ行くな」

「行かないわ」彼女は背を向け、出ていこうとした。

「ローラ」

彼女はドアからもう一度振り返った。「え?」

「きみは特別な人だ」

ローラはほほ笑んだ。「ありがとう。でも、わたしを納得させるのは大変よ」

12

厨房《ちゅうぼう》へ向かうローラに、キャロラインが玄関広間で声をかけた。「外はすばらしくいいお天気よ。出かけましょう、ローラ」熱心な口調だった。「空気は冷たいけれどすがすがしいわ。寒くない格好をすれば大丈夫。あなたも風に当たったほうがいいと思うの、何日も病室にこもっていたのだから。海岸の小道を歩いて村へ行くのはどうかしら」

何を言い出すのかとローラは目を丸くし、とんでもないと首を横に振った。「だめよ、キャロライン」彼女はむきになって言った。「あなたが出歩いているのを目撃されないようにするのが肝心なのに、村まで歩いていくなんて無茶よ、無責任すぎるわ」

「ああ、お願いよ、ローラ。崖《がけ》の上を少し散歩するだけでもいいの、村まで行くのは向こう見ずだとあなたが考えるなら。ボンネットにベールをつけるわ。それなら、もし誰かに会っても、顔を見られずにすむでしょう」

ローラはため息をついた。キャロラインの懇願する目に逆らえない。「そうね、ちょっと散歩するだけなら差し支えないと思うわ——顔を隠すなら。でも、ルイスはどうするの?」

「スーザンに世話を頼めないかしら? ルイスはこの時間、いつもお昼寝をするから、手はかからないと思うの」

「スーザンなら大喜びで面倒をみるわ。ルイスがかわいくてしかたないんですもの、あなたもおわかりのとおり」

「よかったわ。では決まりね」

二人は腕を組んで出発した。あたりに人影はなく、ローラは崖の上の小道を闊歩《かつぽ》しながら、何日かぶりではればれとした気分を味わった。キャロラインもベールで顔を覆っているかぎり、正体が知れることはまずない。まったく心配がないわけではないけれど、それでもこうして、たとえ短い時間でも屋敷を離れようと彼女が言い出してくれてよかった。

潮風を吸い込み、海岸に砕け散る波を眺めるのは気持ちがよかった。空気は冷たいが、日差しが真っ青な空から降り注いでいる。ローラは顔を上げ、海から吹いてくる風を頬に感じながら、さっきルーカスと過ごしたひとときを、彼のキスを、彼が口にした言葉を思い返して胸がいっぱいになり、甘い記憶の中に溺《おぼ》れそうになった。

二人は今、海岸線の眺めがすばらしい高台を歩いていた。内陸に向かって広がる森に覆われた丘陵には羊たちが散らばり、その先には野生のポニーが駆けまわるヒースの湿原が続いていた。

キャロラインはこの新しく手に入れた自由を満喫し、顔を輝かせておしゃべりを楽しみ、大いに笑った。そして無謀にも、ボンネットを取って風に髪をなびかせ、スキップしていったのでローラはぞっとした。

「ああ、ローラ、いい気分よ。ルイスとわたしを屋敷に匿《かくま》ってくれたあなたとルーカスに感謝はしていても、閉じ込められたままではそのうち気が狂いそうで」

崖の上の小道の終わりに来て、二人は立ち止まった。そこから道は下って緩やかなカーブを描きながら、小さな港とそこにうずくまるロズリン村へと続いている。

「そうね、屋敷を離れるのはいい気分転換になるわ。でもずいぶん遠くまで歩いたし、もう引き返さなくてはね」

キャロラインは帰りたくなさそうだった。「もう少し先まで行ってみましょうよ。ねえ」とはしゃいだ声をあげ、港のそばの小さな広場を指さす。そこには色とりどりの屋台や露店が並んでいた。「今日は市が立つ日なのね。見に行きましょうよ」

ローラは顔をしかめた。「やっぱりやめたほうがいいと思うわ、キャロライン。ルーカスからも、遠くへは行くなと釘《くぎ》を刺されたのよ」

「だけど、こんな真っ昼間にどんな危険が降りかかるというの？　自分を殺そうとした人間がまた同じことを企《たくら》むかもしれないとルーカスが心配するのはわかるけれど、襲撃者が狙《ねら》うのは彼で、わたしたちではないわ。ほら、こうしてボンネットをかぶって、絶対に顔を見せないと約束するから」

押し問答はさらに続き、ローラはとうとう根負けしてキャロラインの願いを聞き入れたものの、村に向かって斜面を下っているときも不安は拭《ぬぐ》えず、早く屋敷へ戻りたくてしかたがなかった。

二人は、傾斜地のひだの中にうずくまるロズリン村の波止場をぶらぶら歩いていった。座り込んだ漁師たちが、十月の日差しを浴びながら網を繕い、陶《クレ》ー製パイプをのんびりふかしているが、彼らがロズリンの密輸取り引きに関係しているとは、その姿からは想像もつかない。人が簡単には近づけない海岸線が何キロも続くこのあたりは、密輸品の荷揚げには好都合だった。漁師の船も荷を運ぶにはもってこいで、海岸の形状を知り尽くしている彼らは、あちこちの小さな入り江で自分の船を巧みに操ることができた。

ロズリンの小さな港の周辺にぎっしりと立ち並ぶ家屋は、木造もあれば石造りもある。通りは狭く、丸石が敷かれ、暗いけれども夏は涼しくて快適だ。海岸の静かな小道を歩いてきた二人は、いきなり大混雑の中にほうり込まれた。市日のロズリンは大変な人出で、あちこちの村から産物を売りにやってくる者や、それを買いに来る者でごった返す。露店に並ぶのは獲《と》れたばかりの新鮮な魚や、卵、チーズ、家禽《かきん》、野菜に果物、そして古物やがらくただ。売り手たちは頭上高く舞う海鳥の鋭い叫びに負けないよう、声を張り上げなければならない。

キャロラインはルイスに買ってやるものを探して、色鮮やかなおもしろい小物を売っている露店のほうへふらりと歩いていった。ローラは人込みのはずれに立ち、次々と通りかかる顔見知りたちに親しげに挨拶《あいさつ》しながら、彼女を待った。

時間は刻々と過ぎ、ローラは苛立《いらだ》ちを募らせながら、露店から離れようとしないキャロラインにちらちら視線を投げた。屋敷へ戻れるよう、急いで買い物をすませてほしいわ！　宿屋の〈シップ・イン〉から出てきた漁師の一団を通そうと脇《わき》へよけたローラは、その中の洒落《しゃれ》た身なりの男に目を引かれた。黒っぽい緑色のフロックコートにきらめく白い首巻。

男はうつむき、顔は三角帽に隠れて見えないが、その姿にはどこか見覚えがあった。口が乾いて恐怖がじわじわと胸に入り込んできたそのとき、男が顔を上げ、彼女をまっすぐに見た。エドワードだ。

彼は一瞬立ち止まり、照りつける日差しに目を細めた。だが、それがローラだとわかったとたん、薄ら笑いを浮かべて興味津々のまなざしを向け、逃げ出そうとする彼女の前にすばやく立ちはだかった。

エドワードのしそうなことだ。どうせ、自分とは話もしたくないのだろうがそうはさせるものか、というわけね。ローラは冷静にエドワードを見据え、彼が口を開くのを待った。

「ローラ」挨拶のつもりなのか彼がかすかにうなずいた。「ぼくを無視する気か？　一度は婚約までした仲なのに」

彼女は蔑《さげす》むように、つんと顎を上げた。「それこそ、どうしてもわたしが忘れたいと思っていることよ」

「残念だな。きみとは仲よしでいたいと思ったのに」

「わたしはそうは思わないわ、エドワード。金輪際、友達になる気はありません」

一瞬、彼が氷のような青い瞳をきらりと光らせ、きみはこの村で何をしているのだ、という目をした。

「元気そうでよかったよ」

「元気よ」

「きみのご亭主は？　具合が悪いという噂《うわさ》を聞いたが。危うく死にかけたとか」

「ええ、しばらく体調がすぐれなかったけれど、もうすっかり回復したわ」

エドワードが冷ややかにうなずく。「白状すると、ルーカスがいささか羨《うらや》ましくてね。ぼくはきみのことが好きでたまらないんだ、ローラ。きみが恋しいよ」

「あら本当に？」彼女はよそよそしく答えた。「わたしもよ、とは言えないけれど。さあ、どいてくださらない？　失礼するので。もう話は聞きたくないわ」

「聞かないわけにいかないと思うよ。きみのご亭主もおわかりのとおり、ぼくは邪魔されるのが嫌いでね。それはきみも覚えておいたほうがいい」

ローラは彼をまっすぐに見た。エドワードの目には秘密が隠されている。「あなたがどういう人か、それはもうわかっているわ」

「でもぼくは魅力的な男にもなれるよ」目に嘲《あざけ》りと好色を浮かべて言う。

「わたしがあなたに魅力を感じることはもうないわ」

「気をつけろよ、ローラ。ぼくは根に持つ男でもあるのだから」

「それもわかっているわ。さあ、道を空けてくださるかしら。時間を無駄にしたくないの」

「ぼくと時間を過ごすのが楽しいと思ったときもあっただろう」彼は引き下がらない。

「いいえ、エドワード。二度とそういう気持ちにはなれないわ」

「きみが心変わりする可能性はまだあるさ」声に脅しをちらつかせて言う。「ご亭主がもしまた別の……事故に遭ったら？」

ローラは寒気を覚えたが、顔には出さなかった。「事故？　殺人のお間違いでは？」

エドワードは涼しい顔で肩をすくめた。「なんでもかまわないが、まさかぼくが彼を殺そうとしたとは思ってないだろうね——嫉妬《しっと》に駆られて？」

「わたしはあなたが潔白とは考えていませんけれど、仮にそうだとしても、その動機が嫉妬でないことはあなたもわたしもわかっているでしょう」ローラは声にたっぷり軽蔑《けいべつ》をにじませて言った。

「たしかに。だが、いつかは彼だって死ぬ日がくるだろうよ」

ローラは彼を凝視した。大きく息を吸って、マントのひだに隠れた両手の震えを抑えようとする。

「あなた以上にルーカスを殺したいと思っている男はいないし、あなたがずるく立ちまわる人間だというのは彼も重々わかっていることよ。ルーカスがロズリン・マナーにいるかぎり、ルーカスが生きているかぎり、あなたは彼を自分の脅威とみなすでしょう。でも、彼の身に何かあったら、法が黙ってはいないわ」

エドワードが気色ばみ、目を細めて鼻にしわを寄せた。彼女をじっと見つめ、よどみない声で言う。

「ぼくをやたらに非難するな、ローラ」

「なぜ？　わたしはありのままを述べただけよ。真実はいずれ明らかになるわ」

「ぼくが言ったことを考えてみろ。ご亭主がまた事故に遭えば、きみの立場は危うくなり、友人が必要になるだろう」

「わたしではなく、まずご自分の立場を考えることね、エドワード」ローラは嘲った。「これでは、自分で自分の首にロープを巻きつけているようなものよ」

ふいに、愚弄《ぐろう》するように彼が低い声で笑った。

「そうは思わない。ぼくはこのとおりぴんぴんしているし、自分の首を絞めるつもりはない」

顔をそむけ、横をさっと通りすぎようとするローラの腕をエドワードががっちりつかんだ。

「なあ、ローラ。場所を変えて話し合おう。ここは人目が多すぎる。ぼくの馬車と御者を港に待たせてあるから、屋敷まで送るよ。道中、二人だけになれるように」

彼女は腕を振りほどき、冷たく青い目で彼をねめつけた。「つけ上がるのもいい加減にして、エドワード。あなたみたいな男の人と馬車に乗るものですか。さあ、どかないと悲鳴をあげるわよ」

だがエドワードが答える前に、一人の若い女性がローラの傍らに現れた。流れるようなブロンドの髪を垂らし、アップルグリーンの絹のボンネットをかぶり、シャンティー・レースで顔を覆っている。手に持っているのは、赤ん坊が着る毛織りのジャケットだ。その瞬間、海からの強風に煽《あお》られ、レースのベールがボンネットのつばの後ろへ持ち上がって、黒い卵形の瞳とうれしそうな顔があらわになった。女性は急いでベールを引っ張り下ろしたが、間に合わなかった。

遅まきながら、ローラはルーカスから言われたことを思い出した。ジャン・ド・ムルニエの知り合いであるエドワードに彼女の顔を見られたらどうなるか！　ぎょっとしてキャロラインのほうを向くと、ベール越しにうろたえた顔が見えた。

エドワードも驚きを隠せなかった。だが落ち着きを取り戻すと、帽子を取って挨拶しながら、その透き通るような青い目で興味津々に女性を眺めた。彼は人の顔を記憶する術《すべ》には長《た》けており、女性の正体もすぐにわかった。同時に、あの夜、入り江に上陸した人物の謎《なぞ》も解けた。誰だったのかずっと頭を悩ませていたのだ。ルーカス・モーガンを排除するための決め手が今必要だとすれば、この女性は飛んで火に入る夏の虫だ。彼の唇にせせら笑うような笑みが浮かんだ。

「マダム」エドワードは穏やかに言った。「謹んでご挨拶とお悔やみを申し上げます」

キャロラインが狐《きつね》につままれた顔で彼を見つめた。「まあ――何をおっしゃっているのかわたしには」

「わからないと？　あなたはムルニエ伯爵夫人――故レディ・ウェストンの娘で、アントン・ド・ムルニエ伯爵の未亡人ではありませんか？　ロンドンでお見かけしたのを覚えていますし、ぼくは人の顔は絶対に忘れません。とりわけ、あなたのような美しい顔は。度重なるご不幸に心からの弔意を」

キャロラインはみるみる真っ青になった。フランスから命からがら逃げ出してきたというのに、またあの恐怖が舞い戻ってきた。「どちら様でしょうか？」喉が引きつり、囁《ささや》き声しか出なかった。

「サー・エドワード・カーライルと申します」彼は慇懃《いんぎん》無礼に頭を下げた。

ローラはエドワードの顔に悪意を読み取ったが、視線を揺らがせることなく彼に告げた。「失礼するわ、エドワード。寒くなってきたし、屋敷へ戻らないといけないですから」

「もちろん、引き止めはしないが、伯爵夫人はもしやご主人のいとこであるジャンの消息について、お聞きになりたいのでは？　実は最近、ぼくが個人的な用事でルアーヴルへ行ったときに偶然、彼と会ったんです。アントンの身に起きたことに関しては、彼も当然ながら打ちのめされていましたし、あなたの——そして息子さんの所在をしきりに知りたがっていましたよ。これで、今度会ったときに、ジャンを安心させてやれそうです」

ローラは彼をにらみつけたが、ジャンに黙っていてくれと懇願したところで無駄だ。「ではごきげんよう、エドワード」彼女は歯ぎしりして言った。この悪党からできるだけ遠く離れたい。

彼がローラの腕に手をかけた。「ちょっと内密に話せないかな、ローラ」

彼女は立ち止まったが、キャロラインはそのまま歩き続けた。「なんでしょう？」

「考えていたんだ。きみとぼくは助け合えそうだと」

「そうは思わないわ」歩き出そうとするローラの腕

を彼の手がさらに締めつける。

「最後まで聞け。ジャンはアントンの妻と子どもの居場所を知るためなら金に糸目はつけないだろう。そして、当然ながら、友人であるぼくには彼の不安を解消してやる義務がある」

「そんな口実などけっこうよ、エドワード。ジャン・ド・ムルニエは、心配だからキャロラインとルイスを捜しているわけではないわ。それはあなたもわかっていることでしょう。はっきり言ってちょうだい。何が欲しいのか?」

「ぼくが紳士ならば、その答えは〝きみ〟だろう。だが、それについてはまた今度話し合うとして、さしあたって、ぼくが求めるのはもっと現実的なものだ。夜間、ロズリン入り江を利用してモーガンの土地を横切らなければならないのだが、ご亭主が戻ってきた以上、そう簡単にはいかない。ルーカス・モーガンはばかではないし、ぼくが吊《つ》るし首になれば、さぞ大喜びだろう。モーガンを無上の喜びに浸らせる気はさらさらないが、彼はひどく詮索《せんさく》好きで、疑《うたぐ》り深くて、危険な男だ。夜になって入り江まで馬で出かけるという厄介な癖がある。最近、ある特殊な貨物の件で交渉をずっと重ねてきて、ようやく商談がまとまった。それで海峡の向こうから友人たちがやってくる夜、きみにご亭主の注意をそらしてもらいたいのだ」

エドワードは彼女をほれぼれとした目で眺めながら、嘲りの笑みを浮かべた。

「言っている意味はおわかりだろう。こうしてきみの姿を見るかぎり、それは難しいことではなさそうだ。もう予定は立ててしまったのでね。いいか、ローラ、すべてはきみしだいだ——すべては」

ローラの顔から血の気がうせた。嘘《うそ》でしょうと彼を見つめる。「ルーカスを騙《だま》せというの? そしてわたしが承知すれば、キャロラインの居所をジャン・ド・ムルニエに知らせないでおくと?」

エドワードが肩をすくめた。「そのほうが不愉快な事態にならずにすむ」

「あなたは悪魔ね」食いしばった歯のあいだから言葉を吐き出す。「いくら夫が今弱っていようと、あなたの計略をわたしが知らせないはずがないでしょう。それを夫が当局に伝えれば、あなたもフランス人もお縄よ」

エドワードは頓着《とんちやく》しない様子で薄ら笑いを浮かべた。「計画を実行すれば、ぼく自身はそういう結末を迎えるかもしれないが、ジャン・ド・ムルニエはまったく別の問題だ。彼はどこかに属しているわけでもなく、このイギリスで当局の怒りを買うようなこともしでかしていない。甘く見るなよ、ローラ。ジャンは危険で、おまけにあきらめない男だ。きみが取り引きに応じなければ、彼には間違いなくいとこの妻と子どもの居場所が知らされ、そして二人は避けられない運命をたどるだろう」

「それは恐喝だわ。そんなことでわたしがうんと言うとでも思っているの? あなたの悪行に加担すると考えているなら、あなたの頭はどうかしているわ」

「いや。まさに正気の人間でなければ、こういう計画は立てられない――完全な計画はね」静かな声に憤激を込めて言う。

ローラは目に憎悪を燃やし、彼と向き合った。「あなたは黒いハートの持ち主ね、エドワード・カーライル」怒りで声が震える。「あなたを軽蔑するわ。その心はゆがみ、悪意に満ち、そしてきっと自分自身の邪悪さと強欲さに、あなたは滅ぼされるのよ」

「そうかもしれない」彼は平然と答えた。「だが、今は当座の問題に戻らないか? きみの全面的協力を必要とするのはふた晩だ。それがいつ行われるかは追って知らせる。きみが分別を働かせ、ぼくの言うとおりに行動してくれれば、きみの友人とその子どもに危害は及ばないとぼくから約束しよう」

「それは寛大なお言葉ですこと」ローラはぴしゃりと言った。「そして、悪党の言葉をわたしに信じろと？」

「きみに選択の余地があるのか？　こちらの要求をのめば、不快な思いをしなくてすむぞ」顔面蒼白《そうはく》の彼女を見て、もう少しだと本能が告げた。エドワードはいやらしい勝利の微笑を唇に浮かべた。「考えてみてくれ、ローラ。近々、ぼくから連絡する」

彼はさっと背を向け、歩き出した。なんという幸運だろう。あと二回荷揚げをしてひと財産作ったら、しばらくなりを潜めよう。最近、かなりきわどいことをやったし、危ない状況になりつつある。ローラにも言ったとおり、彼女の夫は夜、馬に乗って出かける習性があり、いつどこに姿を現すかわかったものじゃない。収税吏たちも目を光らせているし、しばらくはロンドンへ行って、おとなしくしているつもりだ。

ムルニエ伯爵夫人に、とりあえず命の危険はない。今は、貨物を無事にロズリン入り江へ運び込み、荒野へ送り出すのが最優先で、それはローラの協力があればうまくいくだろう。だが、それがすんだら、これまでの貸しをすっかり返してもらおう。自分は記憶力がいい。ルーカス・モーガンには長年、さんざん侮辱されてきた。いつの日か必ず殺してやると心に誓ったのだ。これまで二度失敗したが、次は成功してみせる。

さあ、復讐《ふくしゅう》のチャンスを棚ぼたで手に入れた。ジャン・ド・ムルニエはいとこの妻と子どもの居場所を知るためなら、金をたんまり支払うだろう。エドワードはほくそ笑んだ。二度目の、つまり最後の荷揚げの前に、彼に連絡を取るとしよう。

ローラが返事をするだけの気力を取り戻す前に、エドワードは姿を消していた。彼の言葉には警告と、そして快活な響きすら感じたが、本気で言っているのは彼女にもわかった。新たな恐怖が忍び寄ってきた。エドワードはルイスを武器にして、わたしを言いなりにさせる気だ。もしルーカスにこの話をしてエドワードの要求をつっぱねたら、たとえルーカスが当局をこの件に引き入れたとしても、エドワードはすかさずキャロラインとその息子の居所をジャンに伝えるだろう。

あの親子を守るのはルーカスの責任であって、わたしの責任ではないわ、と自分に言い聞かせてみても、そうは言いきれないと認めざるを得なかった。今、ルーカスは親子の世話ができるような体の状態ではないし、一つ屋根の下にいる以上、彼の妻として親子の身の安全を考えるのは自分の責任だ。最近はキャロラインと一緒にいてもくつろげるようになり、女同士で話をするのを楽しんでいた。それに、たとえこの胸にキャロラインに対する憤りを抱えているにせよ、キャロラインはジャン・ド・ムルニエの手にかけられる筋合いはなく、幼いルイスが傷つけられたらと思うと耐えられない。

だけど、いちばん心配なのは、やはりルーカスのことだ。エドワードの脅しは口先だけのものではなかった。彼はルーカスの死を望んでおり、彼を撃ったのは自分で、またやるつもりだとほのめかした。彼に立ち向かえるほどルーカスが回復するには、まだ時間がかかるし、この件を引き受ける体力はないだろう。わたしはどうすればいいのだろう？　ローラはひどいジレンマに陥った。

村を離れ、崖の上の小道に出るまでローラもキャロラインも口をきかなかった。最初に沈黙を破ったのはキャロラインだった。

「村まで行こうとあなたを説き伏せたりすべきでなかったと、今になってわかったわ。あなたの言葉に耳を貸すべきだった。わたしはなんて向こう見ずで愚かなまねをしてしまったの。これから何が起きてもおかしくないわね。あなたは……エドワード・カーライルと婚約していたんでしょう、ローラ?」彼女が小さな声で尋ねた。

「ええ、ほんのつかの間。後悔しているわ」

「ルーカスはさぞ彼を忌み嫌っているでしょうね」

「そのとおりよ。最近になってやっと気づいたの、彼にはエドワードにないものがすべてあると。ルーカスは勇敢で気高く、自己犠牲を厭《いと》わない人よ。彼がそういう人だからエドワードは恨みを抱くのだと思うわ」ローラはどうすべきか心が決まると、いきなり立ち止まり、苦い思いが胸に広がるのを感じながら彼女と向き合った。「キャロライン、エドワードに会ったことはルーカスに言わないほうがいいとわたしは思うの——少なくとも、今はまだ」

キャロラインははっきり同意を示しはしなかったが、村での出来事に動揺するあまり、異議を唱える余裕もなかった。「そうするのが本当に賢明だと?」

「いいえ、わたしもそれでいいのか自信はないけれど、まだ怪我《けが》から回復していない彼を心配させたくないの。わかるでしょう?」

キャロラインは、エドワード・カーライルが自分の居場所をジャンに伝えるのではないかと考えた。そしてルーカスにこれまでと同じように守ってもらいたいという気持ちでいっぱいになり、彼に黙っていたくはないと思ったが、わかったとうなずいた。

ルーカスの肩の傷はすばらしく順調に治癒に向かい、いったんベッドを出られるようになると、全身の回復は速かった。ジョンは奇跡だと言ったが、まさに意志の力で肉体の弱さを克服できる証拠であり、ルーカスの意志は大変強かった。

　彼は塔の部屋に戻り、ローラは主寝室に残った。優しいキスや愛撫《あいぶ》以上に二人の関係を進めようとしないルーカスに彼女は戸惑いを覚えた。夫婦が寝室を別にするのは賛成できないと彼は言ったのに。寝室を一緒にしてほしいとローラは内心では願ったが、自分からは恥ずかしくてとても言い出せなかった。でも、そうしなければいけない日がくるだろうことはわかっていた。

　それからの二週間は何事もなく過ぎたが、その平和と穏やかさは見かけだけにすぎず、それはロズリン入り江の縁に広がる深いラグーンに似ていた――水面は波一つ立っていないように見えても、実は激しい底流が走っていたのだ。秋は天候が変わりやすく、荒れることもしょっちゅうで、そういうときは大釜《おおがま》で沸騰する熱湯のように海が波立ち、土砂降りの雨が四方八方から屋敷に叩《たた》きつける。ローラは心ひそかにこの悪天候を歓迎した。というのも、天気が回復しなければ、エドワードも入り江に荷揚げする計画を考え直すかもしれないからだ。

　ルーカスは体力に自信がつくと、外に出たくてうずうずしはじめ、少し天気がよくなったのを見計らって、馬でステナックまで行くと言い出した。新しい蒸気機関の設置がどこまで進んだか、自分で確認するというのだ。玄関広間で鉢合わせしたローラは、彼が銃身の長いピストルをベルトに突っ込むのを見て恐れおののき、口が乾いて、心臓がどきどきし出した。

「ルーカス！」彼女は叫んだ。「外出するのは早すぎやしないかしら」

　彼は真面目《まじめ》な顔でにこりともせず、外套《がいとう》を羽織った。「行かなければ」きびきびした口調で言う。「何もしないでいるのは性に合わない。赤ん坊みたいに毛布にぬくぬくとくるまれて家の中にいるのは、もう一瞬たりとも耐えられない」

ローラはむっとした。「悪かったわ。そんなふうにしていたと気づかなくて」彼女はため息をつくと、歩み寄ってルーカスの目を見上げた。「もちろん、あなたが外出できるほど元気になったのはわたしもうれしいわ」行くなと言うだけ無駄だろう。「でも、どうか気をつけて。まだ病み上がりだもの。無理をしすぎないで」

「気をもむな」彼はつぶやきながら、ローラの不安を静めようと頬にそっと指で触れ、早く出発したくてたまらない様子で玄関広間を大股で横切っていった。

ローラはその後ろ姿を見つめたが、彼の目の冷たいきらめきと力の入った顎が気になって、あとを追いかけた。

「ルーカス！」その声に彼は立ち止まり、ローラがそばへ来るのを待ちながら、痛みをやわらげるように肩をさすった。「まさか、エドワードに会いに行くつもりではないでしょうね？」

ルーカスがいかめしい顔で答えた。「いや。そのお楽しみはまた別の日に取っておこう。大事な用事があるから、それをすませてからステナックへ行くよ」目を上げると、キャロラインが階段をゆっくり下りてくるのが見えた。顔が青ざめ、引きつっている。「さあローラ、きみは病人にかまわなくてよくなったのだから、キャロラインと過ごす時間をもう少し増やすべきだ。この二週間、彼女はずっと沈みがちだったし、愛情を必要としているのだと思うよ。自分の妹や社交界から切り離されたままでいるのはつらいだろう」

キャロラインはエドワードに遭遇した件について は口を閉ざしているが、口にできない分、余計に彼の脅しがこたえているのはローラにもわかった。

「あなたの言うとおりかもしれない。彼女の気分転換になるようなものを何か考えてみるわ」

ルーカスが出かけてから二時間後、封印された一通の手紙が屋敷に届けられた。手紙を持ってきたのは、げっそりした頬にこそこそした目つきの男で、初めて見る顔だった。彼が行ってしまうと、ローラは長々と手紙を見つめてから、震える指でそれを引き裂いて開けた。文字が目に飛び込んできた。筆跡に見覚えはないが、差し出し人がエドワードであることは間違いない。書かれていたのは〝明日の夜〟それだけだった。

彼女は手紙をびりびりに破って暖炉に投げ込んだ。するべきことはわかっている。この心を永久《とわ》に捧《ささ》げた男を誘惑するのだ。

13

ローラはいても立ってもいられない気分だった。翌日もルーカスは鉱山へ出かけ、彼女はその帰りを待ちながら、だらだらと続く午後の中で緊張と不安を募らせた。それは耐えがたいほどだったが、ルーカスの荷物を塔の部屋から出してほしいと頼んだときにミセス・トレネアが見せた対応には、どうにか笑みを浮かべた。

「どこに置きましょうか？」彼女が尋ねた。

「あら。もちろん、主寝室よ。それ以外にないでしょう？」

「いよいよですね」ミセス・トレネアは二人が見せかけの夫婦でなくなるのを喜んだ。

荷物の移動が完了すると、ローラの頭はその夜のことでいっぱいになった。自分は妖婦《ようふ》を、誘惑する女を演じて、何よりもきみが欲しいとルーカスに思わせなければいけない。しだいに、恥ずかしさと良心の呵責《かしやく》と嫌悪感にのみ込まれ、自分に嫌気がさしてきた。自分がしようとしているのは安っぽいつまらないことで、街の女がすることと同じだわ。

でも、と彼女は考えた。そこまで自分を責める必要はない。街の女というのは感情抜きで男たちに自分を与え、その行為から歓喜を得ることはまずない。だが、わたしがルーカスと愛し合うとき、この体は夫に激しく恋している女の、飽くことを知らぬ、疲れを知らぬ神秘の悦《よろこ》びを味わうのだから。

時間はのろのろと過ぎていった。やがて日が暮れて暗くなり、ろうそくが灯《とも》された。雨が降り出して風が起こり、古い建物の煙突という煙突、割れ目という割れ目から吹き込んで、あちこちの通路で不気味な音を響かせた。ローラは入浴をすませ、濃いローズ色のシンプルなドレスに着替えたが、髪は結わずにおいた。そのほうが、ルーカスの好みだと知っていたからだ。暖炉の前に置いた低いスツールに腰掛け、髪が絹のように輝くまでブラシをかける。待っていることにもう耐えられない、と思ったそのとき、男の声が静寂を破った。

「妻が夫の部屋から荷物を運び出すとき、それが意味するものは一つしかない」

ローラはくるりと振り返った。ルーカスが部屋の入り口に立って、肩でドア枠にもたれかかり、腕組みをしながら、ものうい笑顔でこちらを見ている。そのまなざしは彼女を焼き焦がすほどに熱く、問いを投げかけていた。雨に髪を濡《ぬ》らし、すでにジャケットを脱いだ彼は信じられないほどハンサムで、そしてひどくおもしろがっているように見えた。彼女は心臓が跳ね上がるのを感じたが、それを無視して立ち上がり、ブラシを化粧テーブルに置いて、胸の下で両手を組んだ。

「お気に召さなかったかしら？」ローラは少しはにかんで言った。

ルーカスは首をゆっくり横に振りながら、彼女の頭のてっぺんから足の爪先までしげしげと眺め、にんまりした。そしてもたれかかるのをやめてドアを閉めると、彼女に近づいた。「大歓迎だよ。きみはぼくが知る女性の誰よりも輝いているよ、ローラ。わかってるかい？　きみは今すばらしく美しく、そしてまた、乙女のようでもあると」彼は囁《ささや》いた。

彼女の頬が熱くなった。「もう乙女でないことはあなたがいちばんよくわかっているはずだわ」

彼はうなずき、ローラを一心に見つめた。「そのドレスを着たきみはたまらなく魅惑的だ」

ローラはそわそわと笑顔を返したが、するべきことはわかっていても、どう進めていいのかわからず、平静を失いかけた。目を伏せて唇を噛《か》む彼女に、ルーカスが優しく言った。「きみの癖だね」

ローラは驚いて目を上げた。彼がからかうように両の眉を上げ、楽しげに瞳をきらめかせた。

「きみは不安になると、そうやって唇を噛む」

「そう？　知らなかったけれど……でも間違いないわね、あなたがそう言うなら」

「ぼくが今きみを不安にさせているのかな？」

ローラは彼をじっと見つめ、それからこう答えた。「初めて会ったときから、あなたはわたしをずっと不安にさせているわ」

彼女はわざと口を尖《とが》らせたが、そのまなざしにルーカスは胸がじんとして言った。「ということは、二人の関係に変化をもたらそうとするこの試みが、なぜかしらきみをびくびくさせているとしか思えない。ぼくたちの結婚はふつうとは違うスタートを切った。二年前に床入りをしたきり、ずっと離れ離れだったのだから」

「それはあなたのせいでもわたしのせいでもないわ」ローラはうっとりしながら囁いた。底知れぬ銀色の瞳を見つめる彼女を、ルーカスのかすれた声が愛撫《あいぶ》し、魔法をかけて引き寄せる。

「そうだとも。床入りでぼくに幻滅し、あの行為は苦痛と屈辱でしかなかったというきみの話を聞いて、ぼくは待つ覚悟だった。そして今、きみが汚名返上のきっかけを作ってくれた」そう言いながらも、彼は内心では、自分から行動を起こせたらよかったのにと悔やんだ。「これまでぼくは、どれだけ苦しんだことか。きみがそばに来るたび、この腕に引きずり込んで愛を交わしたいと思ったが、二人の記憶から消してしまいたいあの初夜が頭にちらついて、自分の卑しい衝動に従う気にはなれなかった。無理強いはしたくなかったし、なんであれきみの意にそわないことをきみにさせたくなかった」

「あなたの気持ちはわかっているわ」

「あのとき、ぼくたちは〝愛を交わした〟のではなく、あれはぼくの一方的な行為だった。どうか信じてほしい。今夜二人に起こるだろうことは二年前とは違うものになると」

「ええ……信じるわ」

「ありがとう」ルーカスは大きな寝室を見まわし、自分の目に映ったものが気に入った。彼女が手入れをして部屋を生き返らせてくれたのがわかる。「ではぼくはまず、新しい環境に慣れておこう」

ルーカスは部屋の中をぶらつきながら、見覚えのある品々に懐かしそうに手を触れた。暖炉に躍る炎、部屋じゅうに灯されたろうそくが、大きな天蓋《てんがい》つきのベッドを照らした。天蓋から垂れる朱色のダマスク織りの布が四柱に寄せて結んである。ローラがこの主寝室をすばらしく居心地のいい部屋に変えてくれたことに感動しながら、我が家に戻ってきたのだと、初めてそう思えた。

「ここは両親の寝室だった。ぼくはこれから、この中で風呂に入るとしよう」彼はそう言いながら部屋を横切って化粧室に入り、きちんと並べられた自分の持ち物を目にした。

「準備万端整えてあるわ」ローラは彼に告げた。「あなたが帰ってきたら、すぐにお湯をここへ運ぶようジョンに言っておいたの」

シャツを脱ぎ、濡れた髪をタオルで拭《ふ》きながら、ルーカスが化粧室から出てきた。怪我《けが》をしたあの日以来、ローラは彼の裸を何度も目にしていたが、こんなふうに全身にぞくっと震えが走ったのは初めてだった。火明かりの中で彼の肌が温かい輝きを放ち、体が動くたびに腕と肩の筋肉が波打つのが見えた。肩に残る傷跡にもかかわらず、ルーカスの姿は実に堂々として、見事と言うほかなかった。

「もう夜も遅いというのはわかっているが、食事はしたのか？」彼がきいた。

「いいえ」彼女は照れくさくて目を伏せた。「キャロラインはさっき自分の部屋ですませたけれど、わたしはあなたを待ちたかったの」緊張のあまり、食べ物のことを言われただけで胃がむかむかする。「この暖炉のそばで二人だけで夕食ができたらいいなと思って。おなかはすいている？」

「飢え死にしそうだよ」ルーカスは柔らかな声で言った。今すぐ彼女を腕に引き寄せ、どくどく脈打つ喉に唇を押しあてたい。「でも、食べ物の話ではないよ。きみがついに、ぼくと二人きりになりたいという気持ちになってくれてうれしいね」

「本当に？」

ルーカスがタオルをほうり投げ、彼女の目を見据えた。「もちろんさ。ここへおいで、証明してあげるから。ぼくらは二年もお預けを食らい、そして今、二人を隔てるのはたった六歩の距離だよ、ローラ」

その低く深みのある声に彼女の五感が激しく揺さぶられ、体がわななき出した。彼が放つ官能の魅力、瞳に燃える埋《うず》み火を無視できず、ローラは長く震えながら息を吸い込み、自分がぶざまで、どうしようもなく無知だと痛感した。

「お、お食事は？」

「あとで」ルーカスは答えた。その目が邪《よこしま》にきらめくのを彼女は見逃さなかった。「そんなことで時間をつぶしてはいられないよ。おいで。二年前は二人とも、何が起こるのか先が見えていなかったが、今は違う。きみはぼくの妻で、ぼくがきみと愛を交わすのはもうわかりきっている。ぼくはきみを求め、きみもぼくを求めている。そうでなければ、こんな行動に出ないだろう。ぼくを求めているかどうかまだよくわからないと言うなら、夜が終わる前に、ぼくがわからせてみせるよ」彼は待ちきれず、自分かららローラのほうに一歩踏み出して腕にさっと抱きしめた。「ありがとう」と、いい匂《にお》いのする髪に唇を押しつけて囁く。

そして欲望をくすぶらせた視線をローラの唇にじっと注いで、彼女の体に火をつけた。二人は一瞬、時が止まったように見つめ合い、それからたどたどしいほどゆっくりとルーカスが唇を重ねて、彼女を貪《むさぼ》った。ローラに両腕をまわし、そのしなやかな体を自分に押しつける。彼女がぴったり体を寄せると同時に、ルーカスの力強い骨格にぶるっと震えが走った。長いこと眠っていた熱情が目を覚まし、激しいキスをぶつけて、自分にも同じ情熱を返してくれと彼女をせき立てる。ルーカスの要求はむき出しの飢えに変わり、二年の歳月は互いの熱い欲望の下で燃え殻となった。

ルーカスは自分でもよくわからない言葉をつぶやきながら、熱いキスをローラの両耳とほっそりした喉に浴びせ、背中と胸にせわしなく両手を滑らせて、自分の硬い両腿に彼女をぎゅっと押しつけた。

早くローラのすべてを知りたい。服を脱がせてその裸身を自分の傍らに寝かせ、自分のものにしたい。

彼は体を離すと、細い指でもどかしげにドレスのボタンを手探りした。彼女の唇からあえぎがもれ、乙女のように頬がぽっと赤く染まった。

「ルーカス！　お風呂に入ると言ったのを忘れたの？　ジョンがもう今にもここへお湯を運んでくるというのに。彼にどう思われるか、もし——」

「風呂など知ったことか！　それに、ぼくの頼もしい従僕とは内緒話をしたから心配はいらない、茶々が入ることはない」

彼がローラの両肩からドレスを押し下げるとドレスが足元に滑り落ち、彼女はそこから一歩踏み出した。下着の深い襟ぐりからこぼれる胸の膨らみを、ルーカスは見つめた。ローラの心に相反するばらばらの感情が渦巻き、赤い顔がさらに真っ赤になって、彼女は半歩後ずさると、半裸の胸を隠すように両手で覆った。二人が一つになるのを邪魔立てするそのもう一枚を脱がせにかかろうとしたルーカスは、手を止めて顔をしかめた。

「どうしたんだ、ローラ？」

返ってきた力ない囁きに、彼は驚いた。「ご、ごめんなさい。ばかな女だと思うでしょうね。でも本当に、どうしたらいいかわからないの。だって——あれからもう二年よ」

そのいじらしい告白に、ルーカスは深く恥じ入り、彼女が初めてのときのことを思い返しているのだと気づいて胸がずきんとした。ローラの肩に片手を置き、反対の手で彼女の顎を持ち上げ、できるだけ優しい声で言う。「きみは何もしなくていいんだよ。きみを傷つけるようなまねはいっさいしないから。ぼくを信じて」

「信じるわ」心がよじれそうになりながら、ローラは囁いた。

ルーカスは彼女が欲しくてたまらなかった。二年ものあいだ、運命は彼から自由と尊厳と、そして未来を奪い取ったのだから。だが、ローラと愛を交わすとき、それは自己満足とか、自分の欲望を満たすだけの行為であってはならない。かつての自分は常に、性愛に関して積極的で知識の豊富な女性を選んでベッドへ連れていき、その情熱のひとときが過ぎ去れば、一人になって眠りたいと考えるほうだった。でもローラは、そういう過去の女たちとは違う。悦びを与え、受け取るテクニックを教え込まれていないのだから、自分ができるだけ優しく手ほどきしてやる必要がある。

ローラは自分から始めておきながら、今にも逃げ出しそうな子兎《うさぎ》のように、びくびくしていた。尻込みするその姿にルーカスは意欲をかき立てられ、自分が彼女に抑圧の殻を破らせてみせると誓った。

ありったけの技でローラを誘惑し、彼女が彼女自身の中にあると知らなかった激しい情熱を見つけられるようぼくが導こう。

彼はローラの柔らかな顎の線から首へ、ペチコートの薄いレースに覆われた肩へ、そっと指先を滑らせた。彼女はそのぬくもりに不思議な安堵《あんど》を覚え、ルーカスが熟練の手つきで下着を脱がせるあいだ静かにしていた。だが、夫の賞賛のまなざしが照れくさく、抱き上げられてベッドへ運ばれ、シーツのあいだへ寝かされたときはほっとした。彼もすぐに一糸まとわぬ姿になり、ローラの横へ滑り込んだ。

事をせいては怖がらせるだけだと、ルーカスは彼女の頬に唇で軽く触れ、裸の胸を覆っているシーツをそっと押しのけた。ローラは彼の視線が注がれている場所を見て、シーツを全部はがされないようにと手をつかんだが、ルーカスは彼女の手をそっとつかみ返して動けなくした。

「だめだ。ぼくに見せてくれ、ローラ」

彼女はどうすべきか決めかねるようにルーカスの目をじっと探った。いやだと言うかもしれない、と彼は思ったが、ローラは意外にもこわごわと微笑を浮かべた。そして、ルーカスをどうしても喜ばせたい気持ちから、続けていいわとうなずいた。

愛情と欲望が自分の喉をぎゅっと締めつけるのを感じながら、彼はその見事な裸体に見入った。と同時に、ローラのつややかな肌が赤く染まった。引き締まった胸と薔薇《ばら》色の頂、細いウエストと丸みを帯びた腰、すべてが極上の美しさだ。顔のほうへゆっくり視線を上げると、彼女が半ば閉じたまぶたの奥からルーカスを見つめていた。彼女の顎をそっとつかんで、唇を優しく触れ合わせる。

彼は囁いた。「きみはすばらしい。そしてぼくが今、どれほどときみを求めているか、わかるかい？」

ローラは銀色の目をじっと見つめた。ルーカスはその誘惑のまなざしで彼女の瞳を捉《とら》えながら、顎から手を離し、指をさらに遠くへ這《は》わせていった。熱い悦びの波が水銀のようにローラの全身に広がっていく。

「怖がらないで」彼はつぶやき、気持ちを落ち着けるように長く息を吸って、必死で自分を抑えた。豊かな胸の膨らみを包み込み、優しく撫《な》でるてのひらの中で、彼女の胸の先端がつんとそそり立つのがわかった。

深みのあるハスキーな声と、体をゆっくりと這いまわる両手という組み合わせが、ローラにたちまち魔法をかけた。彼女はゆったりと目を閉じた。欲望の波に逆らえず、ルーカスの唇と親密な愛撫が自分にもたらす極上の悦びに屈するしかない。彼の手は豊かな胸の膨らみから贅肉《ぜいにく》のないおなかへ、さらにその下へ動いていった。そして、彼の唇がこれ以上ないほどゆっくりと肌を焦がしていき、ローラは彼の気遣いを感じ取った。体のあらゆる場所に惜しみなく平等に注意を注ぎ、熟練の技を駆使して、彼女にとっては未知なる欲望の火を燃え上がらせようとしている。

ルーカスは彼女を自分にぴったり引き寄せて、硬い腿に押しつけながら、耳に、唇に、優しくキスを浴びせ、欲望をそそるように唇を開かせると、舌を差し入れて、内側の蜜《みつ》のような甘さを味わった。ローラは熱く激しいキスを返して彼を驚かせ、そしてルーカスはすばらしく刺激的な女に変貌《へんぼう》した彼女に狂喜しながら、自分が誘惑する者からされる者に変わりつつあるという危機感を覚えた。

ローラは深い官能の世界へゆっくりと沈んでいったが、頭の片隅でエドワード・カーライルが自分を嘲笑《あざわら》っている気がした。胸の鼓動に重なって、窓に叩《たた》きつける雨音が聞こえた。このあと入り江で何が起こるのかはわかっているけれども、そのことは考えたくもなかった。

ルーカスを欺くのは罪であり裏切りだ、と良心が憤りの声をあげた。だが、彼の口がローラの唇をふたたび焼き焦がし、すべての毛穴から熱情を送り込んで彼女の血に火をつけ全身を燃え上がらせると同時に、良心は口をつぐんだ。

ルーカスの息遣いが荒く激しくなった。ローラの表情が変化して、硬かった体が弛緩《しかん》するのを感じながら、彼は首を持ち上げ、とろけるような瞳をじっと見つめた。「ぼくが欲しいと言ってくれ、ローラ。欲しくてたまらないと」

「ええ」そのかすれた囁きは、彼女のいちばん奥深いところから引きずり出された。ルーカスの大きなすばらしい体にぴったり押しつけられ、その硬い輪郭と熱さを感じながら、もう無条件で彼に自分を与えようとローラは思った。体に火がつき、溶けて流れ出しそうだ。目を開けると、ルーカスが彼女の上で身がまえるのが見えた。そのまなざしは一心不乱で、顔は激情をたたえて険しさを帯び、こめかみがどくどく脈打っている。広い胸からカーブする肩へ、首筋へローラは両手を滑らせ、彼の髪に指を絡めると、自分の顔に引き寄せた。「明日断罪されようと、あなたが欲しいわ」

その言葉がルーカスの朦朧《もうろう》とした頭に流れ込み、一瞬、妙な台詞《せりふ》だと彼は思った。しかし、彼女を仰向けにして、自分を受け入れられるよう腰を持ち上げながらそれを問いただす余裕などあるはずもなく、あとはただひたすら悦びを与え、そして受け取ることに全身全霊を傾けた。

夜明けの光がカーテンの隙間《すきま》から差し込むころ、ルーカスは目を覚ました。すっかり満ち足りて、動けないほど体がぐったりしている。寝ぼけた頭で考えられるのは、今、丸くなって自分に体を寄せている妻のことぐらいだった。妻は自分に片脚をかけていて、その肌は温かく、ごく薄い絹のような感触だった。彼女は上掛けの下で伸びをしたが、目は覚まさなかった。

ルーカスは片肘で上半身を支え、ローラをじっと見下ろしながら、せつないほどいとおしさが込み上げるのを感じた。彼女の美しさが、そしてこれが夢でないということが信じられない。寝乱れた黒髪の頭が彼のほうを向き、長くカールしたまつげが赤らんだ頬に影を落とした。唇はキスのせいで腫《は》れぼったく、しっとりと濡れ、かすかに開いている。規則正しい深い寝息がルーカスの肌にさざ波のように伝わって、欲望を呼び起こした。自分の疲れた体がこんなに早く目覚めるとは思いもしなかった。

自分の前で恥ずかしそうにしていたあの娘が、奔放に身をくねらせる妖婦に変身するのをまのあたりにして、頭がまだくらくらしている。彼女は体を弓なりにしてぼくの動きに合わせ、長い両脚でぼくをしっかりと締めつけながら、ぼくの背中のうねる筋肉をしっかりつかんで引き寄せて上りつめていったのだ。その滑らかに機敏に動く体、ぼくの口を芳しい香りで満たす口、ぼくの飢えに負けないその飢えに励まされて、二度目はさらにすばらしい愛を交わすことができた。そこには、ものうい眠気と情愛と、ゆっくりとした時間があった。やがて満ち足りて互いの腕の中で眠りに落ちるまで、ルーカスは彼女の上で延々と動き続けた。

彼はローラの額にかかった髪を払いのけ、そこにそっとキスをすると、彼女を起こさないようベッドから静かに抜け出した。急いで身支度をしてブーツを手に持ち、寝室を出て玄関広間へ行くと、座ってブーツを履きながら、ジョンを呼んだ。ジョンが厨房《ちゆうぼう》の方角から姿を現した。

「早いお目覚めですね」

「そうだ。鉱山へ行くにはいささか早いし、馬でひと走りしようかと思って。朝食の前に頭をちょっとすっきりさせたいんだ」

「名案だと申し上げましょう。昨夜、ご主人様に謎《なぞ》の訪問者がありました」

ルーカスはさっと彼を見た。「誰だ?」

「それはわかりません。一度も見たことのない顔でした。急用だと言っていましたが」

「なぜぼくを呼びに来なかった?」

「邪魔をするなとおっしゃったからです――わたしが記憶するかぎり」ジョンは意味ありげに目をきらめかせた。「いずれにせよ、呼びに行くだけ無駄だったでしょう。急いでいるので待てない、と訪問者は言いましたので」彼は眉をひそめた。「でも、動揺している様子でした」

「まあ、いいさ」ルーカスは立ち上がった。「急用なら、その誰かさんはまたやってくるだろう」

「はい、おっしゃるとおりかと」

それからまもなく、ルーカスは馬で崖《がけ》の上に出てロズリン入り江の方角に向かった。風がうなりながら大地の窪《くぼ》みや裂け目に吹き込み、海を煽《あお》り立てて巨大な波を容赦なく海岸に打ちつける。ありがたいことに、雨は夜明けとともにやんでいた。今日は世界のすべてが黒と灰色で描かれているように見える――喪に服す寡婦のように。

彼は屋敷へ引き返したくなった。うめき声をあげる風は、ロズリン入り江に取りついているとも言われる死人たちを強烈に思い出させる――乗っていた船が嵐《あらし》に遭って座礁したか、あるいは掠奪者《りゃくだつ》が掲げる偽の明かりにおびき寄せられて岩に乗り上げたかで、海に落ちた不運な者たちのことを。ルーカスの頭にふたたびエドワード・カーライルの顔が浮かんだ。あの下劣な男をコーンウォールから排除しないかぎり、この心は休まらないだろう。そのときがもうすぐやってくる。間違いなく。

彼が引き返そうとしたとき、男たちの小さな集団が近づいてくるのが見えた。崖の上の小道を黒蟻《あり》のようにぞろぞろ歩きながら、風が体に入り込んでこないよう着ている粗末な服をぎゅっと握りしめている。彼らはホイール・ローズへ向かう錫《すず》の作業員たちで、交替制で働いていた。

絶え間なく続く傷の痛みをやわらげようと、ルーカスは肩を動かしながら、その一人一人に挨拶《あいさつ》して先へ進もうとした。そのとき、集団から離れて歩いていた若者がかすかな身振り手振りと、声が聞こえる範囲に誰もいないのを確認するこそこそした目つきで、自分は話がしたいのだという意思を伝えた。

「なんだい?」ルーカスは尋ねた。

「おれのことは知らないでしょうが、名前はセス・ワトキンズっていいます」若者は目上の人に敬意を示そうと、頭から帽子を引きずり下ろした。「トリスリン出身です」

ルーカスはうなずいた。名前は知っている。セス・ワトキンズはホイール・ローズ鉱山のエンジン・ハウスの雇い人で、二カ月ほど前に浜で死体が発見された収税吏の弟でもある。昨夜、屋敷へやってきたのは、きっとこのセス・ワトキンズだろう。

「なんの話だい？　ひょっとして、ゆうべ、ぼくに会いに来たのはきみか？」

「はい、おれです」話が風に運ばれないよう声を落としている。「荷揚げのことで話したいと思って」

ルーカスの首筋の毛が逆立った。「荷揚げ？　なんの荷揚げだ？　今初めて聞く話だが、それはいつ行われる？」

「ゆうべでした。それで、伝えようと思って屋敷へ行って……でも長居できなかったんです。つけられてる気がしたもんで。目を光らせてるのが大勢いるんです。おれがべらべらしゃべりゃしないかって」

「きみはジェド・ワトキンズの弟だな？」

「はい、そうです」

セスは兄が撃たれるのを目撃したというウォルターの話を思い出し、ルーカスは要領よく質問した。

「あの夜、きみはそこにいたのか？　ジェドが撃たれたとき？」セスは帽子をいじりながら、不安げにきょろきょろ目を動かしている。「きみはそこにいたから……ジェドを撃った男をその目で見たから、ゆうべの密輸のことを知らせようと決心したのか？」

「ジェドを撃ったのはカーライルだ。おれは知ってる。そこにいたんです」

「だから復讐《ふくしゅう》したいと」

「いや、おれはそういう男じゃない。正義が見たいだけです。カーライルは法廷で裁かれ、吊《つ》るし首になってほしい。もし判事がやつを死刑にしなかったら、そのときはおれが自分でやる。たとえ、それで自分が死ぬことになっても」

「きみは勇敢な男だ、セス・ワトキンズ」

「いや。もっと前に名乗り出りゃよかったが、危険が大きかったんです。おれの家族――おれの子どもらのことが心配で。それで言い出せなかったんです」

「だったら、なぜ今になって？」

セスは肩をすくめた。「良心、ですかね。それに、父親のない子になっちまったジェドのちびどもを毎日見てたら、おれの胸にしまい続けるのは、だんだん荷が重くなってきて」

「それならなぜ、ウォルター・エインズワースのところへ行かなかった？　彼は治安判事だ」

「行きました、ゆうべ、あなたの屋敷へ行く前に。でも判事のメイド頭が言うにゃ、彼は二日前からトルロにいて、帰ってくるのは今日遅くになるって。で、ロズリン・マナーへ行こうと思いついて」

「思いついてくれてよかったよ、セス。ゆうべ話してくれていたらもっとよかったが。カーライルがきみの兄を殺した事実はさておき、彼がどこまで違法行為に手を染めているか、きみは知っているか？」

「知ってます」

「では、彼の逮捕に至ったとき、犯罪の証拠となる事実を述べてくれるか？」

「はい。やつは悪人で危険な男だ。やつが陰で糸を引いているあいだは、みんなやつを恐れて逃げまわるが、牢屋《ろうや》にぶち込まれたとなりゃ、おれのほかにも真実を話そうって人間が出てきます」

帽子をかぶり、後ろからやってきた作業員の仲間と一緒に歩き出したセスを、ルーカスはじっと見送った。だが、その目には実はセスの姿は見えてはいなかった。頭の中でひどく恐ろしい何かが形になりつつあり、ルーカスはふたたび向きを変えて、ロズリン入り江へ続く小道を下っていった。

密輸団はぬかりなかった。洞穴には何一つ残っていないし、砂浜にも何も散らばっていない。ルーカスが妻とベッドにいたあの時刻、ここで何かよからぬことが起きていた事実を示すものは何もない。だが、入り江を離れて深く黒々としたラグーンの脇《わき》に立ったとき、ルーカスは発見した。砂地に荷馬の蹄《ひづめ》の跡がくっきりと残っていた。それをたどって彼は川沿いを進み、小道を登りきった。雨にぬかるんだモーガンの土地に、荷馬車の車輪がくねくねと深い轍《わだち》をつけている。どっさり荷物を積んでいた証拠だ。

「カーライルめ」彼は食いしばった歯のあいだから囁き、揺らぐことのない氷のような視線を、波立つ黒い水面《みなも》にじっと注いだ。「またしても逃げおおせたようだが、次もうまくいくと思ったら大間違いだ」

ルーカスは屋敷へ馬を向け、ローラの——妻のもとへ戻りながら、すでに自分の中で形になりつつある、ぞっとする考えを払いのけるように首を横に振った。

エドワードがローラを邪悪なゲームの駒《こま》に使ったと思うだけで、気が狂いそうだ。昨夜愛を交わす前に彼女が口にした言葉が、頭の中にこだました——明日断罪されようと、あなたが欲しいわ、と。

あのとき、変な言い方だと思ったものの、ぼくは彼女に夢中で、ろくに考えようともしなかった。だが今、冷たく澄んだ日の光の中で、あれはローラの計算された行動だったのだと気づいた。

ぼくの勘違いであってほしいが、そうは思えない。走馬燈《そうまとう》のように昨夜の出来事が甦《よみがえ》った。ローズ色のドレス姿で自分を誘惑するローラ、一糸まとわぬ姿で自分の腕に横たわるローラ、彼女のとびきり甘い香りと、自分の胸に広がる漆黒の髪——その無邪気さ、そのほほ笑み。

だがローラは昨夜、まるで世慣れた女のような手練手管でぼくを誘惑し、まさにこの鼻先で起きていることから、ぼくの目をそらしたのだ。ルーカスは拳《こぶし》を握りしめ、何かを粉々に打ち砕きたい荒っぽい衝動に駆られた。思い出すのは、彼の体に絡みついたひどく柔らかな、ひどくほっそりしたローラの両腕と、ぼくを魅了して従順な奴隷にしてしまった彼女の魔力だ。そして忘れられないあの姿――笑っている青い目をした濡れ羽色の髪の天使はすばらしく堂々として、魅惑的で、せつないほどに美しく、罪深いほどに奔放だった。

ルーカスは自分の愚かさ加減を罵《ののし》った。ローラとカーライルの婚約を知ったときのぼくの怒りはすさまじく、あれ以上自分が憤激にまみれることはあり得ないと、ついさっきまで思っていた。だが、自分の妻に騙《だま》されたとわかった瞬間、過去の怒りを超える憤激にのみ込まれた。

14

ローラは横向きになり、誰もいない自分の隣を見つめた。こんなに惨めで寂しいのは生まれて初めてだわ。仰向けになって、ベッドの天蓋《てんがい》を見上げ、ルーカスのことを考える。激しく動く体の重みは今も感じられるほどだ。あのすばらしい興奮と精いっぱいの愛を込めて奔放に応《こた》えた自分を思い出すと頬が熱くなった。今度愛を交わすときは二年前とは違うと彼は言ったけれど、本当だった。ルーカスが求めたのはこのわたし自身であって、わたしが彼の妻だから、夫として権利があるからわたしを求めたのではない。あなたを愛していると彼にもう少しで言いそうになったけれど言わなかったのは、ルーカスが同じ言葉を返してくれるとは思えなかったからだ。

きみはすばらしいと囁《ささや》く彼の声、彼の情熱、彼のキスが心に甦《よみがえ》る。信じられないのは、情熱の美しさも、二人が一つになって初めて得られる悦《よろこ》びも知らなかったわたしが、痛みと恍惚《こうこつ》がまったく同一のものになる世界へ運び去られ、そこで至福に到達したことだ。ルーカスは手慣れた動きで、抑えたり、もう少しだと思わせたり、また抑えたり、というのを繰り返してから、待ちきれなくなったわたしにとうとう屈して到達点へ導いてくれた。

だが、その官能の記憶を蹴散《けち》らすある事実——昨夜彼と愛を交わすことになった理由をローラは思い出した。激しい責苦が心に渦巻き、耐えきれなくなって上掛けを押しのけ、ベッドを出た。

自己嫌悪、羞恥《しゅうち》心、苦い後悔に彼女はのみ込まれた。昨夜彼と結ばれるよう仕組んだのは自分であり、この体を武器に夫を罠《わな》にかけ、セックスを道具にしたのだ。わたしはなんと大それたことをしてしまったのだろう。泣き出しそうになるのをこらえたが、今にも涙があふれて流れ落ちそうだった。ローラは両腕をウエストに巻きつけ、鏡にぼやけて映る自分を見た。こちらを見返す顔に浮かんだ裏切りとやましさが彼女の魂を引き裂く。

鏡を見ていられなくなり、ベッドにどさりと座る彼女の頬を涙が伝い、しゃくり上げるたびに滑らかな体の輪郭線が打ち震えた。やがて涙も涸《か》れ果て、ローラは体を起こすと濡《ぬ》れた頬から髪を払い、ベッドから立ち上がって化粧室へ入った。冷たい水で顔を洗い、静かに身支度を整えて、夫と向き合う覚悟を決める。たとえ軽蔑《けいべつ》されようと、自分がやったことを打ち明けないかぎり、自分に我慢がならない。

様子を見に来たスーザンには、頭痛がするからこのまま部屋にいたいと伝えて、ローラは苦悩の中に一人取り残されたまま、夫の帰りを待った。

屋敷にたどりつくころには、ルーカスの憤激は静かにふつふつとたぎる怒りへと変わっていた。彼は妻のしたことに軽蔑を隠せず、主寝室へ足を踏み入れ、そして冷ややかな沈黙の中で、二人は相手の心中を推し量るように延々と見つめ合った。

ルーカスの全身から不屈の闘志がにじみ出しているのを見て、ローラはますます絶望的な気分に陥った。自分への思いやりがまだ残っていないか、彼のいかめしい顔をじっと探るが、それはかけらも見当たらなかった。その表情は凍りついた怒りの仮面のようで、金属的な冷たい銀色に変わった目が彼女を刺し貫いて、その裏切りと共謀を非難している。妻が何をしたのか、夫はお見通しだ。

不安はいっきに恐怖に転じた。ローラは棒のように突っ張った脚を動かして近づいていった。ルーカスが彼女を見下ろす。

「泣いていたのか。きみはぼくに隠し事をするのを楽しんでいるようだが、その理由は聞かせてくれるんだろう？ さあ、とぼけるのはやめて」声は穏やかだが、それは嵐《あらし》の前の静けさに似ていた。「おめでとうと言わせてもらうよ。きみは思ったとおりの利口者だ。完璧《かんぺき》な嘘《うそ》つき、そしてすばらしい女優だ、ローラ。正直、すっかり騙《だま》されたよ。だが、ぼくをベッドにおびき寄せるなんて極端な手を使う必要はなかったと思うが」

「ルーカス、本当にごめんなさい」彼女は途切れがちに囁いた。「最初にどの罪でわたしを罰するの？」

「きみはいくつの罪を犯した？」

激しい苦しみの中で、ローラはぐっとつばをのみ込んだ。「二つよ」

「それは？」

「エドワードの要求に応じたこと——そして、あなたを騙したこと」

彼の視線が剃刀《かみそり》のようにローラを切りつけた。

「つまり、ゆうべの荷揚げの件は全部承知していたし、それは否定しないと?」

絨毯《じゅうたん》の上を苛立《いらだ》たしげに行ったり来たりしはじめたルーカスに、彼女はしょんぼりと首を振った。

「しないわ」

「そして、それこそがこの茶番を演じた理由で、きみはぼくの持ち物をここへ移し、昨夜、入り江で起こる一部始終を見せないようにしたんだろう? そうだろう?」ローラが答えないのを見て、彼は恐ろしい声でたたみかけた。「答えろ。事態をこれ以上悪くしないほうが身のためだぞ」

「ええ」ルーカスの言葉に鞭《むち》打たれ、喉に塊がつかえて囁き声しか出ない。「でも……自分がしたことを深く悔いているし、あなたに打ち明ける覚悟はできていたの」

ルーカスはポケットに両手を突っ込んで立ち止まり、彼女を見下ろした。軽蔑のまなざしでローラをじろじろ眺める。「いつだ、ローラ? いつぼくに打ち明ける決心をした? 遅すぎやしないか?」

無慈悲な口調に、彼女は身を切られる思いだった。なぜ、わたしはこの人をこんなにも深く愛してしまったのだろう。「ど、どうしてわかったの?」

「入り江で、この目で証拠を見たのだ——蹄《ひづめ》の跡、車輪の轍《わだち》。海峡の向こうのご友人たちから届いた密輸品をどっさり積んでいたのは明らかだ」彼はローラに近づいた。彼女を見下ろす目は険しく、きらめいて、非難に満ちている。まるで他人の目だ。

「ぼくは首を傾《かし》げた。どうやったらそんな大仕事をこのぼくに知られずにやってのけられるのか? 自分の妻が密輸団と手を組んだと思い至るまでに、そう時間はかからなかったよ。ぼくは愚かにもきみを信じていたから、きみがしでかしたことに気づいたとき、単なるばかなのか、ずる賢いのか判断しかねたが、その両方だと今わかった。きみのせいで、カーライルにまたしても法を愚弄《ぐろう》されたよ。自分のしたことがわからないのか――これはれっきとした犯罪だと？　自分の妻にかつがれたぼくは、カーライルとそのご友人たちの物笑いの種だろう」あからさまな苦悩がさっと顔をよぎった次の瞬間、ルーカスの全身がこわばった。「きみのおかげで、ぼくはいい恥さらしだ。いったいなぜ、あんなまねを？」

「わたしは死に物狂いで、そして怖かったの」呼吸が浅くなって息苦しくなり、我を忘れるほどどぎまぎしながら、ローラは彼の鋭い視線とまっこうに目を合わせた。これほど抑制された、それでいて脅威に満ちた憤激を見たのは生まれて初めてだ。その怒りは正当なものであり、彼女の良心がこう念を押すのが聞こえた――あなたがエドワードと交わした取り引きはルーカスのプライドを傷つけただけでなく、許しがたい犯罪でもあったのよ、と。

「カーライルといつどこで話をしたのか教えてくれないか？　やつに負わされた怪我《けが》から回復しようと、ぼくが床に伏せていたあいだか？」

ローラはうなずいた。「キャロラインと一緒にロズリン村まで歩いた日に、彼はキャロラインを偶然見て正体を見破ったの」

なるほど、という表情がルーカスの目に浮かんだ。

「つまり、そういうことか。きみが向こう見ずに行動したせいで、キャロラインとルイスがこの屋敷にいる事実を知られてしまった。言うまでもないが、きみはあの親子を危険に陥れた。ジャン・ド・ムルニエは情報を手に入れるなり、鬼のようにロズリンに乗り込んでくるに違いない」彼は嘲笑《あざわら》うように言って、怒りで青ざめた顔でローラを見下ろし、目をきらりと光らせた。

「わかっていますとも」彼女は打ちひしがれた声で言った。

「きみは愚かだ。遠くへは行くなと言っただろう――とくにカーライルと話すなどまかりならぬと。ぼくにそむくよう彼がきみをどう説き伏せたか、それは問題ではない。今さら言っても始まらないし、そむいたのは事実だから。ぼくには夫としてきみに命ずる権利があって然《しか》るべきだが、ぼくの指示に従うだけの忠誠心と自制心をきみが持ち合わせていると期待するのがたとえ不可能だとしても、ぼくにそむいてキャロラインを無理やり村まで引きずっていくほど分別に欠けているとは思わなかった。カーライルがきみのところへやってきて、脅しをかけたのか?」

「ええ……ええ、そうよ」ローラは断言した。

ルーカスの顎に力が入った。「やつは何か手荒なまねを?」

「いいえ。少なくとも、暴力はふるわなかったわ」

「まだやつが怖いのか?」

「ええ」彼女は叫んだ。「怖いわ。これからどうする気なのか。彼はわたしに、入り江で二回荷揚げをすると言い、その夜あなたの注意を入り江からそらすよう申し渡したの。さもないと、ジャン・ド・ムルニエにキャロラインとルイスが身を潜めている場所を教えるぞと言って。その脅しを――その恐怖を、無視できなかったわ。それは死刑執行人が振り下ろそうとする斧《おの》のように、わたしの頭上にかざされたから。選択の余地がなかったことをどうかわかって、ルーカス。ああするしかなかったのよ」

「いや、選択の余地はあったさ」ルーカスが冷ややかに答えた。「ぼくのところへ来ればよかったんだ」

彼の目が細くなった。「荷揚げは二度行われる、そう言ったな。一度目はゆうべか?」

ローラがうなずく。

「つまり、荷揚げはもう一度行われる」ルーカスの頭は早くも、エドワードを捕まえるための計画を立てはじめていた。「キャロラインはなぜ何も言わなかった？　その場にいたにもかかわらず」

「エドワードが例の恐ろしい要求をわたしに突きつけたとき、彼女は先を歩いていたし、彼と会った事実には触れないようわたしが頼んだからよ。許しがたいことだというのは、わかっているの――あなたを騙した自分を嫌悪するわ。でもあのとき、あなたはまだひどく具合が悪くて、満足に動けない状態だった。エドワードがあなたをどんな目に遭わせるかと思うと、言えなかったわ。何があっても、あなたにだけは打ち明けなかったでしょう」

「その理屈がぼくにはわからない」彼は痛烈に言い返した。

「ああ、ルーカス。そんなに早死にしたいの？」ローラは叫んだ。「あなたを撃ったのは自分だと彼はほのめかし、またやるつもりだと脅したのよ」

ルーカスの唇がねじ曲がり、残酷な笑みが浮かんだ。「ぼくはふがいない男だと、きみは思っているわけだ。今度またぼくを狙《ねら》ってみろ、カーライルはただではすまないだろう。荷揚げがいつ行われるか、やつはどうやって連絡してきたんだ？」

「二日前に屋敷へ伝言が届いたの」

「ぼくが鉱山にいたときに？」

「ええ」ローラは蚊の泣くような声で答えた。

「なるほど」とルーカスは嫌悪もあらわに揺るぎない視線を投げ、長身の体を怒りでこわばらせた。

「ローラ、次もぼくを騙すつもりだったのか？」

「いいえ、誓ってそんなつもりは。二度とする気になれなかったわ」

「それはまたご親切な話だな」彼はうなった。

「お願いよ、ルーカス。あなたには哀れみの心というものがないの？」彼女は涙をこらえきれなくなった。「わたしを信じて、話を聞いて」

彼女の涙にもルーカスは動じない。「続けてくれ。

話を聞くから」

「さっきあなたが部屋に入ってきたとき、すでに告白する覚悟を決めていたの。本当よ。わたしは進んであなたを不愉快にさせるようなまねはけっしてしないわ。叱《しか》られてあたりまえだと考えているし、心から後悔しているの。だって、あなたからの尊敬をもう得られず、そしてわたしがあなたを見捨てたと思われているなんて、悲しくてならない。でも、あなたから軽蔑されるのは耐えられないわ」

「何事もなかったようにふるまえというのか？」

ローラはしょんぼり首を横に振った。「いいえ。でもあれは、ああするしかないと思ってしかたなくやったことなの。間違っていたと認めるわ。あなたとキャロラインとルイスを守ろうとして、あなたを怒らせてしまった。でも、これだけはわかってほしいの。どんなにあなたに打ち明けたかったか、そして、あんな形であなたを騙した自分をどんなに嫌悪したかを。だけど、自分がやったことにやましさを感じながらも、ゆうべの出来事を楽しんでいる自分がいたわ。あなたの傍らでわたしがどれほどの悦びに浸っていたか、あなたにはわからないでしょう。エドワードと取り引きをしたのは、あくまでもキャロラインとルイスの無事を考えてのことよ。それで神がわたしをお責めになるとは思えないわ」彼女はそうつぶやいて、目を伏せた。

心からの率直な言葉に、ルーカスの決意が一瞬揺らいだ。ローラは今うつむいていて顔は見えないが、ほっそりした両肩に力が入ったのがわかった。小さくて無防備なその姿に、彼の良心がちくりと痛んだ。

しかしまだ、機嫌を直す気にはなれなかった。ルーカスは彼女の正面に立つと、彼女の顎を指ではさみ、昨夜キスしたときのように持ち上げたが、ただ目をじっと見つめて言った。

「ローラ、よく聞け。カーライルがジャン・ド・ムルニエにルイスの居場所を明かさないと本気で信じているなら、きみはおめでたい。やつはそれほど高潔な男ではない。自分に好都合と見れば、すかさず情報を与えるだろう。今、きみに言っておきたいことが三つある。まず、屋敷を離れてはならない。二つ目に、きみ宛《あて》に届いた伝言は全部ぼくに見せろ。三つ目は、ゆうべのようなまねはもうけっして、絶対にしてはならないということだ。自分の妻に下品な売春婦のようなふるまいはさせない。ぼくはこの長く惨めな二年間、たしかに快楽を奪われていたかもしれないが、きみの体をちょっと借りて飢えを満たし、それを愛の行為と呼ぶような男だと思われては心外だ」彼女に触れているのはそれ以上耐えられないとでもいうようにルーカスが顎から手を離すと、ローラは、彼の目に燃えさかる怒りから飛びのくように後ずさった。「カーライルの命令に二度と従ってはならない。きみはぼくの妻であり、そして誰であれ、ぼくに属するものいっさいに手を触れてはならないし、介入してもならない。もしきみがまたあいうまねをしたら、その結果どうなっても、ぼくは責任を取らない」

「もうしないわ」ローラは目に苦悩を浮かべ、ぽつりと言った。

「では、ぼくは仕事に戻る」

彼は冷たくうなずいて踵《きびす》を返し、出ていった。

ローラは胸の悪くなるような気分とともに部屋に一人残され、そのとき初めて、自分が本当にだめな人間に思えた。まるで体を殴られた感じで、頭がくらくらして衝撃を吸収できない。

しかしばらくして、まだ胸は張り裂けていたけれども、自分の寝室に引きこもってしまいたい衝動をはねのけ、ルーカスと同じように自分も忙しく働こうと決心した。昨夜自分がしたことを心の中から押し出すにはそうするしかないし、何もしないで彼の帰りを待ち続けるなんて耐えられない。

ルーカスはその日ずっとステナックで仕事に精を出し、怒りを振り払った。屋敷に戻ったときすでにあたりは暗く、古い建物はひっそりとして、玄関広間には誰もいなかった。気持ちはいくらか静まったものの、ローラと顔を合わせる気にはまだなれなかった。彼女の裏切りを自分なりに充分理解しないことには、また癇癪《かんしやく》を起こすのがおちだ。彼はぐったりして外套《がいとう》を椅子にほうり投げ、自分でグラスにブランデーをたっぷり注《つ》ぎながら、誰か近づいてくるのに気づいて首をぐいとまわした。ローラだろうという予感に、思わず表情が険しくなった。

キャロラインは背筋にぞくっと不安が走るのを感じて、立ち止まった。彼女がそれまで見たことのないルーカス・モーガンがそこにいたからだ。彼はいつもどおり、無情なほど冷静そのものだったが、その顔つきには冷酷さがにじんでいた。彼女にはぴんときた。やってきたのがローラだとルーカスは思ったのだろうが、二人のあいだに何があったのかしら。深刻な問題が起きたことは明らかだ。なぜなら、ローラはずっと悲しそうだったし、今日一日、ふだんの陽気な顔は見られなかった。

近づいてきたのがキャロラインだとわかった瞬間、ルーカスの表情がやわらいだのが、彼女にも見て取れた。彼はブランデーのグラスを持って暖炉のそばへ行き、キャロラインに笑顔で、きみもこっちへ来ないかと背もたれの高い長椅子を示した。彼女はルーカスに歩み寄ったが、腰は下ろさなかった。

「今夜は夜更かしじゃないか、キャロライン？　いつもはもうベッドの中だろう」

「寝つけなかったの――ルイスと違って。あの子は一日じゅうむずかって、わたしとミセス・トレネアをくたくたにさせたのよ。やっと寝ついてくれてどんなにほっとしたことか。手を焼かせるなんて、あの子らしくないわ。いつもは文句一つ言わない、おとなしくていい子なのに」

ルーカスはかすかに笑みを浮かべ、彼女をちらりと見下ろした。「ルイス坊やも我々に似てきたということだろう。誰でも調子の悪い日はあるさ」

今日はまったく悲しい一日だったわ、とキャロラインは思った。ルイスがひっきりなしに泣きわめいただけではない、ローラはどう見ても元気がなかった。彼女は横にいるルーカスに視線を投げ、その原因は彼にあるのではないかという気がした。炉火が彼のハンサムな顔に影を作り、いかめしい表情に変える。「そのとおりね。そしてあなたにとっても、今日はそういう日ではなかったのかしら。疲れた顔をしているもの、ルーカス。ステナックの新しい蒸気機関の設置ははかどっているの?」

「順調だ。鉱山を再開する日も近いよ、うれしいことにね」ブランデーをぐっとあおり、暖炉の火を見下ろすキャロラインの頭にじっと視線を落とす。「そういうきみは、キャロライン? 四六時中、屋敷に閉じ込められてもううんざりか?」

「ええ、少し」彼女は静かにそう言って、不安げに唇を噛《か》んだ。「わたしたちはどうなるの、ルーカス? ルイスもわたしも、永久にここにいるわけにはいかないわ」

それは絶望の叫びであり、キャロラインの苦しみを思うと、ルーカスは気の毒でならなかった。「永久にいる必要もないだろうが、安心してくれ、ここにしばらくいるあいだは少なくとも安全だ」

キャロラインは顔をしかめた。「安全だけれど、囚人のような生活よ」彼女はため息をついた。「ごめんなさい、ルーカス。恩知らずな口をきくつもりはないし、文句を言っているのではないの。あなたもローラも、わたしに不便な思いをさせるまいとして本当によく気を配ってくださるもの」

「むろん、きみには快適に楽しく過ごしてほしいとは思うが、まだ当分ここにいてもらうことになるよ。こういう状況だからね、ルイスの安全を最優先に考えないと」

「わかっているわ」キャロラインはため息まじりに答えた。「でも、アントンのいとこなど恐るるに足らずだと思うこともあるの。考えれば考えるほど、いくらなんでもルイスを傷つけたりはしないという気がしてきて」

それはどうかな、とルーカスが片方の眉を上げた。「そういう当てにならない言い分をきみが口にするから、あえて釘《くぎ》を刺しておくが、旧体制《アンシャン・レジーム》に属する者にジャン・ド・ムルニエが情けをかけることはない――相手が何歳だろうと」

「そうでしょうね。でも、アンシャン・レジームの人間は嫌っても伝統的なきらびやかな衣装を脱ぐ気はないようよ」キャロラインは苦々しげに答えた。

「まったく同感だ。だが、お人よしになってはいられないぞ、キャロライン。油断は禁物だ。それに、どこか行く当てがあるのか？ デイジーのところはだめだ。母親の庇護《ひご》もなくなった今、ピカデリーの大邸宅に姉妹二人だけで暮らすのは無理だ。ジャン・ド・ムルニエのようなずるくて冷酷な男たちにいいかもにされるだけだからな」

「そのとおりよ」彼女は悔しげに認めた。「ごめんなさい、ルーカス。愚痴をこぼすなとあなたは言いたいでしょう。ちょっと自己憐憫《れんびん》に陥っているの、それだけよ。だけど、わたしのことはおわかりよね」おずおずとほほ笑んでみせる。「生活習慣を変えることはできないし、田舎にいつまでも埋《うず》もれているのは性に合わないの」

ルーカスは訳知り顔で笑みを返した。「わかるよ。だが、きみは埋もれている必要がある。もう少し我慢してくれ」琥珀《こはく》色の液体を飲み干し、グラスを炉棚に置くと、ふたたび深刻な表情に戻った。「キャロライン、ローラから聞いたが、エドワード・カーライルにでくわして、正体を見破られたそうだね」

彼女はいくらか驚いた顔をした。「あら！　結局あなたに話したのね？」

「ああ、それでぼくは腹を立てているんだ。よせと言ったのに、彼女が屋敷からあんな遠く離れた場所まで出かけていったから。きみをあんなふうに人前にさらすべきではなかった」

「でも、ローラにはあまり怒らないで。村へ行ったことで彼女が責められる筋合いはないもの。危険だから引き返そうと彼女は言ったけれど、あの日はすばらしくいいお天気で、長いこと屋敷にこもっていたわたしは、外を歩けるのが楽しかったの。村へ行こうと言い張ったのはわたしよ」

ルーカスは彼女をちらりと見た。その青ざめた顔に浮かんでいるのは自責の念だ。「なるほど、しかしローラはやはりきみを思いとどまらせるべきだった。カーライルがアントンのいとこにきみの居場所を知らせやしないか心配だろうが、正直言って、知らせないほうが驚きだ。だがともかく、やつがどんな危険な手を使おうが、きみは一人ではないのだから大丈夫だ。この屋敷でぼくの保護の下にあるあいだはやつが近づいてくることはない。カーライルは実際、きみになんと言ったんだ？」

キャロラインはそのときのエドワードの態度や、口にした言葉について手短に話した。

「彼と別れたとき、ローラはひどく心配そうな顔をして、あなたには黙っていようと言ったの。あなたはまだ具合が悪かったし、彼に会ったことを打ち明ければ、余計に体にさわると心配したのよ」

ルーカスのハンサムな顔に、さっとむき出しの怒りが走った。彼がキャロラインに背を向け、ブーツの爪先で薪《まき》を蹴飛ばして炉床の中へ転がした瞬間、消えそうだった残り火から、息を吹き返したように火の粉が上がった。「妻は自分の気持ちを隠すのがすばらしくうまい」

その辛辣《しんらつ》な口調に、キャロラインは黙り込み、ルーカスの彫刻のような横顔を見つめた。ローラが彼のプライドをずたずたにしたのはたしかだ。わたしもその昔、ルーカス・モーガンを――あの長身で肩幅が広く、陰のある美男子だった彼を、理想の男性とみなしたことがあった。けれどもルーカスの態度ははっきりしていて、きみは魅力的で機知に富み、一緒にいるのは楽しいが自分の妻としては考えられない、という意思を示した。わたしはくよくよ考えないたちだから、彼のことはすぐに頭から追い出し、ほかへ――アントンへ目を向けたのだ。そして今、ルーカスのことは大事な親友だと思っている。

「エドワード・カーライルに会った事実をローラが隠していたから、あなたは怒っているのでしょうけれど」彼女は昨夜どんな衝撃的な出来事が起きたか、その中でローラがどんな役割を果たしたか、何も知らずにそう言った。「でも、どうか悪くとらないで。彼女の立場になって考えてあげて。最初わたしがこの屋敷へ来たとき、彼女が腹を立てているのを感じてそれも無理ないことだと思ったけれど、今はこうして真の友達になってくれたわ。二人の結婚の経緯については、このわたしが誰よりもよく知っているし、実際にこの数週間、ローラを知るにつれて、こう考えるようになったのよ。二年前のあの夜、馬車に乗りそびれたわたしのおかげで、二人はめでたく結婚できたのだと。それに実は、あなたよりローラのほうが被害者ではなかったかと」

ルーカスはむっとして唇を引き結んだ。「くそっ、キャロライン、ぼくに説教を垂れるな！」歯ぎしりしながら、ぼさぼさの髪を指でかき上げる。「きみは相変わらずだ——偶然の出会いをすべてロマンスに結びつけるとは！」

彼の爆発にも動ずることなく、キャロラインはにっこり笑ってみせた。「ひねくれた年寄りの皮肉屋になるよりましよ」

「ぼくは違うぞ」そんなふうに思われるのはごめんだ。「次にきみはこう言うんだろう、あなたはわがままな専制君主のような夫だと」

彼女は真顔になって、ルーカスをじっと見上げた。

「いいえ、言わないわ。だって、そういう人ではないとわかっているから。でも、あなたとローラのあいだに何があったにせよ、彼女に優しくしてあげて、ルーカス。彼女がとった行動は、心ない無意味なものではなかったとあなたもわかるかもしれないわ」

ルーカスはさっと横を向いた。目に一瞬、怒りの火花が散り、口元がますます冷笑を帯びたが、やがて彼は顔にねじれた笑みを浮かべ、声をやわらげた。

「それはわかっているよ」

「よかった。ローラはあなたが大好きだもの。誰が見てもわかるわ」キャロラインは自分をまじまじと見つめる彼に、笑い声をあげた。「あら、まさかあなたの目は節穴ではないでしょうね？　さあ、彼女のところへ行って仲直りをして。けんかのいいところは、仲直りができるところだと言うでしょう」

彼女は返事を待たずに、笑顔で背伸びをして頬にそっとキスすると、彼を残して立ち去った。

その後ろ姿を見送りながら、ルーカスはキャロラインの言葉を思い返していた。ローラはぼくが大好きだって？　ぼくを騙したではないか。しかし、心の底ではぼくもわかっているのだ。ローラがなぜあんなふるまいに及んだか。そして、彼女の勇気は実にあっぱれだ。

今この瞬間も、ローラは二階でぼくを待っている。まだ泣いているのか？　ぼくに怯《おび》えているのか？

ああ、だめだ、そんなことは二度とさせない。自分の中に残っていた怒りが突如、引いていった。次に顔を合わせたとき、ローラをさらに動揺させてしまったら、と思うと怖くなった。彼女が何をしたにせよ、今は彼女なしで生きることなど考えられない。

昨夜は本当にすばらしかった。もう遠くおぼろげとなったぼくの過去には美しく洗練された女たちが登場したが、ローラのように求めたことは一度もなかった。過去の女たちとローラはどこが違うのだろう？　笑顔や無邪気さ？　若さ？　美しさ？　勇気と誠実さ？　この胸をどきどきさせるあの指先？　まるでぼくは愛に酔った青二才のようだ。

愛か？　煙突の内側をなめるように躍る炎をぼんやり見つめながら、ルーカスはその言葉にじっくりと思いを馳《は》せた。監獄から釈放される前、自分に一度問いかけたことがあった。ぼくは愛を見つけられるだろうか、こんな生き方をしている男に愛など見つけられるのか、と。そして、いつ首を切り落とされてもおかしくない状況の中で、愛こそがぼくの何より求めるものだと悟ったのだ。

あのときもそうだったが、目に浮かんだのはローラの姿だった。彼女は今日、ぼくにこう尋ねた。あなたには哀れみの心というものがないの？　哀れみ？　その言葉にもじっくり考えを巡らせてみたが、妻に対する気持ちが〝哀れみ〟でないのは間違いない。いや、同情以上の、もっと深く永続的な感情で、彼女を求め、捕まえようと手を伸ばしている。それは苦しみ、炎、情熱――何か強烈で、いっぱいに膨らんだ、完全なもの。この心はローラに深く引きつけられている。だが、それが愛なのだろうか？

15

シュミーズ姿でローラが寝支度を整えていると、ルーカスが彼女の部屋へ入ってきた。彼はドアを閉めて立ち止まった。部屋の中は暗いが、テーブルや壁の燭台《しょくだい》から、ろうそくが柔らかな赤い輝きを投げかけていた。ルーカスは花崗岩《かこう》のような硬い表情でゆっくりと近づきながら彼女を凝視した。ローラを刺し貫く灰色の視線はまるで、彼女を素通りしているようにも見えた。彼は数メートルの距離を置いて、足を止めた。

ローラはうずく喉から声を絞り出した。「あなた――戻ったのね」夫の機嫌を計りかね、探るように見つめた。またたく間に気分が変わる人だというのはわかっているけれど、彼の中にあれ以上激しい怒りが残っているとは思えない。夫のひどく苦々しげな表情に、ローラの胸は後悔でいっぱいになった。

「戻らないと思ったのか？」ルーカスはきいた。彼女を殺してやりたい！　しかし同時に、彼女を腕に抱きしめて、自分を騙《だま》したそのすばらしく巧妙な手口を笑い飛ばしたい衝動に駆られた。

ローラはぐっとつばをのみ込み、がくがく震える膝で一歩一歩近づいた。「本当は、な、何も考えられなくて」神経が張りつめ、言葉がつかえた。せめてわたしを熱く抱きしめてくれたら、この苦しみもやわらぐのに。「ルーカス、自分がしたことを深く悔いているわ、あなたに許しを乞《こ》いたいの」

「そうなのか？」彼は低い声で言った。「どれほど悔いているのかぜひ証明してもらいたい。さすがのきみも懲りたようだと、ぼくが納得できるように」

「あなたにもう逆らうなと言いたいなら」次の言葉

が喉につまりそうになった。「ええ……逆らわないわ」

「うれしいね」ルーカスは嘲《あざけ》りを口にして歩み寄り、彼女の体にまとわりつくシュミーズにゆったりと視線を這《は》わせた。大きく深く開いた襟ぐりから胸の谷間がたっぷりのぞいている。彼女はぼくをじらして抵抗力を弱めようと、わざとこんなシュミーズ姿になったのだろうか、と考えている自分に気づいて彼はいらいらした。

「ずっと……苦しかったわ」ローラは囁《ささや》き、彼が近づいてくるにつれ、目に恐怖を浮かべた。お願いだからわたしの話を聞いて！　わたしの気持ちをわかって！

「そうだろうな」ルーカスは答え、一瞬、足を止めた。肩もあらわに自分の真正面に佇《たたず》む彼女の、その柔らかな素肌と、白いレースのシュミーズに包まれた胸の膨らみをろうそくの明かりが温かく照らし出す。青ざめた顔と、背中へ転がり落ちる豊かな漆黒の髪、長いまつげに縁取られた濃いブルーの瞳。勇敢にも涙をこぼすまいとするその目がきらきら輝いている。この手をただ伸ばして、さっと腕に抱き寄せ、ローラの苦しみを拭《ぬぐ》い取ればいい。それはわかっていたものの、彼女の言い分をすべて聞くのが先だと、ルーカスは自分の欲求をこらえた。

「自分のしたことはわかっているわ。だけど……それでもわたしは……あなたが欲しかったの、ルーカス。ずっと前から。あれは感情抜きの行為だったと言ったら、それは嘘《うそ》になる。わたしはこれからもずっとあなたの腕の中にいたい、この腕であなたを包み込みたい、あなたの唇にキスをしたい――ひと晩じゅうあなたを抱きしめて、あなたの子どもを身ごもって、そして死ぬまであなたのそばにいたい」

さらに近づこうとした彼を、片手を伸ばして止めた。

「最後まで聞いて。ゆうべ、わたしが熱い体であなたに近づいたのは本当よ。でも、心が空っぽだったわけでも、愛を一夜だけ貸し出したわけでもない。わたしはずっとあなたのもので、心の中はあなたでいっぱいだったのだから――あふれるほどに。今だって、あなたへの愛で満ちあふれているわ」ルーカスの目がはっとしたのに気づいて、彼女は囁いた。「愛しているの」

「ああ、ローラ！」彼はしゃがれた声でそう言うと、ローラの両肩をつかんでぐいと引き寄せた。その拍子に彼女の顔がのけぞった。神々しいほどの濃いブルーの瞳に浮かぶ強烈な愛をまのあたりにして、思わずひれ伏したくなる。彼の灰色の目が見開かれた。

「ぼくを愛しているのか？」正真正銘の驚きとともに、ルーカスはきき返した。

彼の愕然《がくぜん》とした顔の表情がよく見えないほど、ローラの瞳には涙があふれていた。「ええ、愛しているわ。でも、自分を許してもらいたくてそう言っているんじゃない」涙に濡《ぬ》れた目をしばたたくと、ルーカスの瞳がぱっと小さく閃《ひらめ》くのが見え、彼女の心に希望の光が差し込んだ。

彼はローラの輝く黒髪に手を滑らせ、つぶやいた。「ありがとう。だがぼくを愛するのも、一緒に暮らすのも簡単ではないぞ、ローラ。ぼくは隔離された生活を長く強いられてきた男だ。きみに無情な言葉を投げつけ、つらく当たったことを許してもらわねばならない。そうやすやすときみを非難すべきではなかった。許してくれ。いやなやつだと自分でも思うが、あの男がきみに接近すると考えるだけでも我慢ならないのに、ましてやきみを脅すなど。残酷な言葉を口走ってしまったが、あれはぼくの過ちだ」

「いいえ」彼女は激しく抗議した。「わたしは非難されて当然よ。あんな卑しいやり方で、あなたの信頼を裏切ったのだから」

「きみは悪くないよ。あの日、ロズリン村でカーライルにでくわしたのは、キャロラインがどうしても行きたいと言ったからだと彼女から聞いた。きみがカーライルの頼みを聞き入れた理由もよくわかった――聞き入れないでくれたらよかったとは思うが。きみに罪はないよ。キャロラインとルイスを守るためにやったことだ、実に立派な行為だ。それにひきかえ、このぼくは困った男だが、どうか我慢してほしい。ぼくにチャンスをくれ」

心の中で喜びと安堵《あんど》が花火のように爆発して、ローラはこらえきれなくなり、涙をぼろぼろ流した。首をひねって、彼のてのひらにそっと優しくキスをする。「チャンスなら何度でもあげるわ。そして、わたしが欲しいとあなたにも思ってほしいの」

「きみはおばかさんだ」ルーカスはかすれた声で言った。彼女の大胆な告白に胸がじんと熱くなり、喉が締めつけられる。「きみが欲しいにきまっているだろう。もうわかっているはずだ」

「わたしを許してくれるの？」

「夫と妻のあいだで許しを乞う必要はない」

「それでも、許しを乞いたいのよ」

彼女の心の中を見通すように、ルーカスがじっと視線を合わせた。その澄んだ瞳は謎《なぞ》めいて、無言の挑戦を投げかけていた。ふいにローラの体がぞくっと反応した。陰を帯びた彼の瞳が、気をつけろと警告する。

「今もきみが欲しいよ、ベッドで」ルーカスはそうつぶやきながら彼女を引き寄せた。

ローラは彼のがっしりした胸に両手を置いて上へ滑らせ、首に巻きつけ、重ねられる唇を歓迎して、その甘さを――ブランデーとたばこが溶け合った味を楽しんだ。彼の硬い太腿に体を押しつけるようにして背中をのけ反らせると、ルーカスが悦《よろこ》びに身を震わせ、彼女をしっかり抱き寄せながら、口を開いて貪《むさぼ》るようにキスを続け、ローラは彼の火のような唇と体しか存在しない世界へ、くるくる舞い落ちていった。

永遠とも思える時間が過ぎたあとで、ルーカスは唇を離し、彼女の神々しくも淫《みだ》らな瞳をのぞき込んだ。「ベッドへおいで。ぼくたちの和解を確実なものにしよう。その最良の方法を二人とも知っているのだから」

その深く静かな声の響きがローラを駆り立てた。ルーカスは彼女をベッドに導き、柔らかな上掛けに仰向けに押し倒すと、柔らかな首に熟練の技で指を這わせた。それに応《こた》えるようにローラのおなかと腿の内側がぞくぞくして、彼女は身震いした。彼がリズミカルにローラを撫《な》でさすりながらシュミーズの肩紐《かたひも》をはずし、両手を中へ滑り込ませて、完璧《かんぺき》な胸の膨らみを熱い指で包み込んでいった。

ルーカスは覆いかぶさるようにして彼女の唇を貪った。ローラは喉の奥で、言葉にならないかすかな声をもらし、波のように押し寄せてくる激しい切望に意識がだんだんのみ込まれていくのを感じた。目を閉じると、渦巻く闇《やみ》の中へ自分が溺《おぼ》れていくのがわかった。ルーカスは二人の体が一つに溶け合うようローラをぴったり抱き寄せ、腿の硬い筋肉を押しつけるとふいに顔を上げ、険しい表情と一心不乱のまなざしで彼女を見下ろした。

「ぼくを見て」目を伏せたローラに彼が囁いた。彼女の顎に触れ、自分のほうを向かせる。「ぼくはきみを傷つけ、きみもぼくを傷つけた。苦しみの中で殴り合いをして、今ようやく傷を癒《いや》す時が訪れたのだ。最初からやり直しだが、今度は力を合わせていけるだろう。自分たちが何者か、そして立ちはだかる相手が何者かわかっているのだから」

けだるさの中でローラはうろたえ、彼をじっと見上げた。その顔は暗がりの中で謎めいて、額にはらりと髪がかかっている。ハンサムな顔を覆う不可解な表情に、彼女は予期せぬ恐怖を覚えた。「ルーカス、わからないわ。何を言っているの？　罪滅ぼしならなんでもするとわたしは言ったのよ」

「だったら、まず約束してくれ。カーライルが次にどう出るか情報が入ったらぼくに知らせると。それに応じてぼくも動く。きみの話が本当なら、入り江で荷揚げがもう一回行われる。やつも収税吏たちに警戒を強めているから、そう先延ばしにはしないだろう。そして今度も、またきみに片棒を担がせようと企《たくら》めば、やつは無駄骨を折ることになる」ローラが何か言うだろうと彼は待ったが、何も意見を口にしないのを見て、先を続けた。「それはぼくにとって、ぼくたちの未来にとって大きな意味を持つだろうが、きみが協力してくれないことには始まらない」

ローラは背筋に冷たいものが走るのを感じながら、自分の真上に浮かぶ顔をじっと見つめ、身を震わせた。「協力するわ、ルーカス。でも、今その話をしなければならないの？　お願いだから、このひとときを台なしにしないで」彼女は囁き、ふたたび体をすり寄せた。二人の心が通い合った美しい瞬間を、エドワードの話で汚したくはない。

ルーカスの視線が彼女の唇に注がれ、込み上げる激情に顔つきが険しくなる。「きみの言うとおりだな」彼はローラの目をのぞき込んだ。このロマンチックな田園詩を終わらせたくない。

ルーカスはゆっくりと顔を寄せ、ふたたび彼女の唇を奪った。その果てしないキスにローラは酔いしれ、切望を募らせた。やがて、昨夜と同様のえも言われぬ悦びに浸りはじめ、彼がよく知る甘美な小道へ自分が導かれて、想像もつかなかったさまざまなことを教えられているのがわかった。気がつくと、ルーカスにしがみついて、自分の全世界がその驚きの中に揺さぶられるのを感じていた。あとには、ただ疲れ果てた体と、自分の心はルーカス・モーガン一人だけのものだという思いだけが残った。

一週間後の早朝、二度目の荷揚げは二日後の夜に決まったという伝言が、屋敷のローラのもとに届けられた。土曜の午前零時から一、二時間のあいだに行われるという。伝言を持ってきたのは、この前と同じ男だった。ルーカスがステナックに出かけるのをどこかで見ていて、これなら屋敷に近づいても大丈夫だと思ったに違いない。

午後になってルーカスが戻ってくると、ローラはさっそく伝言を手渡した。それを一瞥《いちべつ》した彼は思案顔になった。その遠くを見るような目つきは、ローラにとってももうおなじみで、彼の頭の中で早くもある考えが形になりつつあるのがわかった。彼女はおずおずと尋ねた。

「今、あなたの思いはどこにあるの？」

「ロストウィシアルだよ」

「ロストウィシアル？」ローラはきき返した。こんなときにどうして、フォイ川沿いのあの魅力あふれる小さな町のことなど考えているの？

彼はうなずきながら、どう算段をつけるか頭をめいっぱい回転させていた。細めた目をぎらぎらさせ、固く引き締まった唇にうっすら笑みを浮かべる。次に口を開いたとき、その声は穏やかとは言えない冷ややかさを帯びていた。

「この週末、ぼくたちはサー・ジョージとレディ・メリンの招待を受け、彼らの屋敷であるラドランド・ハウスに滞在することになった、とみんなに知らせよう。ロストウィシアルへは金曜の午後に出発すると」

ローラは顔をしかめた。招待状が届いたのはルーカスが撃たれた直後のことで、すでに断りの返事を出してある。毎年、冬をロンドンで過ごすメリン家の人々は、コーンウォールを発《た》つ前にぜひ狩猟と釣りを楽しみたいと、この金曜からラドランド・ハウスへたくさんの友人たちを招いていた。「でも……お断りしたのよ」

「ぼくの気が変わったと、少なくとも、カーライルにはそう思わせておこう。我々が出発するのを確認しようと、きっと見張りを立てるだろう」

「わからないわ。あなたがここにいないなら、エドワードをどうやって逮捕するの？」

「いや、ぼくはここにいるよ。わざと人目につくように出発はするが、闇に紛れてとんぼ返りするぼくたちを目にする者はいない。カーライルとその仲間を一網打尽にする時間はたっぷりある。ぼくはこれからエルムツリー・ハウスまで馬を飛ばして、ウォルターに報告するとしよう。まずは沿岸警備隊と収税吏たちに警戒態勢をとらせ、準備万端整えなければならない」

「民兵を組織するの？」ローラは尋ねた。

ルーカスは首を横に振った。「なぜそうしないかと思うかもしれないが、このあたりで民兵に招集されるような男たちは密輸団と手を組んでいるおそれがある。彼らが密輸団そのものかもしれないし、だとすれば、同業者を攻撃するとは思えない。誰にも真実はわかるものか。今、ランリースの近くでドルビー大佐率いる重騎兵連隊が野営しているが、明日にもプリマスへ発つと聞いている。大佐に会って協力を取りつけるよう、ウォルターに頼んでみよう。連隊が出発を延ばしてくれるように」

「延期しないと言ったら？」

「エール数樽《たる》とフランス産のブランデーひと樽で話はつくさ」ルーカスは歯を見せてにやりとした。

作戦の成功をローラは疑わなかった。人にも世間にも通じている彼はエドワードを捕まえる案を巧みにひねり出し、密輸行為に間違いなく終止符を打つだろう。それは信じているけれども、彼はまだ何か隠しているような、自分の知らない何かが起きているような、そんな気がしてならない。

彼女は胸騒ぎを隠せず、眉をひそめた。「どんな計画か教えてもらえないかしら、ルーカス?」

「それはまたあとで」彼はあたりさわりのない答えを返した。「さあ、いいから、ジョンのところへ行って、ぼくが呼んでいると伝えてくれ。エルムツリー・ハウスへ向かう前に話がしたいと」

「質問にまだ答えていないでしょう」

「今は答えるつもりもない」

「わたしを信用してほしいわ」

「心配するな、ローラ」彼女をなだめようと額にそっとキスする。「ウォルターと相談したあとで、きみにもすぐ知らせるようにするから——きみにはまだまだたくさん話さなければならないことがある。だが今は、知らないほうが安全だろう。ぼくを信じてくれるね?」

どうするべきか迷ったが、ローラはわかったとうなずいて、やっと笑みを浮かべた。「キャロラインのことは? わたしたちが屋敷を留守にするあいだ、たとえ短時間にせよ、彼女を安全な手に預けなければいけないでしょう。キャロラインには計画を伝えるの?」

「ぼくとしては伝えたくないが、行き先を告げずに屋敷を離れるわけにもいかない」彼は肩をさすりながら顔をしかめた。この傷がうずかなくなる日はくるのだろうか。「最近、彼女は沈みがちだし、むやみに心配させたくはない。だが、屋敷の者には事情を説明する必要があるだろう。頼りにするのはもちろん、ジョンとジョージだ。お呼びでない訪問者からキャロラインを守るため、ジョージには屋敷に残ってもらうが、ぼくたちが突然戻ってきたら、彼女は妙に思うだろう」

「そのとおりね。やはり話すべきよ。あなたがウォルターのところへ行っているあいだに、わたしから彼女にちゃんと説明しておくわ」

荷揚げが行われる日の午後、ルーカスとローラに目を光らせている者たちを欺くため、二人を乗せた馬車が予定どおりロズリン・マナーを出発した。手綱を取るのはジョージの息子のジョスで、行き先はロストウィシアル、ということになっていた。

夜になり、ルイスを腕の中であやして寝かしつけたスーザンは、眠っている赤ん坊をキャロラインに手渡して言った。「わたしもベッドへ入らせていただいていいでしょうか?」あくびが出そうになって、手の甲で口を押さえる。

ローラの若いメイドに、キャロラインはほほ笑んだ。「ええ、かまわないわ、スーザン。ルイスをベッドに寝かせたら、わたしは本でも読みながらルーカスとローラの帰りを待つわ。あと二時間もすれば、戻ってくるでしょう」

寒い夜であるにもかかわらず部屋は暖かく、彼女は息子の頭にそっと愛情を込めてキスをしてからベビーベッドに寝かせ、自分は暖炉のそばの椅子に丸くなって本を開いた。しばらくして椅子の背に頭をもたせかけ、目を閉じた。うとうとしたのだろう、次に目を開けたとき、炉棚の上の時計をちらりと見ると、一時間が経過していた。ため息をついて読書を再開したが、うなる風や、窓を叩《たた》く雨が気になって集中できなかった。

ふいに騒音がして、キャロラインはぎょっとした。うつろな鈍い音、うめき声に似た音が、部屋の外の廊下にこだまする。彼女は眉をひそめた。きっとジョンとその妻が寝室へ入ったのよ、と肩から力は抜いたものの、やはり不安を拭えず、立ち上がって窓辺に近づいた。厚いカーテンをめくり上げ、小さなダイヤ形のガラス窓に顔をくっつける。

霧雨の向こうに入り江がかすんで見え、大型船が幽霊さながらに、荒れ狂う波間に揺れているのがわかった。これから起こるだろうことを思い、キャロラインは寒気を覚えた。カーテンから手を離し、部屋の真ん中へ移動する。ろうそくと暖炉の火が作り出す影がゆっくりと形を変えながら壁に揺れている。

すると突然、ふたたび物音がした。さっきより近い場所で！　ドアが開けられると同時に荒い息遣いとどかどかという足音が聞こえ、恐怖に身がすくんだ。

まるで亡霊のように長身の男がするりと部屋へ入ってきて、ブロンドの強い癖毛がきらめくのが見えた。服は雨に濡れ、長靴に砂がべったりついている。男の目が、アントンそっくりの目が、彼女に吸い寄せられた。彼は鷹《たか》に似たその顔をキャロラインにじっと向けてから、ベビーベッドに近づいた。唇に一人悦に入った笑みを浮かべ、ジャン・ド・ムルニエはもう一度、彼女を見た。

ルーカスとローラを乗せた馬車が、荒野のはずれに立つその一軒家にたどりついたとき、あたりは薄闇に包まれていた。ジョスがここでひと晩を過ごし、明朝ロズリンへ戻る手筈《てはず》はすでに整えてある。馬車の到着と同時に、家の主《あるじ》が納屋から二頭の馬を連れて現れた。口数の少ないその男は、ルーカスに手綱を渡すと、さっそくジョスが梶棒《かじぼう》から馬車馬をはずすのを手伝いに行った。

ローラはウエストで結んであった紐をほどくと、スカートをさっと脱いだ。ロズリン・マナーへ馬を走らせるのに都合のいいように、下に膝丈のズボン《ブリーチズ》をはいてきたのだ。ルーカスは肩で木の幹にもたれかかりながら、その機敏で軽やかな姿に目が釘《くぎ》づけになった。彼女の腰と長くほっそりした脚をぴったり包むブリーチズを見て、ルーカスの顔に笑みが浮かび、唇から低く口笛がもれた。

「これはまた！」彼はくくっと笑った。「見慣れない装いだが、実にすばらしい！」

「用意がいいでしょう」ローラは彼のなめるような甘い視線にさらされて息苦しくなり、頬がかっと熱くなった。

ルーカスの心にはまだ、自分を愛していると告白したときの、彼女の胸のよじれるような表情が焼きついていた。あのときは驚いたし、ぼくもきみを愛していると言いそうになったが、本当にそうなのか自信がなかった。もし嘘をついてしまったら、結局彼女を傷つけるだけだ。だが今は、自分の気持ちがはっきりとわかった。愛を交わす前のぼくは気も狂わんばかりで、ローラをあまりに求めすぎて、永久に手が届かない気がした。

ぼくは毎日彼女を見つめながら、官能的なその肢体を全身で意識していた。彼女が優雅に体を動かすたび、それがぼくへの誘いとなり、ますますぼくを苦しめた。ローラは人に手なずけられない野生の情熱と、美しさと勇気にあふれた、すべての男の所有欲をかき立てる女性だ。ぼくはこの人生でこれほど強く何かを求めたことはない。今はただ彼女を守り、慈しみ、その日々を歓喜で満たし、その夜を悦びでいっぱいにしてやりたい。

これでやっと、ぼくも自分の本当の気持ちを認めることができる。ぼくは妻に恋をしたのだ。恋心がいつ芽生えたのか、はっきりとはわからないが、かなり前であることはたしかだ――たぶん、最初からそうだったのに、自分では気がつかなかったのだろう。彼女のいない未来などもう考えられない。

「このままもう少しきみとぐずぐずしていたいところだが」ルーカスはつぶやいた。「今夜、入り江に顔を出さないと、ぼくは任務を果たせなくなる」

薄れていく光の中で、ローラは彼に鋭いまなざしを向けた。「任務？」

「そうとも、これは任務だと承知している——あとですべて説明するがね。そして、ぼくはまた悦びのなんたるかも知っているわけだが」とルーカスは細めた目を燃え上がらせた。「白状すると、ブリーチズ姿のきみを前にしたら、いやでもそれを思い出さずにいられないんだ」一対の星のように輝くローラの瞳に愛と信頼が浮かんでいるのを見て、ルーカスは思わず彼女を抱きすくめ、その唇の甘さを味わった。

一瞬、ローラは彼の腕の中で揺れながら、自分の体が熱く反応するのを感じた。ルーカスの口が彼女の息を奪い、その熱が彼女の血に火をつける。彼は長く激しくキスしてから、ようやく唇を離し、ひどく挑発的な笑みを浮かべた。

「ぼくがどれほどきみをかわいいと思っているか、つらい任務に赴く前に証明してみせよう」

「ああ、ルーカス」息をそっと震わせ、ローラは囁いた。ルーカスの前では自分はまったく無抵抗になってしまう、と彼の額にかかる波打つ黒髪を見ながら思った。「それはこの先に横たわるものからわたしの気をそらそうと、あなたが企んだ拷問？」

「いや、愛だよ——拷問ではなく」彼女の唇の上で荒々しく囁く。「その愛を、二人で交わそう」

ローラは笑い声をあげ、これからどんな危険が待っているかわからないのに、どうしようもなくうれしくてたまらない自分に驚いていた。「そうしたい気持ちはあなた以上よ、ルーカス。でも今は、二人の欲望を満たすだけの時間はないわ」言葉をやわらげるようにほほ笑み、楽しげに目をきらめかせる。

彼女の笑顔につられて、ルーカスはいたずらっぽくにやりとした。「生意気な娘が」彼はくくっと笑って、ローラの尻をぽんと叩き、馬のほうへ優しく押しやった。「さあ乗ってくれ、ぼくが自分の熱情に打ち負かされて、周到に立てたこの計画がすべて水の泡となる前に。入り江に到着するのが遅すぎたなどということにでもなったら、ウォルターに釈明のしようがない」

二人は急いで鞍《くら》にまたがると、あとは言葉も交わさずに、その荒野の果てから出発した。馬の腹を踵《かかと》で蹴《け》って普通駆け足《キャンター》で走らせ、一路ロズリン・マナーへ向かう。荒々しい不気味な地形に夜がどっかりと張りつき、月は明るく輝いているものの、まもなく海からやってくる厚い雲に覆われるだろう。その雲からはもう霧雨が降り出していた。二人は近道を選んで海岸をめざした。幸い、ルーカスには土地勘があり、彼が通ったことのない街道や側道は一本もなかった。

暗さに目が慣れてきた。ローラは夫のほうをちらりと見た。彼は馬の首の上で体を低く屈《かが》め、マントの裾《すそ》をなびかせながら、狂人のように地を駆けている。ウエストからピストルの床尾が突き出し、長剣《ラピアー》の柄《つか》が月の光を受けて、時折きらめく。フランス製の三角帽の下のその顔は一心不乱に前を見つめていた。

そこにはさっきの親密な時間からすでに離れて、自分自身の中へ入り込んでいる男がいた。彼の思いは今夜なすべき仕事へひたすら向かっているのだとローラは悟った。

ルーカスにはわかっていた。これから自分たちがゆゆしき事態に直面すること、その避けられない到達点まで上りつめるしかないこと、そして、自分にとっての結末は一つしかあり得ないことを。

16

二人は人目を忍ぶようにしてロズリン・マナーに近づいた。木立の陰に馬を止め、入り江の様子をうかがう。荒れた、冷たい夜だった。こぬか雨はすでにやんでいた。だが月の光は淡く、収税吏を出し抜こうとする男たちにはまことに好都合だろうが、吹き殴る強風に、雲が狂ったように空を流れていった。

屋敷の庭の落葉樹が裸の枝を激しく揺らし、海は逆巻いて、蹄鉄《ていてつ》の形をした入り江の岸に波を砕け散らしていた。浜には幽霊さながらに三十人以上の人影が、明かりを消した一本マストのカッター船が荷降ろしのために接岸するのを待ちかまえていた。すべて計画どおりに運んでくれとルーカスは願った。ドルビー大佐と重騎兵連隊、ウォルターと収税吏たちがタイミングよく現場に姿を現し、密輸監視艇と沿岸警備隊が遅れずに登場することを祈るばかりだ。

馬屋に到着すると、馬番役の少年が手綱を預かってくれた。ルーカスとローラは息を切らして屋敷へ入ってドアを閉めるまでどちらも口をきかなかった。ところが、ジョンもジョージも出迎えに現れなかった。ルーカスは不安になった。何かおかしい、と第六感が警告する。二人は玄関広間の中央まで進んで、周囲に目を凝らした。ろうそくが灯《とも》され、最近まで開かずの間だったあの一画へ通ずるドアが、大きく開け放たれているのが見えた。ルーカスのみぞおちが冷たくなり、静寂がいっそう重くのしかかってきた。

「自分の部屋へ行って鍵を下ろしておけ、ローラ」彼はぶっきらぼうに命じた。

「行きたくないわ」彼女は抗議した。

「言うことを聞くんだ。きみがいくら異議を唱えても、ぼくの気持ちは変わらない」

「そうでしょうね」ローラは冷ややかに言い返し、歩き出そうとする彼の腕をつかんだ。「でも、一人になるのはいやよ、ルーカス。こんな夜に自分の部屋でじっとしているなんて。耐えられないわ」

「では、キャロラインのところへ行って我々が戻ったことを知らせ、そのままそこにいればいい。ぼくはジョージを捜しに行く」

ルーカスは不安げに玄関広間をちらりと見渡したあと、ブーツの足で階段を二段ずつ駆け上がっていった。ローラは彼に続いて階段を上ると、ほの暗い廊下を進んでキャロラインの部屋へ向かった。ドアが少し開いていた。変だわ。ドアを押して中へ入る。

「キャロライン？　キャロライン、どこなの？」彼女は部屋の中を見まわした。おかしいわ――床に落ちた本、消えかかった暖炉の火、廊下から流れ込む風に揺らめくろうそくの炎。ローラは寒気がして、恐怖に襲われた。この部屋で何か大変なことが起きたに違いない。邪悪な空気がまだ漂っている。キャロラインがずっと恐れていたもの、それがとうとう彼女を捕らえたのだ。ベビーベッドを見る勇気はなかった。空っぽなのはわかっていた。案の定、ルイスの姿はなく、ローラは部屋を飛び出した。神様どうか、二人をお守りください！　半狂乱になって心の中でそう繰り返しながら、ルーカスのもとへ急ぐ。

廊下を引き返し、階段を通りすぎたあたりで、ジョンの上に屈《かが》み込んでいる彼を見つけた。壁にもたれかかったジョンの髪には血がべっとりと張りつき、頭からこめかみへ流れた血はすでに乾いている。その先へ目をやると、ジョージが頭を手で押さえながら、必死で立ち上がろうとしているのが見えた。

「何があったの、ルーカス！」彼女はルーカスの袖《そで》をつかんだ。「キャロラインとルイスがいないわ」

彼がローラを見上げた。「いない？」

彼女はうなずいた。「部屋は空っぽよ。アントンのいとこがやってきて、キャロラインとルイスを連れ去った可能性は？」

「あり得る」

夫の顔に浮かんだ表情に、ローラは寒気を覚えた。

「ああ、ルーカス！　キャロラインはひどい目に遭わされて今ごろどこかで意識を失っていて、ルイスを守ることすらできないでいるのかもしれない。二人を見つけなくては、一刻も早く」

「こんなことになるとは思わなかった」ルーカスはすさまじい剣幕で言った。「ジョージが護衛についていながら」

ローラも同じ気持ちだった。腕っぷしの強さでは誰にも負けないジョージが殴り倒されるなんて信じられない。きっと不意打ちを食らったのだろう。彼女は屈み込んだ。「ジョン――」と呼びかけたそのとき、殴り倒されたジョージが頭をさすりながら、よろよろ歩いてきた。「ジョージ、ルイスとキャロラインを見なかったかしら？」

ジョージは頭をはっきりさせようと首を振った。

「後ろから殴られて気絶したんですよ。ミセス・トレネアは床についてましたが、ジョンとおれはお二人の帰りを待ってたもので。相手の顔は見ちゃいません。どこから、どうやって入ってきたのか」

そのとき、なんの騒ぎかとミセス・トレネアが寝間着姿で現れた。そして、血まみれの顔で壁にもたれかかっている夫を見て、そばへ駆け寄った。「まあ！」夫の上に屈み込んで傷を調べる。「これはひどいわ。ジョンと――そしてジョージに何が？」

「頭を殴られたんだ」ルーカスが答えた。「しばらく意識を失っていたようだが、心配ないよ。二人とも頑丈にできているから、すぐに回復する」

「かまうな」ジョンは立ち上がるのを手伝おうとする妻に文句を言った。

「体力を消耗しないほうがいい」ルーカスは彼に手を貸してゆっくりと床に立たせた。「歩けるか？」

「はい」ジョンは意識をはっきりさせようとして頭を振った。

「よし。ミセス・トレネア、彼をベッドへ連れていってくれ。手当てを頼む。重傷ではないが体を休ませないと」

異議を唱えようとするジョンをルーカスはにらみつけ、努めて穏やかに言った。「行け、ジョン――おまえもだ、ジョージ。ミセス・トレネアに傷を見てもらえ。ぼくはキャロラインと赤ん坊を捜しに行く。これは一刻を争う事態だ」

「わかりました」ジョンは歩き出そうとして、足を止めた。「親子を連れ去ったその人間は、地下からトンネルを上がってきた、という気がしてなりません。わたしとジョージに気づかれずに屋敷へ入り込んだということは」

ルーカスはうなずいた。「ぼくもそう思う」

妻に支えられてジョンが立ち去ると同時に、ローラは夫を見た。「トンネル？　つまり、トンネルは実在すると？」

「ああ。ぼくもときどき利用していた」

それを聞いてローラは合点がいった。最初わたしに気づかれることなく屋敷に出入りできたのも、あの開かずの間にいたわたしとばったり会ったのも、わたしがエドワードにでくわしたあの浜にふいに姿を現したのも、そういうわけだったのね。

「でも、いったいどうやってジャン・ド・ムルニエはトンネルを発見したの？　ジョンが言うように、そこから屋敷へ入り込んだなら」

ルーカスがますます苦虫を噛《か》みつぶしたような顔になった。「カーライルがその存在を知って、やつに教えたとしか思えない」

「ええ、それなら説明がつくわ」

「ぼくが様子を見に行ってくる。キャロラインとルイスを捜し出すのが先決だ。きみは屋敷に残れ」

「いいえ、一緒に行きます」

「いや、だめだ。ここにいるほうが安全だ。今度ばかりは言うことを聞いてもらうぞ」

ローラは引き下がらなかった。「なんと言われようと、屋敷には残りません。それに、キャロラインにはわたしが必要かもしれないわ」

ここで押し問答している暇はないと、ルーカスも観念した。「しかたがない。だが、隠れていろとぼくが言ったら、逆らうなよ。わかったか？」

ローラはうなずいた。

「きみはひどく頑固者だ」大股で階段へ向かいながら、むっとした顔で彼は言った。

「そうでもないと、あなたもそのうちわかるわ」ローラはすかさず言い返して、小走りに彼を追いかけた。「もちろん、あなたがわたしをいらつかせて頑固者にしてしまうときは別よ」

「下では危険が待っているぞ」階段を駆け下りながら、彼が念を押した。「きみに何かあったら、ぼくは自分を許せない。きみを失うなど耐えられない」

「そう悲観的にならないで。心配ないわ。わたしはいい子にするし、無茶はしません。約束するわ」

ルーカスが立ち止まり、彼女を抱き寄せた。「無茶をしてみろ、きみを絶対に許さない」

「大丈夫、これからもあなたにうるさくつきまとうつもりよ」

彼は厨房《ちゅうぼう》をすばやく通り抜けて地下室へ行くと、カンテラと小さな火口箱を手に取った。蓋《ふた》を上げて獣脂のろうそくに火をつけ、自分のあとに続けとローラを促す。カンテラの赤い光を前に翳《かざ》しながら、二人はワインセラーへ下りていった。ここにトンネルの入り口がある、とルーカスは言い、空のラックにはさまれた狭い通路を突きあたりまで走ると、並んだ壁板の一枚に手を当てて、強く押した。板がぎいっと小さな音をたてて内側に動くのをローラは目を丸くして見つめた。ちょうど人が一人通れるぐらいの低く狭い入り口が現れた。

ルーカスが先にトンネルへ入り、ついてこいと合図する。おそるおそる足を踏み入れた彼女は、背後で壁板が閉まった瞬間、パニックに襲われた。

「足元に気をつけて」声を落としたまま彼が言う。

「見てのとおり、トンネルの中はひどく狭いし、床がでこぼこしていて危険だ」

ローラはうなずき、身を震わせながら、岩山の中心部に向かって下降を始めた。じっとり湿った冷気が体にまとわりついてくる。弱々しいオレンジ色の光に包まれながら、トンネルの奥深くへ進んでいく二人の体が、濡《ぬ》れた岩壁に人間とは思えないグロテスクな影を映し出す。膝丈《ブリーチズ》のズボン姿のローラは楽に身動きができたものの、岩の上はつるつる滑りやすく、転ばないよう慎重に足を運んだ。

奥へ進めば進むほど、潮の香りが強くなってきた。トンネルの終わりにたどりつくまでの時間は永遠にも思えたが、実際に要したのはほんの数分だった。出口は小さく、しかも海側から見ると上のほうにあって、岩がねじ曲がったような変わった形をしているため、ちょっと見上げただけではわからなかった。ルーカスはどこに足をかけるか指示を出してから、岩を這《は》い下りる彼女に手を貸した。

二人は今、屋敷の真下の、崖《がけ》の奥深くにできた空洞の中にいた。ローラは足元に小さな白い物が落ちているのを見つけ、腰を屈めて拾い上げた。赤ん坊のボンネット――ルイスのボンネットだ。キャロラインたちがこのトンネルを通った証拠だわ。込み上げる恐怖とともに、彼女はそれを胸に抱きしめた。

そして口を開こうとしたそのとき、ルーカスが彼女の唇に人差し指を当て、静かにするよう伝えた。二人は先を急ぎ、さらに大きな空洞へ足を踏み入れたが、そこからはまた空洞と空洞をつなぐトンネルが何本も続いていた。

彼がカンテラを消すと、いきなりインクを流したような暗闇《くらやみ》にほうり込まれ、ローラは怖くなった。ルーカスが彼女の手を握り、岩壁伝いに用心深く進んでいく。目もだんだん闇に慣れてきた。と突然、前方に灰色の光が現れ、波が岩に砕け散る音が静かな空洞に満ちて、暗闇にうつろなうなりが響き渡った。満潮には誰も近づけなくなる洞穴の入り口へ二人はそっと忍び寄った。

ふいに、脇《わき》の暗がりから五、六人の人影が現れ、ローラをぎょっとさせたが、ウォルター・エインズワースだとわかって、彼女は胸を撫《な》で下ろした。ルーカスが驚いていないところを見ると、これも計画の一部なのだろう。彼らは闇に身を潜め、敵を待ち伏せしていたのだ。二人は収税吏で、あとの三人はドルビー大佐の連隊から送り込まれた制服姿の重騎兵だった。全員がピストルと剣で武装している。

「万事順調のようだ」ウォルターが低い声でルーカスに言った。「連中は我々に気づいていない。カーライルは崖の上に見張りを二人立てたが、そっちの面倒はドルビー大佐が引き受けてくれた。連中は我々が仕掛けた罠《わな》の中へまっすぐ飛び込んだよ。もう逃げられない」その言葉は確信に満ちていた。

「ほかの重騎兵たちはどこに?」

「大佐が入り江の要所要所に配置した。密輪団のメンバーが逃げ出そうとしないかぎり発砲はしない、そして大佐が合図を送るまで浜へ侵入しないという命令のもとに。沿岸警備隊を乗せた密輪監視艇はいつでも登場できる態勢でいる」

ルーカスは厳しい表情でうなずいた。「おめでとう、ウォルター。さすがに抜かりはないな」

「そう願いたい。カーライルをやっとここまで追いつめたんだ。取り逃がすわけにはいかない」

二人とも黙り込み、洞穴の入り口に近づいて外を見た。フランスから密輸品を運んできた一本マストのカッター船は明かりを消して、崖に危険なほど近づいたまま、うねる波間に小舟のように揺れている。かすかな月明かりの下、エドワードの手下たちはただの黒い影にしか見えない。凍《い》てつく海水をかき分けながら、無駄のない動きで船と砂浜を往復する彼らに与えられた目的はただ一つ――樽《たる》や包みを浜へ揚げて、夜明け前に荒野を渡ろうと待機している荷馬と荷馬車に積み込むことだ。彼らはすばやくこっそりとやってきて、またこっそりと帰っていく。

ルーカスはカッター船に目を凝らした。船体が大波にさらわれて岩に激突しないよう、よく訓練された漕《こ》ぎ手たちがいっせいに、その怪力にものをいわせて櫂《かい》を操っている。男が一人、小さなボートに乗り移り、岸に向かって漕ぎ出すのが見えた。男は岸に着くとボートを砂利浜へ引っ張り上げ、そこにいた男たちに鋭い口調で命じた。その言葉を風がさらって、ルーカスのところへ届けた。男は洞穴を指さし、密輸品の一部をそこへ保管するよう指示を出していた。そして、向きを変えると、洞穴の入り口のほうへ歩き出した。そのほっそりした横顔は、間違いなくエドワード・カーライルだ。

彼がどんどん近づいてきた。ルーカスはローラの手を引いて奥の暗がりへ戻り、彼女の両肩をがっちりつかんで自分のほうを向かせると、その目を真剣に見つめた。「いいか、よく聞け。これから何が起ころうと、きみはけっして姿を見せてはならない。わかったか？　言うことを聞かないなら、屋敷へ戻ってもらう。兵士の一人を護衛につけるから、トンネルを引き返して、ぼくが戻るまでじっとしていろ。

それがいやなら、ぼくがキャロラインとルイスを見つけてきみのところへ連れていくまで、姿を隠しておけ」

ローラはゆっくりうなずいた。「言うとおりにするわ。でも……どうか気をつけて、ルーカス」

彼はうなずき、ローラを洞穴の奥へ押しやると、ピストルを握りしめてウォルターたちのところへ戻った。全員が闇に身を潜め、来るべき瞬間を待った。

エドワードは洞穴の中へ入り、そこで初めてカンテラに火を灯した。ひと晩では運びきれない量の密輸品が荷揚げされたのは明らかで、洞穴の中の空洞へ荷物がいくつも運び込まれる様子を、ルーカスたちは奥の暗がりから見ていた――フランス産の最高級ブランデーの樽、紅茶や香辛料の包み、上質の布地、インドから輸入されたたばこ、エキゾチックなフランスの香水。これなら大儲《もう》けできるだろう。

作業が終わると、洞穴に一人残されたエドワードのところへ男がやってきた。ひそひそ話で声は聞こえないが、男が苛立《いらだ》って、何かにひどく腹を立てているのは傍目《はため》にもわかった。

「こっちを見ろ!」相手に聞こえないようにルーカスが囁《ささや》く。「ジャン・ド・ムルニエ」

ローラは男を見つめた。青白い顔には疲労の色が浮かんでいるものの、髪はブロンドで、とてもハンサムだ。ムルニエ一族の血が流れているのは、その顔立ちを見ればわかる。彼女からは距離がありすぎて、乏しい光の中では瞳の色までは判別できなかったが、それはアントンとは違って、猫の目のように無情で、薄い唇には冷酷さがにじんでいた。

二人の男が洞穴を去る気配を見せた瞬間、ルーカスは暗がりから、ゆっくりと威嚇するように進み出て、ピストルを向けた。

目の隅に何か動くものが映ったのに気づき、エドワードは足を止めて振り返った。「タルボット?

おまえか？」

「よく見ろ」ルーカスの声は弾丸のように空を切り裂き、洞穴に響き渡った。「ぼくは密輸団の一員ではないが、密輸の件で清算したいことがあるのだ、カーライル」

エドワードはあんぐり口を開けたが、声の主がルーカスで自分にピストルが向けられていると知ったとたん、驚きは怒りに変わった。「モーガン！　いったいどうして……」

ルーカスはゆっくりとうなずき、近づいていった。「驚いたろう。そしてがっかりだろう、カーライル？　今夜ぼくは屋敷にいないと踏んだのか？」彼は嘲《あざけ》るように笑い声をあげた。「当てがはずれて残念だったな。ここへ密輸品を運び込むなど正気の沙《さ》汰《た》とは思えないが？」

「正気に決まっているだろう」エドワードは落ち着きを取り戻して答えた。「きみは月曜まで戻らないと考えたのでね。それだけ時間があれば、充分商品を運び出せる、と」

「これまでも、何度かこの洞穴を使ってくれたらしいな」ルーカスはせせら笑った。

「ああ、何十回も。なんといっても、きみが留守にしていたあいだ、ぼくはロズリン・マナーの女領主の婚約者だったのだから、ロズリン入り江を利用する権利は誰よりもあったわけだ」

「だが、それも今夜が最後だ。あの日、まさにこの浜で警告したはずだが、きみは聞く耳を持たなかったようだ。そして、ぼくの妻を脅して違法行為の片棒を担がせた。自分で墓穴を掘っているとも知らずに」

エドワードは肩をすくめ、傲慢《ごうまん》な態度を見せた。やられっぱなしでは自分のプライドが許さない。想定外のこの事態からどうやって抜け出そうか、ポケットに忍ばせた小型拳銃《けんじゅう》にどうやって手を伸ばそうか。だが油断は禁物だ。自分と対峙《たいじ》するこの男はまぬけではないし、武器の扱いを心得ている。「それは見てのお楽しみだ。あいにく今時間がなくてね。理由はおわかりだろう。だから申し訳ないが、この興味深い会話の続きはまた日をあらためるとしよう」彼はそう言って横を向きながら、ルーカスの鷹《たか》のような目に留まらないよう、すばやくポケットからピストルを抜かなければと思った。

「それは許可できない」ルーカスが不気味な冷たい声で答え、一歩後ずさるエドワードを狙《ねら》ってピストルをわずかに持ち上げた。「動けば命はない」

エドワードは片手をポケットの高さに浮かせたまま、半ばまぶたを閉じて、その細い切れ込みのような目をきらりと光らせた。「誰がぼくの命を奪うというんだ、モーガン？　きみか？」

「あたりまえだろう。ピストルを向けているのはぼくだ。おまえも動くんじゃないぞ」彼はジャン・ド・ムルニエにうなずいてみせた。ジャンはなす術《すべ》もなく怒りに身をこわばらせて、成り行きを見守っている。「おまえも罪は免れない。誘拐罪だ。罪のない赤ん坊の命を奪うという殺人罪までは犯していないことを心から祈るよ。でなければ、ぼくがこの手でおまえを殺す」

ジャンの薄い唇が嘲笑《あざわら》うようにねじ曲がった。「わたしはわたしの欲しいものを手に入れるよ、ムッシュー。伯爵夫人はきみにくれてやろう――いい厄介払いになる。だが、赤ん坊を渡す気はない」

「なぜだ？　自分が生きのびて利益を得るにはルイスが必要か？　自分の親族によくもそんな仕打ちができるな？」

「あのイギリス女は一族の人間ではない」

「ああ、だがルイスはそうだろう。アントンは死ぬ前にぼくにこう言った――妻と赤ん坊の面倒を頼みたい、フランスの情勢が落ち着いたら二人をムルニエ城へ帰らせてやってくれ、と。ぼくは彼に約束したし、約束は守るつもりだ。いいか、おまえは、今取り引きできる立場にないことを忘れるな」ルーカスは彼にピストルを向けて言った。

「だったら勝手に捜せばいい」ジャンが嘲《あざけ》った。

ジャンを見据えるルーカスの目は冷たい灰色の鋼のようだ。「ああ、二人の居場所なら、おまえをちょっといたぶれば、その口からぽろりと答えが出るだろう。助け船は期待するな」洞穴の出口へさっと目をやったジャンに、彼は言った。「ここにいるご友人のカーライルは今はおまえを助けられない」

容赦しないぞというぎらぎらした目で、ルーカスは二人の男にゆっくりと近づき、エドワードに注意を戻した。「つまり、ついにトンネルを発見したわけだ、カーライル」

「あるのは知っていたが、あの日きみが浜に現れるまでは、わざわざ探す気はなかった。あんなふうに誰にも気づかれずに姿を現したということは、洞穴から出てきたとしか考えられなかったのでね。この際、よく調べようと思ったわけだ。正直、見つけるのは簡単ではなかったよ」

「知らないほうがよかったな。ジャン・ド・ムルニエがキャロラインとその息子を傷つけたなら、きみの命もないと思え。密輸行為のほかにもきみを告発する理由はあるのだ、カーライル――わかっているだろう。違法な取り引きでいくら懐を肥やそうが、ぼくには関係ない」

「ルーカスには関係ないかもしれないが、関係ある人間もいるのだよ、カーライル」ウォルターの低く太い声が轟《とどろ》き、彼とその仲間たちが暗がりから進み出た。

全員がピストルを手にルーカスの背後に広がった。重騎兵の赤い上着を前にして、エドワードの顔が引きつった。

「ウォルター・エインズワース！　そうか、治安判事も一枚噛んでいたわけか。ぼくをどうするつもりだ？　逮捕するのか？」

「もちろんだ。密輪と、殺人の罪で」

エドワードは鼻を鳴らした。「どんな証拠があるというのだ――これ以外に」彼は積み上げた密輪品のほうへさっと腕を伸ばした。

収税吏の一人が声をあげた。「見くびるなよ。我々もさんざん振りまわされてきたが、これでおまえも一巻の終わりだ、カーライル。おまえがジェド・ワトキンズを撃ち殺すのを見たという証人がいるし、ほかにも自分の身を守ろうとして証言する者が出てくるだろう。おまえのその危険な商売に引きずり込まれた連中も、死にたがってはいないからな」

「それに、ペリカン号の一件もある」ルーカスは冷ややかに言った。「きみが犯した罪の中ではあれが最悪だろう」

ペリカン号の名が口にされた瞬間、エドワードのハンサムな顔に緊張が走り、口が真一文字に引き結ばれた。ルーカスは殺人的な笑みを浮かべ、彼の急所に狙いを定めた。

「ぼくには海軍省に個人的に親しくしている友人たちがいてね。アントニー・シーモア卿《きょう》とはとりわけ懇意にしているのだが、彼の妹とそのご亭主があのペリカン号に乗船していたそうだよ。大陸を旅行中にフランスが騒乱に突入したため、イギリスへ戻ろうとしたらしい。当時イギリスへ帰りついた生存者の報告に間違いはないこと、船を沈めたのは海賊行為を働いた連中の仕業であることを、ぼくの口からあらためて伝えたときのシーモア卿の怒りは想像できるだろう。きみを有罪にするにはそれで充分だったが、解決すべき問題がほかにもあった。密輪の件できみにはすでに嫌疑がかかっていたのだ――急に懐具合がよくなった理由はどこにあるのか、とね。それで、海軍省はロズリン・マナーの所有者であるぼくに、密輸行為と殺人事件に関する極秘の調査を依頼した。最近、この付近で収税吏や一般の住民がたびたび謎《なぞ》の死を遂げていると聞き、手を下したのはすべてきみだと見当はついたから、ぼくも調査の依頼を引き受けることにした。ペリカン号に乗船していた一人として、シーモア卿同様、このぼくにもきみを法の手に引き渡したい個人的な理由があったのでね。きみは自分が犯した数々の罪によって極刑に処せられると、ぼくが保証しよう」

ローラは身を隠したまま、驚愕《きょうがく》の思いで、ルーカスの話を聞いていた。彼が海軍省のために働いていたという新事実が、彼女に少なからぬ理解と納得をもたらした。ルーカスはまさに最初から手がかりを求め、エドワードを破滅に追い込むべく入念に調査を進めていたのだ。だから、ロズリンに戻ってきたことも、できるだけ伏せておきたかったのだろう。

ルーカスとの約束を忘れ、彼女は思わず一歩前に踏み出した。その動きがエドワードの注意を引いた。暗がりからローラがゆっくりと姿を現すと同時に、彼の目に激しい憎しみの炎が燃え上がった。

カーライルの顔色が急に変わったのに気づき、ルーカスは首をぐいとまわした。嘘《うそ》だろうという驚きと、怒りの表情が彼の目に浮かんだ。「いったいどういうつもりだ？　ぼくの指示に逆らうとは？　姿を見せるなと言ったはずだ」

「わかっているわ、ごめんなさい。でもこれ以上、我慢できなくて。キャロラインとルイスのことがどうしても心配で」

「雌犬め！　全部おまえのせいだ。いつか痛い目に遭わせてやる。まさかこんな罠を仕掛けて、ぼくをモーガンに売るとはな。約束が聞いてあきれる」

「そういうあなたこそ、約束はどうなったの、エドワード？」ローラはいきりたって言い返した。自分をにらみつける夫からは目をそらしたが、夫に守られているという安心感はあった。「キャロラインと赤ん坊には手を出さないと言ったでしょう。悪党の言葉など信じるべきではなかったわ」彼女はエドワードから目を離さず、その震える指をフランス人に向けた。「あなたがあの男に教えたのね？　そうでなければ、ここにいるはずがないもの。情報と引き換えに彼からたっぷり支払ってもらえたのかしら、だってお金に目がないあなたのことだから、ただでは教えないでしょう。キャロラインとルイスはどこなの？　二人に何をしたの？」

「女とちびを生かしておきたいなら、ぼくを自由にすることだな」

胸の引き裂かれるような苦しみを味わいながら、ローラはふいに悟った。キャロラインとルイスに、今自分がどれほど大きな愛情を抱いているのかを。

彼女は前に進み出て、エドワードをねめつけた。「大嫌いよ――この悪魔」食いしばった歯のあいだから、吐き捨てるように囁く。「あなたの魂は、無慈悲と欺瞞《ぎまん》と利己主義と邪悪が渦巻く、冷たい沼地よ。そんな人と自分が結婚しようとしたなんて！　あなた、あるいはこのフランス人がキャロラインとルイスのどちらかにでも手をかけたら、わたしがこの手であなたを殺すわ、絶対に」

洞穴の入り口にふいに男が現れ、一瞬、全員の視線がそちらへ流れた。エドワードは、今がチャンスとばかりに手を突き出し、岩棚からカンテラを落として、あたりを真っ暗闇に変えた。ルーカスは、エドワードとジャン・ド・ムルニエが洞穴を飛び出して浜へ向かう気配を感じ、大声で罵《ののし》った。すかさずあとを追うルーカスの後ろに、ウォルターと仲間たちが続いた。

17

洞穴の入り口に現れた男は、カッター船がすでに岸から離れたことをエドワードに伝えようとやってきたのだが、重騎兵とルーカス、そして自分の雇い主に向けられたピストルを目にしてわめき声をあげながら逃げ出し、仲間に危険を知らせた。

心臓が狂ったように胸を叩《たた》く中、ローラはルーカスたちのあとを追って浜へ向かった。外は大混乱で、みんな蜘蛛《くも》の子を散らしたように逃げまどっていた。さっきまでこそこそ動きまわっていたのが嘘《うそ》のように、指をさして何やら口々に叫んでいたが、その声を片っ端から風がさらった。浜の上のほうで騒ぎが起きたのに気づき、彼女は目を凝らした。その高みから長いマスケット銃を向けているのは、兵士たちに違いない。密輸団のメンバーたちはどちらへ逃げればいいのかわからず、半狂乱だった。前方は兵士、後ろは海だ。

岩陰にひらりと身を隠したローラの目の前を、男が一人ほうほうの態《てい》で走っていった。彼女はルーカスを捜して浜辺を見渡した。すると、近くの丸石にじっと座っている人影がローラの注意を引いた。キャロラインがそこにいる、ルイスを胸に抱きしめて！

キャロラインは反応せず、動こうとしなかった。まるで周囲の出来事にいっさい気づいていないように見える。さっきの男は彼女の見張り役だったに違いないが、自分の身を守るのが先だとあわてて逃げ出したのだ。ローラは怯《おび》えきった彼女に駆け寄り、横に座って体を抱き寄せた。

「キャロライン！　無事でよかった」

キャロラインの頬を涙がひと筋、またひと筋と流れ落ちた。その顔はやつれて青白く、まなざしが打ち沈んでいる。ローラはそっと彼女の髪を撫《な》でた。

「ジャンに何かされたの?」

キャロラインはかぶりを振り、喉から声を絞り出すように囁《ささや》いた。「いいえ。でも、彼はルイスとわたしをフランスへ連れ戻すつもりよ。ああ、ローラ! 死ぬのはいやよ——死ぬ必要など何もないのに。今、わたしにとって、人生はとても大事なものになったの。生きる目的はたくさんあるけれども、とりわけルイスのためにわたしは生きていかなければならないわ。アントンと同じ運命をたどるわけにはいかないのよ」

「ジャンがあなたにそう言ったの? パリへ連れ戻して……ギロチンにかけると?」

キャロラインはうなずき、息子をひしと抱きしめた。それがいやだったのだろう、ルイスがもぞもぞ動いて、かぼそい声で泣き出した。

「ジャンはあなたを連れていかないわ。すべて終わったのよ」ローラはきっぱりと告げた。「大丈夫よ、キャロライン。もう心配いらないわ。ほら」と言いながら、自分と一緒に彼女を立ち上がらせ、今何が起きているのかを見せた。

ちょうどジャン・ド・ムルニエが、さっきエドワードが浜に置き去りにしたボートのほうへ走っていくのが見えた。彼は大急ぎでボートを砂利浜から海へ引きずっていき、着ている物が冷たい海水に濡《ぬ》れるのもかまわず、死に物狂いで逃げ出そうとするほかの男たちと一緒に砕け散る波の中を進んでいった。彼らはボートに飛び乗るとカッター船に向かって全力で漕《こ》ぎはじめ、岸から離れようとしたが、カッター船の漕ぎ手たちも浜で何が起きているかはすでに目にしており、必死で逃げ出そうとするのは同じだった。

密輸品を降ろして身軽になった船は速度を上げて沖へ向かった。だが、そう遠くない海上に明かりを灯《とも》した別の船が現れ、カッター船に迫ってきた。それが密輸監視艇に違いないことはローラにもわかった。密輸団は罠《わな》にかかった鼠《ねずみ》も同然で、入り江の中でいっせい射撃が始まると、我先に逃げ出そうとする者たちでさらに大混乱は続いた。

ボートを停止させないと発砲するぞ、とドルビー大佐が波打ち際からジャン・ド・ムルニエたちに叫んだが、彼らはその声を無視して、上げ潮に逆らいながら漕ぐ手を速めた。そして、カッター船に乗り込もうと立ち上がったとき、大きな銃声とともにオレンジ色の閃光《せんこう》が夜空を横切った。標的に命中した瞬間、悲鳴と金切り声があがり、それは浜にいる人間の耳にも届いた。カッター船はボートの男たちを見捨てて、すぐそばに迫った密輸監視艇に追いつかれまいと必死の逃走を開始した。

兵士たちの手で岸に引っ張り上げられたボートから、負傷した男たちがうめき声をあげながら転がり出てきた。動けない者は兵士が砂浜まで運んだ。ローラとキャロラインがそばまで行ってみると、その中にジャン・ド・ムルニエの顔があった。彼は胸を撃ち抜かれており、乏しい光の中でも、その顔が真っ青で、口の脇《わき》からたらりと血が流れているのが確認できた。

もう息はない、とローラもキャロラインも思った。だが、まるで彼女たちの接近を察したかのようにジャンがまぶたを開けた。その落ちくぼんだ目で懸命に、キャロラインとルイスに焦点を合わせる。憎悪と侮蔑《ぶべつ》に満ちたまなざしがキャロラインを麻痺《まひ》させた。彼はしゃべろうとしたが、声が言葉にならないうちに全身が痙攣《けいれん》して、唇に血の泡が噴き出した。頭がぐらりと傾き、目から生気が抜けてまぶたが下がった瞬間、彼が死んだのがわかった。

ローラは衝撃と寒さにかじかみながら、ジャンをじっと見下ろした。目の前で起きた出来事が信じられない。すべてが現実離れしている。寒風の中で身を震わせたそのとき、ルーカスがやってきて彼女の肩に腕をまわし、自分のほうへ引き寄せた。ついでそばにいたウォルター・エインズワースがキャロラインの震える肩にマントをかけた。

ルーカスは妻をしっかりと抱きしめ、頭のてっぺんにキスをした。「おいで、ローラ。きみはここにいてはいけない。誰かにきみとキャロラインを屋敷まで送らせよう」

ローラは驚いて彼を見上げた。「あなたは？　一緒に来ないの？」

「ああ。カーライルがまだ捕まらないんだ」ルーカスは傍らに現れたドルビー大佐に顔を向けた。「誰かやつを見た者は？」

「浜へ出動した兵士たちの目をカーライルはかいくぐったらしい。崖《がけ》の小道を登っていく姿を目撃されたのが最後だ。数人の兵士が追跡中だが、崖の上をホイール・ローズ鉱山へ向かったという話だよ」

「それならきっと捕まるだろう」ルーカスはローラを自分から遠ざけて言った。「ウォルター、彼女たちを屋敷へ連れていってくれ。ぼくはカーライルを追いかける」

ドルビー大佐と並んで大股で歩き去る彼の後ろ姿を、ローラは苦しみの中で呆然《ぼうぜん》と見つめ続けた。二人は浜を上がって、兵士から借りた二頭の馬にひらりとまたがると、崖を登って内陸へ姿を消した。その先にいるのは、兵士の群れに駆り立てられて、夜の中を猫のように逃げ出したエドワード――アフリカの密林に潜む山猫のように、抜け目のない危険な男だ。

キャロラインとルイスが無事ベッドの中へ戻り、

ウォルター・エインズワースが外の様子を見に行ってしまうと、ローラにはじりじりするような時間だけが残された。ルーカスの帰りをただひたすら待ちながら、寝室の中を一時間も歩きまわったが、ついにいても立ってもいられなくなり、ルーカスの命令を無視して屋敷を飛び出すと、ホイール・ローズめざして崖の上を馬を走らせた。

風が強くなってびゅうびゅうと吹きすさび、少しでも前に進むためには彼女は上体を屈《かが》めなくてはならなかった。エンジン・ハウスの輪郭が視界に現れたときは安堵《あんど》のため息がもれた。宵のうちに降った雨が鉱山の中へしみ込んだらしく、こんな時間にもかかわらずポンプが動いている。坑《あな》の底から汲《く》み出され、斜面の溝を滝のように流れ落ちていく大量の泥水を目にして、ローラは身震いした。ホイール・ローズをいつ水浸しにしてもおかしくない、あのステナックに流れ込んだ海水のことを思い出したからだ。

彼女は馬の速度を緩め、作業場と小屋の前を通りすぎた。風のうなりに重なって聞こえるのは、蒸気機関のがらんごろんというすさまじい音だった。縦坑の入り口に群がる人々を見て、ローラはぎょっとした。鉱夫も兵士も一様にむっつりと押し黙った表情をしている。馬でゆっくりと近づいていく彼女に全員の視線が釘《くぎ》づけになった。ローラは自分の愛する男の顔を捜したが、その中にはなかった。

馬から降りると、足がぬかるみの中に沈んだが、それにも気づかないまま、彼女は自分に道を空ける人々の狼狽《ろうばい》した顔を見つめた。そして、胸騒ぎを覚えた。ウォルター・エインズワースの姿を目にして、そちらへゆっくりと近づいていく。確かめなければならないことがあるのはわかっているが、その質問を口にするのが怖かった――答えは聞かなくてもわかっている気がしたからだ。ローラは彼の前で足を止め、手袋をした両手で乗馬鞭《むち》を握りしめた。

「彼はどこなの、ウォルター？　ルーカスはどこにいるの？」

「それが……困ったことに……」

「この下にいるのね？」声を震わせながらもウォルターとは目を合わせたまま、黒くぽっくり口を開けた穴を指さす。「坑道の中に」

ウォルターがうなずいた。「ああ。気持ちは察するよ、ローラ。彼はドルビー大佐と一緒だ。エドワードを追跡した兵士たちがここへ追い込んだのだが、逃げ道はほかにないと知って、やつはすてばちになって坑に潜り込んだ」

彼女は血も凍る思いでその話を聞いていたが、落ち着きを失うまいと必死だった。「わかったわ。潜ってからどれくらいたつの？」

「約一時間」

「一時間？　でも誰もまだ様子を見に行かないのね？」

「ああ。坑を下りるのは自分と大佐だけだとルーカスが言い張ったのだ」

「エドワードは武器を持っているの？」

ウォルターはうなずいた。「ここはきみのいるところではないよ、ローラ。頼むから屋敷へ戻ってくれ。何かわかったら、すぐに知らせよう」

ローラはそれを聞いて顎を上げ、鋭いブルーの目で彼をにらみつけた。「いいえ、ウォルター。ルーカスはわたしの夫で、わたしが今いるべき場所は、ここよ。必要ならひと晩じゅうでも待つし、夜が明けるまでに上がってこなかったら、自分で下りていって彼を連れ戻しますからね」

帽子につけたろうそくの明かりを頼りに、ルーカスとドルビー大佐は垂直の梯子《はしご》を下りていき、深度を変えていくつも掘られた採鉱場をつなぐ坑井を下へ下へと進みながら、獲物を捜して坑道を這《は》いまわった。しかし、自分の鉱山を知り尽くしているエドワードは誰が追いかけてくるのかを承知のうえで追跡を巧みにかわし、二人を地下深くへどんどん引きずり込んでいった。

だが、ルーカスも愚かな男ではなかった。深く潜るにつれ、これはエドワードが何か企《たくら》んでいるなと気づいた。引き返せと本能が告げる。エドワードは計画的に二人を地下へ誘い込んでいるのだ――海に沈んだステナックの南側に向かって。すでにその存在が、臭《にお》いが、感じられる気がした。それは黒くよどんで、悪意に満ちたけだもののように自分の頭上に漂っていた。

頭がつかえそうなトンネルの中で、ルーカスは体を低く屈めて足を止めた。最近、新たに掘り進めたと思われる坑道の先にはインクのような闇《やみ》が広がっていたが、エドワード・カーライルに違いない足音を耳にして彼は叫んだ。

「カーライル！ 逃げても無駄だ。観念しろ！」

すると突然、暗がりの中からエドワードが現れ、ピストルを手に、彼の目の前に立ちはだかった。

「分別を持て、カーライル」ルーカスは言った。「自分の命が大事だと思うなら、こんなところに隠れていてもしようがないとわかるだろう」

一歩後ずさったエドワードは、泥と汗にまみれた顔で笑い声をあげた。自分にどんな運命が待っているかは百も承知だ。どうせ逃げられないなら、この傲慢《ごうまん》な憎むべき隣人を道連れにしてやる。「なんだって？ ぼくを千回も吊《つ》るし首にするだけの証拠を握っているんだろう？ 観念しろだと？ するものか。それなら地獄へ行ったほうがましだ。死ぬなら、どこで死のうが同じだ」彼は喉が張り裂けるような叫び声をあげ、ルーカスに突進した。復讐《ふくしゅう》心を満足させるためなら殺人も厭《いと》わない。ルーカスの胸をピストルが狙《ねら》った。その腕をルーカスが電光石火のごとく払いのけた瞬間、引き金が引かれた。銃口が火を噴き、耳をつんざく衝撃音が狭い坑道に響き渡る。

ルーカスの頬を弾丸がひゅっとかすめると同時に、前方で別の何かが不気味な音をたてた。何かが割れるような鋭い音に続いて、耳を聾《ろう》する爆発が起こり、足元の地面が揺れ出す。そしてとうとうルーカスの恐れていた事態が——エドワードに警告していた事態が発生した。水没したステナックをかろうじて支えていた薄い岩壁がついに崩れ、たまっていた海水に押し出された悪臭がどっと噴き上がってきた。

エドワードはつるつるした岩につかまりながら、何が起きたかを悟って後ずさった。青ざめた顔で目をかっと燃え上がらせ、狂気の笑い声をあげる。

膨れ上がる恐怖の中でルーカスは気づいた——エドワードは避難しないつもりだ、と。「待て！」坑道を包み込む轟音《ごうおん》にかき消されまいと、ルーカスは叫んだ。「おい、気はたしかか？　どういう事態かわかっているだろう。友だろうが敵だろうが、今はこの危険から脱出するのが先だ。愚かなまねはよせ」

「愚かなのはきみだよ、モーガン」エドワードが怒鳴った。「こんなところまで追いかけてくるとは。岩壁が崩壊する音が聞こえたろう。ぼくを捕まえようとして、結局ぼくの思うつぼにはまったわけだ」

彼は危険に向かって、さらに後退を続けた。闇の向こうから押し寄せてくる水の音はこの世のものとは思えず、姿が見えないので余計に恐ろしい。「きみの言いなりにはならない。この先には死があるのみだ。だが、ぼくは覚悟ができているし、きみも同じ運命をたどるだろう——何か奇跡でも起きて水から脱出できないかぎり」

ルーカスは恐怖にのみ込まれながらも、エドワードに飛びついて腕をつかんだ。エドワードは言葉にならない怒りの声を発し、彼を押しのけようとしたが、ルーカスは梯子のほうへ引っ張ろうと、その腕にしがみついたままドルビー大佐に大声で救援を求めた。だがエドワードは聞く耳を持たず、荒い息を吐きながら腕を振りほどこうと力いっぱいもがき、二人はそのまま滑りやすい斜面の上で生と死の覇権を争った。そしてついにエドワードが戦いに勝利し、ルーカスをひざまずかせた。エドワードは一瞬、その場に彫像のように佇《たたず》み、ついで身を翻して真っ暗闇の中へ、その先の水の中へ姿を消した。

ルーカスはあわてて立ち上がり、よろめきながら追いかけようとしたが、二メートルも進まないうちにドルビー大佐に腕をがっちりつかまれた。

「行きましょう」大佐は有無を言わさぬ口調で告げた。「あの男を置き去りにせねばなりませんが、しかたありません。助けようとするのは狂気の沙汰《さた》です。今戻らないと、三人とも溺《おぼ》れ死ぬでしょう」

その瞬間、ふたたび爆発が起きて坑道が揺れ、ルーカスの足元の岩が、何か恐ろしい苦痛に見舞われた生き物のように盛り上がった。大佐の言うとおりだ。エドワード・カーライルを救うのはもう手遅れだ。彼は最後にもう一度闇の中を見つめてから、大佐を追って坑道を引き返し、懸命に梯子を上った。

あとは、生きるか死ぬかだ。轟音がどんどん大きくなって、悪臭を放つ黒く濁った水が波頭を立ててホイール・ローズに流れ込み、その迫ってくる濁流から逃れようと、ルーカスとドルビー大佐は上へ上へとひたすら梯子をよじのぼった。

もうすぐ夜が明けようというとき、縦坑の入り口にいた人々は足の下に振動を感じた。夜のあいだにどんどん数が増えてかなりの人だかりができていたが、みんな怖くなって動けなくなり、ぎょっとした目をして顔を見合わせた。

振動よりぞっとしたのはそのあとの静寂で、ローラの凍りついた体に恐怖がひたひたと押し寄せてきた。ウォルターの腕をつかんで、さっと彼の目を見る。「今のはなんだったの？」凍る唇でそう囁きながら、答えは一つしかないとわかっていた。

「水だ！」とそばで誰かがつぶやき、その声が彼女の耳元で幾重にもこだました。

ローラは呆然とした。ルーカスは今、自分が所有するステナックからあふれ出した汚水でいっぱいの、地下の迷宮にいる。彼の予言が現実となったのだ。そこから生きて出られるとは思えない。胸の引き裂かれるような苦しみが彼女を襲った。金切り声をあげたい！　夫の名を叫んで、今自分が背にして立っている小屋の、この物言わぬ壁を拳《こぶし》で殴りたい！

だが、現実には何一つできなかった。ただそこに立ちすくみ、恐怖にかっと目を見開いて、心がきりきりするのを感じていた。いいえ、ルーカスが死ぬものですか！　彼のいない人生なんて考えたくもない。もしルーカスが死んだら、このわたしだって死んだも同然よ

「彼が死んだなんて信じないわ」ローラは囁いた。「亡骸《なきがら》をこの目で見るまでは」

それから、耐えがたいぞっとする静寂が延々と続いた。誰も動こうとせず、宿命的な場面を描いた絵画のように静止したその情景の中で、ローラは頭《こうべ》を垂れ、愛する人のために魂を込めて祈った。どうか彼がわたしから去っていきませんように。

海から吹きつけてくる身を切るような寒風は相変わらずだったが、晩秋の夜明けとともにそれも少し静まって、淡い光の中で、周囲の丘陵が灰色がかった青い靄《もや》に包まれた。かもめたちが頭上をぐるぐる旋回しながら、あるいは絶壁の割れ目に降り立ったまま、大声で鳴きはじめた。

最初に坑から這い出してきたのはドルビー大佐だった。泥まみれの疲れ果てた体でよろよろ歩き出す彼に、誰かが駆け寄った。ふいに騒がしくなったのに気づいて、ローラは顔を上げた。信じられない気持ちで、大佐の後ろに見える黒い坑にじっと目を凝らす。たしかに何か音が聞こえる。次の瞬間、心は舞い上がり、体じゅうに新たな生気が流れ込みはじめた。彼女は駆け出した。走って、走って、彼のもとへ、夫のもとへ。

いきなり明るい場所へ出たルーカスは目が慣れるまで動けなかったが、自分のほうへ走ってくるローラに気づいた。彼女の輝く顔、輝く瞳からは愛があふれ出している。駆けてきた勢いのまま自分の腕に飛び込んだローラを、彼は抱きしめた。彼女は胸に満ちあふれる喜びを言葉にできないまま、ルーカスにしがみついた。

天地がひっくり返った一夜が明け、翌日は天候も回復した。空気は冷たく澄んでいるものの、午後の日差しは夏の日のような輝きに満ちていた。空は青く、白い雲が流れ、海は明るくきらめいている。ローラは崖の上の小道に立って、ちょうど海と空が出合うあたりを航行している、のっぽの船を眺めていた。傾いたマストと少し下を向いた舳先《へさき》、そして追い風をいっぱいに受けた帆。船は西に向かってぐんぐん進み、まもなく視界から消えるだろう。はためく三角形の長旗をよく見ようと目に手を翳《かざ》すが、太陽の光が反射してはっきりとはわからない。

ローラは昨夜の出来事――エドワードの死をまだ受け止めきれずにいた。ルーカスの話では、エドワードがピストルを発射したのが引き金となり、ステナックとホイール・ローズを隔てていた薄い岩壁が突然崩れ落ちて、水がいっきに流れ込んだという。ホイール・ローズが水没しても、それはステナック鉱山の再開には影響しないだろう。海に沈んだ南側をルーカスはすでに閉鎖して、別の方角へ採掘場を広げている。ステナックはまもなく操業を開始して、ロズリンの住民のみならず、ホイール・ローズの事故によって失業した者たちにも、充分な仕事を提供することになるに違いない。

ローラの目は、水平線を進んでいく船をまだ追いかけていたが、その顔には柔らかな、夢見るような表情が浮かんでいた。ルーカスが彼女の後ろにそっと立ったとき、振り返らずとも彼がそこにいるのがわかった。ルーカスが両腕をするりと巻きつけ、彼女を守るようにしっかりと引き寄せる。ローラは満ち足りたため息をついて、その男らしい香りを——石鹸《せっけん》となめし革とかすかなたばこの匂《にお》いを胸に吸い込んだ。

「終わったのね？」彼女は静かに言った。

彼がにっこりするのをローラは感じた。ルーカスが首筋に唇を寄せて、その温かな肌に優しくこすりつける。「ああ、終わったとも」彼は囁いた。「カーライルを手助けしていた男たちは全員引っ立てられ、密輸品は税関が押収した」

「エドワードが死んだというのが、まだ信じられなくて」彼女はそう囁きながら、ルーカスの唇が近づきやすいように頬を少しだけ横に向けた。

「ホイール・ローズのインクのような闇の中へ姿を消す前に、彼をなんとか救い出そうとしたのは事実だが、やはり当然の結末だったと言うべきだろう。カーライルは根っからのごろつきだ、悪党だ。人々を操り、騙《だま》して、自分の違法な商売に巻き込んだ」

「キャロラインにはもう会ったの？」

「ああ。彼女と話をしてから、きみを捜しにここへ」

「わたしがここにいるとどうしてわかったの？」

「ジョンが教えてくれた」

ローラはべつだん驚きもせず、笑みを浮かべた。

「よかったわ、あんなふうに頭を殴られたのに後遺症が残らなくて。ジョンはもっとひどいことになっていても、おかしくなかったでしょう」

「そうだな。キャロラインもあんな目に遭わされたにしては元気いっぱいだ。ちなみに彼女はロンドンへ行って、デイジーと一緒に暮らしたいそうだ。その話はきみにも？」

「ええ。あなたはどう思うの、ルーカス？」

「ジャン・ド・ムルニエに怯《おび》える必要もなくなったし、彼女がこれ以上ロズリンにとどまる理由も見当たらない」

「ええ、そうね。でも……あなたは寂しくなるのではないかしら」

ルーカスは腕の中で彼女を反転させた。顔つきは穏やかだが、ほんの少し目をそらしている。「ローラ、ぼくを見ろ」彼女の頬に触れ、自分のほうを向かせる。「どうした？　さあ、はぐらかさないで、はっきり言えばいい」

「なぜ結婚しなかったの、ルーカス？　つまり、わたしと結婚する前に、という意味だけれど。たいていの男性は三十前に身を固めるわ」

「なぜなら、一生をともに過ごしたいと思える女性に巡り合わなかったからだ。それに、自分の仕事を考えると、束縛される生活にはどうも向かない気がしてね。なぜそんな質問を？」

「た、たいしたことではないわ。本当よ」

苦しみが影を落とす青い瞳を見下ろし、彼は静かに言った。「それがなんであれ、きみには大いに問題だとぼくは思うが」

ローラはのろのろと首を振りながら、言わなければよかったと思ったが、このままではいつまでたってもルーカスとキャロラインの関係を疑って胸を痛め続けることになる。言い出したのは自分であり、彼に答えないわけにはいかないのもわかっている。

「もしも……あの晩、手違いでわたしをさらわなかったら、キャロラインと結婚していたの？」彼女はそっと尋ねた。

ルーカスは顔をしかめ、妙な目で彼女を見た。

「その点についてはすでに解決ずみだと思うが」

「解決ずみよ」ローラはすかさず請け合った。

「それで？」

「あなたは……彼女を好いていたはずよ。だって、あなたがさらうつもりだったのは――結婚するつもりだったのは彼女でしょう」

それを聞いて思わず、ルーカスの胸が痛んだ。

「ばかだな」彼は囁くように言った。「きみはほれぼれするほどのおばかさんだ。キャロラインと結婚しようと考えたことは一度もない。彼女のほうは、ぼくに恋していると思った時期もあったようだが、ぼくはその気持ちに応《こた》えられなかった。それで彼女はアントンに目を移し、そして、アントンも夢中になった。だが残念ながら、フランス人を嫌う母親の反対に遭い、キャロラインは自分を支配しようとするその母親から逃れようと駆《か》け落ちを企て、ぼくもその計画に引きずり込まれたわけだ」

ローラの頭はすっかり混乱していた。「だけど、なぜアントンは自分で彼女をさらわなかったの？」

「落馬して腕を骨折したんだ。それでぼくが出ていかざるを得なくなった。手違いできみを誘拐したあの夜、本当はキャロラインを乗せてリッチモンドの南へ馬車を走らせ、ある宿屋でアントンと落ち合う手筈《てはず》になっていた。二人はそこから海岸へ向かい、フランスをめざして海峡を渡る予定だったから。ぼくもばかなことをしたとは思うが、アントンもあのときは必死で、二人とも決意が固かったのでね。おわかりのとおり、二人はふたたび駆け落ちを企て、そして成功したわけだが、キャロラインの母親が娘を許すことはけっしてなかった」

「ルーカス！」ローラは息がつまりそうになった。「なぜもっと早く話してくれなかったの？　あなたはきっと、わたしの名誉を傷つけるなと父から言われて責任を取り、しかたなく結婚したのだと思ったわ。そのためにわたしがこれまでどんな気持ちで過ごしてきたか、あなたにわかる？」

ルーカスは内心たじろいだ。彼女を傷つけた真の原因がそこにあったとは知らなかった。いとおしさが込み上げ、彼はローラを抱き寄せて髪に顔を埋《うず》め、まわした腕に力を込めた。自分が図らずも彼女に与えてしまった苦しみを少しでも消そうとするように。

「いや。すまない。まったくわかっていなかった」

「あなたはキャロラインに恋をしていたのだと――わたしではなく彼女と結婚するつもりだったのだと、ずっと思っていたわ」

「まさか。彼女を好いてはいたが、ぼくが愛するのはきみだ」

ローラはゆっくり体を引き、舞い上がりそうな心で彼を見つめた。「わたしを愛していると？」自分の聞き間違いでないことを祈りながら囁く。「本当に？　本気で言っているの？」

ルーカスは彼女の顎を持ち上げ、じっと目を合わせた。「もちろんだ。嘘はつかないよ、ローラ。きみを崇拝し、尊敬し、愛している。きみはぼくの人生を復活させ、そこに目的と意味を与えてくれた。きみと二人でいるとき、この心はいちばん満ち足りているよ。きみにはつらい思いをさせたが、手違いできみを馬車に乗せたあの日に、ぼくは感謝しよう」

彼の情熱的な視線がローラの心をかき乱し、彼の目に浮かぶ切望が彼女を打ちのめす。ずっと夢見ていたそのまなざしに応えるように、ローラはどきどきしながら、見つめ返した。そこにけっして見ることはないだろうとあきらめていた愛と激情に、ルーカスの灰色の瞳は燃え上がっていた。そして彼女は生まれて初めて、愛し愛される喜びを味わった。

涙に目がかすみ、ローラはおずおずとほほ笑んだ。「この心はもうとっくにあなたのものよ、ルーカス。ロンドンで初めて会ったときから、ほかの愚かな女性たち同様、あなたの魅力のとりこになったのだから。あなたを愛さずにいられなかったわ」

「そしてぼくも、全身全霊を傾け、心のままにきみを愛そう」彼はそう言いながら、ローラの頬にかかった髪をそっと払いのけ、優しく、ものうげにほほ笑んだ。「キャロラインは望みどおりロンドンへ行くだろう。ぼくたちはここで幸せに暮らそう。これまで失った時間を取り戻さなければ」

ローラは彼の熱い官能的な唇に指先をそっと滑らせ、硬く引き締まった顎の曲線をなぞった。彼の目に燃える欲望と、自分の内側で火花を散らす欲望を感じながら。ルーカスにキスしてほしくて、彼女は期待を込めてほほ笑んだ。そうしてくれるだろうと思ったとおりに彼は唇を寄せ、その貪《むさぼ》るようなキスに、ローラは熱く甘い世界へくるくる舞い落ちていった。ほかには誰もいない、何もない二人だけの世界へ。

ローラは、こんな幸せが自分に訪れるとは思ってもいなかった。それからの長い月日、彼女は夫の腕の中で彼の愛に身をやつしたが、それは彼女がそれまで知り得た何よりも強く激しく、ずっと甘いものだった。なぜなら、今、二人のあいだには秘密も、疑いも存在せず、あるのはただ深まった理解と思いやり、そして信頼と愛だけだったから。

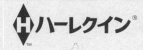

ハーレクイン・ヒストリカル　2009年5月刊（HS-364）
『さらわれたレディ』を改題したものです。

さらわれた手違いの花嫁

2024年12月5日発行

著　　者	ヘレン・ディクソン
訳　　者	名高くらら（なだか　くらら）
発 行 人	鈴木幸辰
発 行 所	株式会社ハーパーコリンズ・ジャパン 東京都千代田区大手町1-5-1 電話 04-2951-2000（注文） 0570-008091（読者サービス係）
印刷・製本	大日本印刷株式会社 東京都新宿区市谷加賀町1-1-1
装 丁 者	AO DESIGN
表紙写真	© Darya Komarova ｜ Dreamstime.com

ISBN978-4-596-71695-8 C0297

◆◆◆◆ハーレクイン・シリーズ 12月5日刊 発売中

ハーレクイン・ロマンス
愛の激しさを知る

祭壇に捨てられた花嫁	アビー・グリーン／柚野木　菫 訳	R-3925
子を抱く灰かぶりは日陰の妻 《純潔のシンデレラ》	ケイトリン・クルーズ／児玉みずうみ 訳	R-3926
ギリシアの聖夜 《伝説の名作選》	ルーシー・モンロー／仙波有理 訳	R-3927
ドクターとわたし 《伝説の名作選》	ベティ・ニールズ／原　淳子 訳	R-3928

ハーレクイン・イマージュ
ピュアな思いに満たされる

秘められた小さな命	サラ・オーウィグ／西江璃子 訳	I-2829
罪な再会 《至福の名作選》	マーガレット・ウェイ／澁沢亜裕美 訳	I-2830

ハーレクイン・マスターピース
世界に愛された作家たち
～永久不滅の銘作コレクション～

刻まれた記憶 《特選ペニー・ジョーダン》	ペニー・ジョーダン／古澤　紅 訳	MP-107

ハーレクイン・ヒストリカル・スペシャル
華やかなりし時代へ誘う

侯爵家の家庭教師は秘密の母	ジャニス・プレストン／高山　恵 訳	PHS-340
さらわれた手違いの花嫁	ヘレン・ディクソン／名高くらら 訳	PHS-341

ハーレクイン・プレゼンツ作家シリーズ別冊
魅惑のテーマが光る
極上セレクション

残された日々	アン・ハンプソン／田村たつ子 訳	PB-398

※予告なく発売日・刊行タイトルが変更になる場合がございます。ご了承ください。

12月11日発売　ハーレクイン・シリーズ 12月20日刊

ハーレクイン・ロマンス　愛の激しさを知る

極上上司と秘密の恋人契約	キャシー・ウィリアムズ／飯塚あい 訳	R-3929
富豪の無慈悲な結婚条件 《純潔のシンデレラ》	マヤ・ブレイク／森　未朝 訳	R-3930
雨に濡れた天使 《伝説の名作選》	ジュリア・ジェイムズ／茅野久枝 訳	R-3931
アラビアンナイトの誘惑 《伝説の名作選》	アニー・ウエスト／槙　由子 訳	R-3932

ハーレクイン・イマージュ　ピュアな思いに満たされる

クリスマスの最後の願いごと	ティナ・ベケット／神鳥奈穂子 訳	I-2831
王子と孤独なシンデレラ 《至福の名作選》	クリスティン・リマー／宮崎亜美 訳	I-2832

ハーレクイン・マスターピース　世界に愛された作家たち　～永久不滅の銘作コレクション～

冬は恋の使者 《ベティ・ニールズ・コレクション》	ベティ・ニールズ／麦田あかり 訳	MP-108

ハーレクイン・プレゼンツ作家シリーズ別冊　魅惑のテーマが光る極上セレクション

愛に怯えて	ヘレン・ビアンチン／高杉啓子 訳	PB-399

ハーレクイン・スペシャル・アンソロジー　小さな愛のドラマを花束にして…

雪の花のシンデレラ 《スター作家傑作選》	ノーラ・ロバーツ 他／中川礼子 他 訳	HPA-65

文庫サイズ作品のご案内

◆ハーレクイン文庫……………毎月1日刊行
◆ハーレクインSP文庫…………毎月15日刊行
◆mirabooks………………………毎月15日刊行

※文庫コーナーでお求めください。